WONDER

R. J. PALACIO

WONDER

Traduit de l'anglais (États-Unis)
par Juliette Lê

Fleuve Noir

Titre original :
Wonder
Publié pour la première fois en 2012
par Alfred A. Knopf,
un département de Random House, Inc. New York

MIXTE
Papier issu de
sources responsables
FSC
www.fsc.org
FSC® C003309

Fleuve Noir, une marque d'Univers Poche,
est un éditeur qui s'engage pour la
préservation de son environnement et
qui utilise du papier fabriqué à partir
de bois provenant de forêts gérées de
manière responsable.

ISBN : 978-2-265-09738-4

À Russell, Caleb et Joseph

« Des médecins sont venus de villes lointaines,
Rien que pour me voir.
Penchés sur mon lit,
ils n'en ont pas cru leurs yeux.

À les croire, je suis une merveille
de la Création,
et pour l'instant ils n'ont
trouvé aucune explication. »

Paroles d'une chanson
de Natalie Merchant : *Wonder*

Première partie
AUGUST

« La fatalité sourit et le destin
rit en s'approchant de mon berceau… »

Natalie Merchant, *Wonder*

Comme les autres

Je ne suis pas un garçon de dix ans ordinaire, c'est certain. Oh, bien sûr, je fais des choses ordinaires. Je mange des glaces. Je fais du vélo. Je joue au ballon. J'ai une Xbox. Tout ça fait de moi un enfant comme les autres. Sans doute. Et puis je me sens normal. Au-dedans. N'empêche, lorsqu'un enfant ordinaire entre dans un square, les autres enfants ordinaires ne s'enfuient pas en hurlant. Quand un enfant est normal, les gens ne le fixent pas partout où il va.

Si je trouvais une lampe magique et si un seul souhait m'était accordé, je demanderais un visage ordinaire que personne ne remarque jamais. J'aimerais pouvoir marcher dans la rue sans que tout le monde me regarde et puis détourne les yeux à toute vitesse. Voilà mon idée : la seule raison pour laquelle je ne suis pas ordinaire, c'est que les autres me voient comme ça.

Mais à force on s'habitue. Je fais semblant de ne pas voir leurs grimaces. Tous les quatre – maman, papa, Via et moi – nous sommes devenus très forts à ce jeu. En fait, non, pas Via, pas du tout, au contraire. Elle se met quelquefois drôlement en rogne quand les autres font des trucs méchants. Je me rappelle, une fois, au square, des « grands » ont fait des bruits. Quels bruits exactement, je n'en sais rien puisque je n'ai pas entendu, mais Via s'est mise à crier. Ça, c'est Via. Moi, je ne suis pas comme ça.

Via ne me voit pas comme quelqu'un d'ordinaire. Elle prétend le contraire, mais si c'était le cas, elle ne se sentirait pas obligée de me protéger tout le temps. Papa et maman non plus ne m'estiment pas ordinaire. Pour eux, je suis un garçon extraordinaire. Je crois que la seule personne au monde qui sache à quel point je suis comme les autres, c'est moi.

Au fait, je m'appelle August. Je ne me décrirai pas. Quoi que vous imaginiez, c'est sans doute pire.

Pourquoi je n'allais pas à l'école

La semaine prochaine, j'entre en sixième. Comme je ne suis jamais allé à l'école, j'ai drôlement peur. Les gens pensent que c'est à cause de mon apparence, mais ce n'est pas ça. C'est la faute de toutes mes opérations. Vingt-sept depuis ma naissance. Les plus grosses, c'était avant mes quatre ans, alors celles-là, je ne me les rappelle pas. Ensuite j'en ai subi deux ou trois par an (des grandes et des petites), et parce que je suis petit pour mon âge et que je suis une énigme médicale pour les docteurs, du coup, j'étais tout le temps malade. Donc mes parents ont décidé que c'était mieux si je n'allais pas à l'école. Mais maintenant, je suis beaucoup plus solide. La dernière opération remonte à huit mois et, avec un peu de chance, je n'en aurai pas d'autre avant deux ou trois ans.

Maman m'a fait l'école à la maison. Avant, elle était illustratrice de livres pour enfants. Elle dessine très bien les fées et les sirènes. Mais ses dessins pour garçons, c'est vraiment pas génial. Un jour elle m'a fait un Dark Vador, on aurait dit un robot-champignon trop bizarre. Elle ne dessine plus, d'ailleurs. Ça lui prend tout son temps de s'occuper de Via et de moi.

Dire que j'ai toujours voulu aller à l'école, ce serait mentir. Si, j'aurais bien voulu y aller, mais à condition de ressembler aux autres élèves. Avoir plein d'amis, jouer après les cours et tout ça.

J'ai quelques bons copains. Christopher est mon meilleur ami, suivi de Zachary et d'Alex. On se connaît depuis qu'on est petits. Et comme ils m'ont toujours vu comme ça, ils ont l'habitude. On jouait tout le temps ensemble, puis Christopher a déménagé à Bridgeport dans le Connecticut. C'est à plus d'une heure de voiture de là où j'habite, la pointe nord de Manhattan, à New York. Ensuite Zachary et Alex ont commencé l'école. C'est rigolo : même si Christopher vit loin de chez moi, je le vois quand même plus que Zachary et Alex. Ils ont tous de nouveaux amis maintenant. N'empêche, chaque fois que je les rencontre par hasard dans la rue, ils sont sympas avec moi. Ils me disent bonjour.

J'ai d'autres amis, mais pas d'aussi bons que Christopher, Zack et Alex. Par exemple, Zack et Alex m'invitaient à leurs fêtes d'anniversaire quand nous étions petits. Joel, Eamonn et Gabe, jamais. Emma m'a invité une fois, mais je ne l'ai pas revue depuis longtemps. Et, bien sûr, je vais toujours à l'anniversaire de Christopher. Mais peut-être que j'exagère et que les anniversaires, ça compte pas tellement.

Comment je suis venu au monde

J'aime bien quand maman me raconte cette histoire, elle me fait tellement rire. C'est pas drôle comme une blague, mais à la façon que maman a de la raconter, Via et moi, chaque fois, on est pliés en deux.

Voilà, quand j'étais dans le ventre de maman, personne ne se doutait de quoi j'aurais l'air. Maman avait eu Via quatre ans plus tôt et ça s'était passé « comme sur des roulettes » (les mots de maman). Il n'y avait aucune raison de faire des tests particuliers. Deux mois environ avant ma naissance, les médecins se sont aperçus d'un truc qui n'allait pas dans mon visage, mais ils pensaient que ce n'était pas grave. Ils ont annoncé à papa et maman que j'avais le palais fendu et d'autres ennuis du même style. Des « petites anomalies », disaient-ils.

Deux infirmières étaient présentes dans la salle d'accouchement la nuit où je suis né. La première était très gentille et douce. L'autre, raconte maman, n'avait vraiment pas l'air gentille ni douce. Ses bras étaient très gros, et elle n'arrêtait pas de péter. Genre, elle apportait à maman de la glace pilée à sucer, et elle pétait. Elle venait prendre la tension de maman, et elle pétait. Le plus incroyable, c'est que pas une fois elle n'a dit pardon ! En plus, comme le docteur habituel de maman n'était pas de garde ce soir-là, elle s'est retrouvée coincée avec un tout jeune médecin désagréable qu'elle et papa ont surnommé Docteur House, en référence à une série télé ou je ne sais quoi (bien sûr, ils ne l'appelaient pas comme ça devant lui). Maman raconte que même si tout le monde dans la salle était plutôt de mauvaise humeur, papa a quand même réussi à la faire rire tout le temps.

Quand je suis sorti du ventre de maman, il y a eu un profond silence. Maman n'a pas pu me regarder parce que la gentille infirmière m'a tout de suite emporté en dehors de la salle. Papa était tellement pressé de la suivre qu'il a laissé tomber la caméra, et elle s'est brisée en mille morceaux. Maman s'est fâchée et a voulu descendre de la table d'accouchement pour voir où ils m'emmenaient, mais l'infirmière péteuse l'a plaquée avec ses gros bras pour l'en empêcher. Un peu plus et elles se bagarraient. Maman était hystérique et l'infirmière péteuse lui hurlait de se calmer. Et puis toutes les deux se sont mises à appeler le docteur à grands cris. Eh bien, vous savez quoi ? Il s'était évanoui ! Là, à leurs pieds ! Dès qu'elle a vu ça, l'infirmière péteuse a commencé à le pousser du pied tout en criant :

— On n'a jamais vu un médecin pareil ! Et ça se dit docteur ! Allez ! Debout ! Debout !

Et puis tout à coup, elle a lâché le pet le plus énorme, le plus sonore et le plus puant de toute l'histoire des pets. Maman pense que c'est le pet qui a fait revenir à lui le docteur. Bref, quand maman raconte cette histoire, elle mime tout – même les bruits de pets... Ça me fait trop rigoler.

Elle dit que l'infirmière péteuse s'est finalement révélée très gentille. Elle est restée avec elle tout le temps. Même quand papa est revenu et que les médecins lui ont dit à quel point j'étais malade. Maman se souvient exactement des mots que l'infirmière lui a murmurés à l'oreille pendant qu'ils lui expliquaient que je ne passerais peut-être pas la nuit : « Tout ce qui est né de Dieu triomphe du monde. » Le lendemain, j'étais toujours vivant, et c'est encore elle qui a tenu la main de maman quand ils m'ont apporté dans sa chambre.

Ils lui avaient déjà raconté plein de trucs. Maman s'était bien préparée. Mais lorsqu'elle m'a regardé pour la première fois, au milieu de la bouillie de mon visage, elle n'a vu que mes beaux yeux.

Au fait, maman est super belle. Et papa est très beau aussi. Via est jolie. Au cas où vous vous poseriez la question.

Chez Christopher

J'étais vraiment triste quand Christopher a déménagé il y a trois ans. Nous avions tous les deux à peu près sept ans. Nous passions des heures à jouer avec nos figurines Star Wars et à nous battre en duel avec nos sabres laser. Ça me manque.

Au printemps dernier, on est allés en voiture chez Christopher à Bridgeport. Christopher et moi, on cherchait quelque chose à manger dans la cuisine quand j'ai surpris une conversation entre maman et Lisa, la mère de Christopher. C'était au sujet de ma rentrée à l'école à l'automne. Je ne l'avais jamais, pas une seule fois, entendue prononcer le mot « école ».

— Vous parlez de quoi ?

Maman a eu l'air étonnée, comme si je n'étais pas censé avoir entendu.

— Tu devrais lui faire part de ton intention, Isabel, dit papa.

Il se trouvait à l'autre bout du salon, en train de discuter avec le père de Christopher.

— On en parlera plus tard, répliqua maman.

— Non, tout de suite.

— Tu n'as pas l'impression que c'est le moment de commencer l'école, Auggie ? lança maman.

— Non.

— Moi non plus, renchérit papa.

J'ai haussé les épaules.

— Alors n'en parlons plus, affaire classée.

Et je suis allé m'asseoir sur les genoux de maman comme un bébé.

— Tu sais, il y a des choses que je ne suis pas capable de t'enseigner, reprit maman. Enfin, Auggie, tu sais combien j'ai du mal avec les fractions !

— Quelle école ?

Je me renseignais. J'étais déjà au bord des larmes.

— Beecher. Le collège près de chez nous.

— Auggie, c'est un super collège ! s'est alors exclamée Lisa en me tapotant le genou.

— Pourquoi pas l'école de Via ?

— C'est beaucoup trop grand, répondit maman. Ce ne serait pas bien pour toi.

— J'ai pas envie.

Oui, bon, j'avoue : j'avais pris ma voix de bébé.

— Tu ne feras pas ce dont tu n'as pas envie, décréta papa, et il s'approcha pour me prendre dans ses bras et m'asseoir sur ses genoux à côté de maman sur le canapé. On ne va pas te forcer.

— Ce serait pourtant bon pour lui, Nate, lui dit maman.

— Pas s'il ne veut pas, riposta papa en me regardant. S'il ne se sent pas prêt.

J'ai surpris le coup d'œil que maman a lancé à Lisa, et Lisa s'est penchée vers elle pour lui prendre la main et la serrer fort dans la sienne.

— Vous trouverez une solution. Vous l'avez toujours fait.

— On en reparlera plus tard, conclut maman.

Papa et elle allaient se disputer, c'était sûr et certain. Je souhaitais que papa gagne. Pourtant au fond de moi je donnais raison à maman. Parce que, vraiment, elle est nulle en fractions.

Dans la voiture

La route du retour fut longue. Je m'endormis comme d'habitude sur la banquette arrière, la tête posée sur les genoux de Via, mon oreiller, une serviette enveloppée autour de la ceinture de sécurité afin d'éviter que je lui bave dessus. Via dormait elle aussi, et maman et papa discutaient à voix basse de choses de grandes personnes dont je n'avais rien à faire.

Je ne sais pas combien de temps j'ai dormi, mais quand je me suis réveillé, une pleine lune se dessinait derrière la vitre. La nuit était violette et il y avait beaucoup de voitures sur l'autoroute. Maman et papa étaient en train de parler de moi.

— On ne peut pas continuer à le protéger, chuchotait maman à papa, qui conduisait. On ne peut pas faire comme si un jour il allait se réveiller dans une autre réalité, parce que c'est ça, sa réalité, Nate, et on doit l'aider à y faire face. On ne peut pas sans cesse éviter les situations où...

— Alors le mener au collège comme un agneau à l'abattoir...

Papa était en colère mais, quand il m'aperçut dans le rétroviseur, il se tut.

— C'est quoi, un agneau à l'abattoir ? entonnai-je d'une voix ensommeillée.

— Rendors-toi, Auggie, dit papa doucement.

— Tout le monde va me regarder à l'école, dis-je, et je fondis en larmes.

— Mon chéri…

C'était maman. Elle se retourna, posa sa main sur ma tête et ajouta :

— Tu sais bien que si tu ne veux pas, tu n'es pas obligé. Mais on a parlé de toi au principal du collège, et il a très envie de te rencontrer.

— Tu lui as dit quoi sur moi ?

— Que tu nous fais rire, que tu es gentil et futé. Quand je lui ai appris que tu as lu *Harry Potter* à l'âge de six ans, il était sidéré : « Ça alors ! J'aimerais bien connaître ce gamin. »

— Tu lui as dit autre chose ?

Maman m'a souri, et son sourire était un peu comme un câlin.

— Je lui ai parlé de toutes tes opérations, et je lui ai dit combien tu es courageux.

— Alors il sait à quoi je ressemble ?

— Eh bien, on lui a montré des photos de l'été dernier à Montauk, dit papa. On lui a montré des photos de toute la famille. Et puis celle, géniale, où tu tiens ce beau poisson sur le bateau !

— Tu lui as parlé, toi aussi ?

Je dois avouer que j'étais un peu déçu qu'il soit mêlé à cette histoire de collège.

— On a discuté tous les deux, confirma papa. Il est très gentil, tu sais.

— Tu l'aimerais bien, ajouta maman.

Tout à coup, j'ai eu l'impression qu'ils étaient dans le même camp.

— Mais attendez ! Vous l'avez vu quand ?

— Il nous a fait visiter son collège l'année dernière, expliqua maman.

— L'année *dernière* ? Alors vous y pensez depuis une année entière et vous ne m'avez rien dit !

— On ne savait pas s'ils te prendraient, Auggie, répondit maman. Ce n'est pas facile d'être admis dans cette école. Ce n'était pas la peine de t'en parler tant qu'on n'était pas sûrs, on ne voulait pas t'embêter pour rien.

— Mais tu as raison, Auggie, on aurait dû te le dire le mois dernier, quand on a appris que tu étais accepté, opina papa.

— Oui, soupira maman, tu as raison, on aurait dû.

— Est-ce que la dame qui est venue à la maison avait quelque chose à voir là-dedans ? Celle qui m'a fait passer des tests ?

— En fait, oui, dit maman, l'air coupable.

— Tu m'as dit que c'était un test de QI !

— Je sais, eh bien, c'était un demi-mensonge. Le test était obligatoire. Tu l'as très bien réussi, d'ailleurs.

— Alors tu m'as menti !

— Je ne t'ai pas tout dit, c'est vrai. Pardon, mon chéri.

Elle ébaucha un sourire, mais comme je n'avais aucune intention de lui sourire, elle se retourna, face à la route.

— C'est quoi, un agneau à l'abattoir ?

Maman poussa un gros soupir en coulant un regard de reproche à papa.

— Je n'aurais pas dû dire ça, dit mon père, et il jeta un coup d'œil dans le rétroviseur. C'est faux. Mais voilà, maman et moi, on t'aime tellement, on cherche avant tout à te protéger. Sauf que, parfois, on voudrait le faire de manières différentes.

Je croisai les bras sur ma poitrine.

— Je ne veux pas aller à l'école.

— Pourtant, ça te ferait du bien, Auggie, dit maman.

Je tournai les yeux vers la vitre de mon côté.

— Peut-être l'année prochaine.

— Mais ce serait mieux cette année, Auggie, répliqua maman. Et tu sais pourquoi ? Parce que tu vas entrer en sixième, et c'est la première année de collège... pour tout le monde. Tu ne seras pas le seul « nouveau ».

— Je serai le seul qui ressemble à ça.

— Je ne vais pas te raconter que ce sera facile pour toi, tu sais très bien ce qu'il en est, dit maman. Mais ce serait bien pour toi, Auggie. Tu te feras des tas d'amis. Et tu apprendras des choses que je ne pourrai jamais t'enseigner...

Elle se retourna de nouveau pour me regarder avant de poursuivre :

— Pendant notre visite, tu sais ce qu'on a vu dans la salle de sciences ? Un petit poussin qui venait juste de sortir de son œuf. C'était trop mignon ! Auggie, ça m'a fait repenser à quand tu étais tout bébé... à tes grands yeux bruns...

D'habitude, j'adore quand ils parlent du temps où j'étais bébé. J'ai envie de me recroqueviller, de me mettre en boule et de les laisser me câliner et m'embrasser partout. Je regrette de ne plus être un petit bébé qui ne sait rien de rien. Ce jour-là, pourtant, je n'étais pas d'humeur.

— Je veux pas y aller !

— Bon, mais est-ce que tu accepterais au moins de rencontrer M. Bocu pour te faire ta propre opinion ? demanda maman.

— M. Bocu ?

— C'est le principal.

— M. Bocu ?

— Oui, je sais ! s'exclama papa. C'est incroyable, un nom pareil ! N'est-ce pas, Auggie ? Non mais, sérieusement, qui accepterait de s'appeler M. Bocu ?!

J'ai souri, mais en cachette. Mon père est la seule personne au monde capable de me faire rire même quand je ne suis pas d'humeur. Papa fait toujours rire tout le monde.

— Tu sais, Auggie, tu devrais aller visiter ce collège rien que pour le plaisir d'entendre son nom dans la sono ! continua papa en riant. Tu imagines ? Ce serait trop drôle ! Allô, allô ? On réclame M. Bocu !...

Il imitait la voix haut perchée d'une vieille dame.

— ... Bonjour, monsieur Bocu, je vois que vous êtes un peu *à la traîne* aujourd'hui ! On vous a encore embouti par l'*arrière* ? Pas de *cul* !

Alors là, j'ai explosé de rire. Pas parce que c'était tellement drôle, mais je n'avais plus envie d'être fâché.

— Ça pourrait être pire, tu sais, ajouta papa de sa voix normale. Maman et moi, on avait une prof à la fac qui s'appelait Mlle Derrière.

Maman se mit à rire à son tour.

— Sérieux ?

— Roberta Derrière, répondit maman en levant la main pour jurer que c'était vrai. Bobbie Derrière.

— Elle avait des super grosses joues, dit papa.

— Nate !

— Ben quoi ? Elle avait des grosses joues, c'est tout !

Maman rit de plus belle et secoua la tête.

— Attends ! Attends ! Je sais ! s'écria papa, enthousiaste. On n'a qu'à leur arranger un rancard ! Vous imaginez ? Mademoiselle Derrière, je vous présente M. Bocu. Monsieur Bocu, je vous présente Mlle Derrière. Ils pourraient se marier et avoir plein de petits Arrière-Train.

— Pauvre M. Bocu ! s'exclama maman qui secouait toujours la tête. Nate ! Auggie ne l'a même pas encore rencontré !

— C'est qui, M. Bocu ? demanda soudain Via toute groggy.

Elle venait juste de se réveiller.

— Le principal de mon nouveau collège.

On réclame monsieur Bocu !

J'aurais été un peu plus inquiet si j'avais su que je rencontrerais non seulement M. Bocu mais aussi des élèves. Mais comme je ne savais pas, j'avais plus envie de rigoler qu'autre chose. Les blagues de papa à propos du nom du principal me revenaient. Du coup, quand on est arrivés au collège Beecher avec maman, une semaine avant la rentrée des classes, et que j'ai vu M. Bocu, j'ai été pris d'un fou rire. Il ne ressemblait pourtant pas à ce que je m'étais imaginé. Je m'attendais à ce qu'il ait un gros popotin, mais pas du tout. Il était plutôt normal. Grand, mince. Vieux mais pas trop. Il avait l'air gentil. Il a d'abord serré la main de maman.

— Bonjour, monsieur Bocu, je suis ravie de vous revoir. Je vous présente mon fils, August.

M. Bocu s'est tourné vers moi et m'a regardé droit dans les yeux, m'a souri en opinant de la tête et m'a tendu la main.

— Bonjour, August, dit-il, tout à fait normal. Enchanté de faire ta connaissance.

En bredouillant un « bonjour », je laissai tomber ma main et baissai la tête. Il avait aux pieds des Adidas rouges.

Il s'est penché. Comme je ne pouvais plus regarder ses baskets, j'ai bien été obligé de lever les yeux sur son visage.

— Ta maman et ton papa m'ont beaucoup parlé de toi.

— Et ils vous ont dit quoi ?

— Pardon ?

— Mon chéri, il faut parler plus fort, dit maman.

— Ils vous ont dit quoi ? répétai-je en essayant de bien articuler.

J'avoue que j'ai tendance à marmonner.

— Eh bien... que tu aimes lire, dit M. Bocu, et que tu es un grand artiste...

Il avait des yeux bleus et des cils blancs.

— ... et que tu aimes aussi les sciences, non ?

— Ou-i, opinai-je.

— On a plusieurs super options scientifiques à Beecher. Peut-être que tu pourrais en choisir une ?

— Ou-i, dis-je en me demandant ce qu'était une « option ».

— Alors, tu es prêt pour ta visite guidée ?

— Mais heu... maintenant ?

Il se redressa et sourit.

— Tu pensais qu'on allait au cinéma, peut-être ?

— Tu m'avais pas dit qu'on allait visiter, dis-je à maman d'un ton accusateur.

— Auggie..., commença-t-elle.

— Ça va aller, August, dit M. Bocu, et il me présenta sa main ouverte. Promis.

Il voulait sans doute que je lui donne la main, mais moi, j'ai attrapé celle de maman. Il m'a souri puis s'est dirigé vers le perron du collège.

Maman a pressé ma main. Je ne savais pas si ça voulait

28

dire « Je t'aime » ou « Je suis désolée ». Peut-être un peu des deux.

J'avais déjà visité une école, celle de Via, quand on allait l'écouter chanter pour le concert de fin d'année et des trucs comme ça. Mais celle-ci n'avait rien à voir. Plus petite. Et ça sentait l'hôpital.

La sympathique madame Garcia

On a suivi M. Bocu le long des couloirs. Il n'y avait pas grand monde. Et le peu de gens qu'on croisait n'avaient même pas l'air de me remarquer. Peut-être qu'ils ne me voyaient pas. J'avançais un peu caché derrière maman. Ça fait bébé, je sais, mais bon, je ne me sentais pas très courageux.

On est arrivés devant une porte où était écrit : BUREAU DU PRINCIPAL. À l'intérieur de la pièce, derrière un petit bureau, était assise une dame à la figure gentille.

— Je vous présente Mme Garcia, nous dit M. Bocu.

Avec un sourire pour maman, la dame ôta ses lunettes et se leva.

Ma mère lui donna une poignée de main.

— Isabel Pullman, enchantée.

— Et voici August, claironna M. Bocu.

Maman a fait un pas de côté pour me laisser entrer. Et là, il s'est passé ce qui s'est passé un million de fois. Lorsque j'ai levé la tête pour la regarder, Mme Garcia a baissé les yeux. À peine une seconde. Ç'a été tellement rapide que personne n'a rien remarqué : elle n'avait pas changé d'expression. Son sourire était resté vraiment brillant.

— Je suis ravie de te rencontrer, dit-elle, et elle me tendit la main.

Je lui donnai la mienne et murmurai un « bonjour ». Comme je n'avais pas envie de regarder sa figure, je gardai les yeux fixés sur ses lunettes, accrochées à une chaîne autour de son cou.

— Eh bien, en voilà une bonne poignée de main ! dit Mme Garcia.

Sa main était brûlante.

— Ce gamin a une poigne de fer, approuva M. Bocu.

Des rires fusèrent au-dessus de ma tête.

— Tu peux m'appeler madame G...

C'est à moi qu'elle parlait, je crois, mais moi j'étais en train d'examiner tous les machins qui traînaient sur son bureau.

— ... C'est comme ça que tout le monde m'appelle ici : « Madame G, j'ai oublié le code de mon casier », « Madame G, j'ai besoin d'un billet de retard », « Madame G, je veux changer d'option » !

— En fait, c'est Mme G qui dirige l'établissement, commenta M. Bocu, ce qui fit de nouveau rire les grandes personnes.

— Je suis là tous les matins dès 7 h 30, continua Mme Garcia, qui me fixait tandis que je contemplais ses sandales marron avec des fleurs violettes sur la boucle. Alors, si jamais tu as besoin de quelque chose, August, c'est moi qu'il faut venir trouver. Et tu peux me demander tout ce que tu veux.

Je grommelai un « oui » quand maman s'exclama en montrant du doigt une photo punaisée au tableau :

— Oh ! Quel joli bébé ! C'est le vôtre ?

31

Mme Garcia se fendit d'un large sourire qui n'avait plus rien à voir avec son sourire Ultrabrite de tout à l'heure.

— Mon Dieu, non ! Vous me flattez ! Mon petit-fils.

— Adorable ! dit maman avec un hochement de tête admiratif. Il a quel âge ?

— Là, il avait cinq mois. Il est grand maintenant. Presque huit ans !

— En tout cas, il est superbe !

— Merci ! répondit-elle comme si elle allait lui raconter des histoires sur son petit-fils.

Puis, brusquement, son sourire se rétrécit.

— On va très bien s'occuper d'August, affirma-t-elle à maman.

Je vis qu'en disant ça elle serrait la main de ma mère. Je levai les yeux vers maman et, tout d'un coup, je compris qu'elle était aussi nerveuse que moi. Mme Garcia est assez sympa, je trouve, quand elle n'a pas son sourire en plastique.

Jack Will, Julian et Charlotte

M. Bocu nous conduisit dans la pièce située à côté. Sans cesser de parler, il ferma la porte et s'installa derrière son énorme bureau. Je n'écoutais pas ce qu'il disait, j'observais les nombreux objets sur la table. Super : un globe terrestre qui semblait suspendu dans les airs, un Rubik's Cube dont les faces étaient de minuscules miroirs. C'était vraiment un chouette bureau. Sur les murs, il y avait des très jolis dessins et peintures d'élèves, dans des cadres, comme si c'étaient des tableaux de valeur.

Maman prit un fauteuil. Il y en avait un deuxième, mais je préférais rester debout.

Je posai une question :

— Pourquoi vous avez votre propre porte, et Mme G, non ?

— Tu veux dire : pourquoi j'ai mon propre bureau ?

— Vous avez dit que c'était elle la vraie chef.

— Heu... C'était une blague... Mme G est mon assistante.

— M. Bocu est le principal du collège, m'expliqua maman.

Je n'avais pas vidé mon sac à questions.

— Est-ce que les élèves vous appellent monsieur B ?

— Non, répondit-il en faisant une grimace trop drôle, mais j'ai le sentiment que dans mon dos on m'appelle par des tas d'autres choses. Il faut l'avouer, un nom comme le mien, ce n'est pas toujours facile à porter, si tu vois ce que je veux dire...

Alors là, j'ai éclaté de rire : je voyais exactement ce qu'il voulait dire.

— Maman et papa avaient une prof qui s'appelait Mlle Derrière.

— Auggie !

Ça, c'était maman. M. Bocu, lui, il rigolait.

— Argh ! C'est bien pire ! s'exclama M. Bocu en hochant la tête. Je devrais m'estimer heureux ! Écoute, August, voilà ce que je pensais qu'on pourrait faire aujourd'hui...

— C'est une citrouille, ça ? demandai-je, et je désignai une peinture accrochée au mur derrière lui.

— Auggie, mon cœur, il ne faut pas couper la parole...

M. Bocu se retourna sur son fauteuil.

— Ça te plaît ? À moi aussi. Et moi aussi, j'étais persuadé qu'il s'agissait d'une citrouille, mais l'élève qui me l'a offert m'a expliqué. Ce n'est pas une citrouille, c'est... tu es prêt ? un portrait de moi ! August, honnêtement, est-ce que tu trouves que je ressemble à une citrouille ?

— Non !

Mais au-dedans de moi, je pensais oui. Quand M. Bocu souriait, avec ses joues gonflées, il avait vraiment l'air d'une citrouille d'Halloween ou bien... et là je me suis retenu de rire très fort... d'une paire de fesses. Je gloussai un peu en cachant ma bouche derrière ma main.

Lorsque M. Bocu me sourit, j'eus l'impression qu'il lisait dans mes pensées.

J'étais sur le point d'ajouter quelque chose, quand j'entendis des éclats de voix dans le couloir. Des voix d'enfants. Alors, sans exagérer, mon cœur s'est mis à battre aussi fort que si je venais de courir le plus dur marathon du monde. Je fus soudain pris d'un petit rire nerveux incontrôlable.

Le truc, c'est que quand j'étais petit, je me fichais de rencontrer d'autres enfants, parce qu'ils étaient petits, eux aussi. Ce qui est bien avec les petits, c'est qu'ils ne disent pas des choses exprès pour être méchants, même si quelquefois ils disent des choses qui le sont, méchantes. Mais voilà, ils ne savent pas vraiment ce qu'ils disent. Les grands, eux, ils savent ce qu'ils disent. Et c'est pas marrant pour moi, je vous garantis. Si je me suis fait pousser les cheveux cette année, c'est en partie pour que ma frange couvre mes yeux : comme ça, j'arrive mieux à ne pas voir ce que j'ai pas envie de voir.

Mme Garcia frappa à la porte et passa la tête dans l'entrebâillement.

— Monsieur Bocu, ils sont là.

— Qui ça ? dis-je.

— Merci, répliqua M. Bocu. August, ce serait une bonne idée si tu rencontrais quelques élèves qui seront dans ta classe cette année, non ? Ils pourraient te montrer un peu le collège, guider tes pas sur ton nouveau territoire, si je peux m'exprimer ainsi.

Je me tournai vers maman.

— J'ai envie de voir personne.

Alors, tout à coup, M. Bocu se dressa devant moi et posa

ses mains sur mes épaules. Il se pencha et me murmura tout doucement à l'oreille :

— Tout va bien se passer, August. Ils sont très sympas, je t'assure.

— Ça va aller, Auggie, me chuchota maman de toutes ses forces.

Je n'eus pas le temps de dire ouf : M. Bocu avait déjà ouvert la porte de son bureau.

— Entrez, les enfants !

Deux garçons et une fille. Ils ne regardèrent ni ma mère ni moi, seulement M. Bocu, comme s'il allait les sauver ou je ne sais quoi.

— Merci beaucoup d'être venus, les enfants... surtout que la rentrée n'est pas avant la semaine prochaine ! Vous avez passé de bonnes vacances ?

Ils firent tous oui de la tête, mais bouche cousue.

— Super. Les enfants, je voulais vous présenter August qui va être dans votre classe cette année. August, ces trois élèves sont à Beecher depuis la maternelle. Dans le bâtiment de l'école primaire, bien sûr, mais notre collège n'a pas de secret pour eux. Et puisque vous allez être dans la même classe, je pensais que ce serait bien si vous pouviez faire connaissance avant la rentrée. D'accord ? Alors, les enfants, je vous présente August. August, je te présente Jack Will.

Jack Will me regarda et tendit la main. Lorsque je la lui serrai, il eut un petit sourire.

— Salut, me dit-il avant de baisser très vite les yeux.

— Et voici Julian.

— Salut.

Julian fit la même chose que Jack Will : il prit ma main, se força à sourire et baissa le regard à toute vitesse.

— Et Charlotte.

Je n'avais jamais vu de cheveux aussi blonds. Elle ne me serra pas la main mais me fit coucou en souriant.

— Salut, August. Je suis contente de te rencontrer.

— Salut, répliquai-je en baissant les yeux.

Elle portait des Crocs vert fluo.

— Alors..., dit M. Bocu en joignant les mains avec un bruit mat, je pensais que ce serait sympa si vous faisiez visiter l'école à August. Vous pourriez commencer par le troisième étage ? C'est là que sera votre salle de classe principale : la 301, je crois... Madame G, est-ce que... ?

— Salle 301 ! lança Mme Garcia de l'autre pièce.

— Salle 301, opina M. Bocu. Après quoi, vous l'emmènerez à la salle de sciences et à la salle d'informatique. Ensuite vous descendrez à la bibliothèque et à la salle de spectacle. Et puis, bien sûr, il faut lui montrer la cantine.

— La salle de musique ? interrogea Julian.

— Bonne idée, approuva M. Bocu. August, tu joues d'un instrument ?

— Non.

Ce n'est pas mon sujet préféré, étant donné que je n'ai pas vraiment d'oreilles. Enfin, si, j'en ai, mais elles ne ressemblent pas des masses à des oreilles normales.

— Mais tu seras peut-être content de voir la salle de musique quand même, commenta M. Bocu. On a de belles percussions.

— August, toi qui voulais apprendre à jouer de la batterie..., dit maman.

Je sentais qu'elle cherchait mon regard. Mais de derrière ma frange, je fixai un vieux chewing-gum collé sous le bureau.

— Super ! Alors qu'est-ce que vous attendez ? Soyez de retour dans… mettons une demi-heure ? dit M. Bocu en se tournant vers ma mère.

Maman fit sans doute signe que c'était bon.

— Ça te va, August ? me demanda-t-il ensuite.

Je ne répondis pas.

— Ça te va, August ? répéta maman.

À présent, je me tournai vers elle pour qu'elle saisisse à quel point j'étais fâché ! Mais, à la vue de son expression, je me bornai à faire oui de la tête. Elle avait l'air d'avoir encore plus peur que moi.

Comme les autres enfants étaient déjà sortis de la salle, je leur emboîtai le pas.

— À tout à l'heure, me lança maman.

Sa voix était plus aiguë que d'habitude. Je ne lui répondis pas.

La visite guidée

Jack Will, Julian, Charlotte et moi, nous avons suivi un long couloir jusqu'à un immense escalier. Aucun de nous n'a pipé mot pendant la montée des deux étages.

Une fois sur le palier du haut, nous avons passé un tas de portes. Julian a ouvert la 301.

— Et voilà notre classe principale, dit-il. On a Mlle Mimosa. Il paraît qu'elle est pas mal, comme prof principale. Par contre, en maths, elle est pas commode.

— C'est pas vrai ! s'écria Charlotte. Ma sœur l'a eue l'année dernière et elle l'a trouvée super cool.

— C'est pas ce qu'on dit. Enfin, bref...

Julian referma la porte et continua le long du couloir.

— Et voilà la salle de sciences, annonça-t-il plus loin.

De nouveau, il se contenta d'entrouvrir la porte et de rester devant à parler. Il m'ignorait. Pas grave, je ne le regardais pas non plus.

— Tu sauras qui t'as en sciences qu'à la rentrée. Mais le meilleur, c'est M. Haller. Avant, il enseignait en primaire. Il jouait du tuba géant en cours.

— C'était un trombone ! s'exclama Charlotte.

— Non, c'était un tuba ! insista Julian et il referma la porte.

À cet instant, Jack Will a bousculé Julian et rouvert la porte en disant :

— Allez, laisse-le entrer pour qu'il voie un peu.

— Vas-y, entre, si tu veux.

C'était la première fois qu'il me regardait.

J'ai haussé les épaules avant d'entrer. Julian a fait un bond de côté, comme s'il avait peur que je le frôle par mégarde.

— Y a pas grand-chose à voir, précisa-t-il en énumérant plein de trucs qui meublaient la pièce. Ça, c'est l'incubateur. Ce gros rectangle noir, c'est le tableau. Et voilà les bureaux, les chaises. Et ça, c'est les becs benzène. Ça, c'est un poster avec un dessin dégueulasse. Et ça, c'est des craies. Et ça, c'est l'éponge pour effacer.

— Je suis sûre qu'il sait ce que c'est qu'une éponge.

La voix de Charlotte me rappela tout à coup celle de Via.

— Comment je peux savoir ce qu'il sait ? M. Bocu a dit qu'il avait jamais été à l'école !

— Tu sais ce que c'est qu'une éponge, non ? me demanda Charlotte.

J'avoue qu'à cause du trac j'avais perdu ma langue : j'avais le regard cloué au sol.

— Hé ! Tu sais parler ? demanda Jack Will.

— Oui.

Je hochai la tête.

— Tu sais ce que c'est qu'une éponge, n'est-ce pas ? ajouta Jack Will.

— Bien sûr ! bafouillai-je.

— Je t'avais dit qu'il y avait rien à voir ici, fit Julian en haussant les épaules.

— J'ai une question... J'essayai de contrôler ma voix tremblante. Heu... C'est quoi exactement une « classe principale » ? C'est, genre, une classe de quoi ?

— C'est pas vraiment une classe « de » quelque chose. C'est un groupe, quoi, expliqua Charlotte. Elle faisait semblant de ne pas voir la grimace de Julian. C'est, heu... Quand tu arrives à l'école, le matin, t'y vas et ton prof principal est là et... heu... voilà... Dans un sens, c'est le cours le plus important sans vraiment être sur un sujet précis. Je veux dire, c'est pas un vrai cours mais...

— Je crois qu'il a compris, Charlotte, l'interrompit Jack Will.

— T'as compris ? me demanda-t-elle.

J'ai fait oui de la tête.

— O.K., on se casse, déclara Jack Will, et il s'éloigna.

— Attends, Jack, il faut qu'on réponde à ses questions, lui rappela Charlotte.

Jack Will, agacé, pivota sur ses talons.

— T'as d'autres questions ?

— Heu... Non. Heu... En fait si, est-ce que ton nom c'est Jack ou Jack Will ?

— Jack, c'est mon prénom. Will, c'est mon nom de famille.

— Ah. Parce que M. Bocu t'a appelé Jack Will, alors je croyais...

— Ha ha ! Tu croyais qu'il s'appelait Jackwill ! s'esclaffa Julian.

— Ouais, y a des gens qui m'appellent par mon nom complet, dit Jack, désinvolte. Je sais pas pourquoi. Bon, on peut y aller maintenant ?

Charlotte a pris la tête de la petite équipe pour sortir de la salle de sciences.

— Allons voir la salle de spectacle. C'est super cool. Tu vas adorer, August !

La salle de spectacle

Tandis que nous descendions au premier, Charlotte n'a pas arrêté de parler. Elle décrivait la comédie musicale qu'ils avaient mise en scène l'année dernière : *Oliver !*. C'est elle qui avait joué Oliver Twist, même si c'était un garçon. Elle poussa la porte à double battant d'une gigantesque salle, comme au théâtre.

Charlotte s'élança vers la scène en sautillant. Julian lui courut après, puis, à mi-chemin, se retourna brusquement vers moi.

— Allez, viens ! dit-il très fort en faisant de grands gestes.

Je courus à mon tour.

— Le soir de la représentation, il y avait, genre, des centaines de gens, déclara Charlotte, qui parlait toujours d'*Oliver !*. J'avais le trac, grave. Toutes ces répliques à savoir par cœur, des tonnes de chansons. C'était trop, ah oui, vraiment trop trop dur !...

C'était à moi qu'elle s'adressait, pourtant elle ne me regardait pas.

— ... Et le jour de la première, continua-t-elle, mes parents étaient assis tout au fond de la salle, genre, à l'endroit où est Jack. Mais quand les lumières sont éteintes, tu peux pas vraiment voir aussi loin. Alors j'arrêtais pas de dire : « Ils sont où, mes parents ? » Finalement, M. Resnick, notre professeur de théâtre de l'année dernière, m'a sorti : « Cesse donc de faire ta diva, Charlotte ! » Alors j'ai dit : « D'accord. » Et puis, là, j'ai vu mes parents, ça m'a rassurée. Et j'ai pas eu un seul trou !

Pendant qu'elle me racontait sa vie, Julian m'observait du coin de l'œil. C'est quelque chose que je remarque souvent chez les gens. Ils pensent que je ne sais pas qu'ils me regardent, mais moi, je le vois à la façon dont leur tête est légèrement penchée. Je me suis retourné pour voir où était passé Jack. Il se tenait au fond de la salle, l'air de s'ennuyer.

— On monte une pièce tous les ans, déclara Charlotte.

— Tu crois vraiment qu'il aura envie de faire partie du spectacle de fin d'année, Charlotte ? lança Julian d'un ton sarcastique.

— Tu pourrais participer sans « jouer », répondit Charlotte qui, elle, me regardait. Tu peux t'occuper des éclairages... tu peux peindre les décors.

— Ah ouais ! Super ! Youpi ! s'écria Julian. Il agitait les mains en l'air et faisait gigoter ses doigts.

— Mais rien ne t'oblige à faire option théâtre si t'as pas envie, fit remarquer Charlotte avec un haussement d'épaules. Il y a aussi danse, ou chorale, ou orchestre. Ou tu peux devenir délégué.

— Y a que les nazes qui veulent assister aux conseils de classe.

— Julian, t'es pas sympa !

Julian s'est mis à rire.

— Je veux faire option sciences, dis-je.

44

— Cool ! fit Charlotte.

Julian m'a regardé droit dans les yeux.

— Les sciences, c'est *vraisemblement* l'option la plus dure. Te vexe pas, mais si t'as jamais été à l'école, tu te crois vraiment assez fort pour faire option sciences ? T'as déjà fait des sciences, avant ? Les vraies, pas les bidules qu'on trouve en kit dans les jouets ?

— Ouais.

— Il a suivi des cours à la maison, Julian ! l'informa Charlotte.

Julian sembla déconcerté.

— Des profs sont venus chez lui ?

— Non, c'est sa mère.

— Elle est prof ?

— C'est une prof, ta mère ? me demanda Charlotte.

— Non.

— Alors, c'est pas une vraie prof ! triompha Julian. C'est ça que je veux dire. Comment quelqu'un qui est pas prof peut t'enseigner les sciences ?

— Je suis sûre que tu t'en sortiras bien, dit Charlotte, toujours en me regardant.

— Allons voir la bibliothèque, maintenant, proposa soudain Jack qui avait l'air de sérieusement s'embêter.

Julian, pour sa part, semblait plutôt énervé. Il me lança :

— Pourquoi t'as les cheveux aussi longs ?

En guise de réponse, je haussai les épaules.

— Je peux te poser une question ?

Il venait juste de m'en poser une. Je haussai de nouveau les épaules.

— C'est quoi, le problème avec ta tête ? T'as été dans un incendie, ou quoi ?

— Julian, arrête ! s'écria Charlotte.

— Ben quoi, c'est pas méchant, dit Julian. Je pose juste une question. M. Bocu a dit qu'on pouvait poser des questions.

— Pas ce genre de questions, continua Charlotte. En plus, il est né comme ça. C'est ce que M. Bocu a dit. T'as juste pas écouté.

— Si, j'ai écouté ! protesta Julian. Je pensais qu'il avait peut-être été aussi victime d'un incendie.

— Julian, ta gueule ! lui ordonna soudain Jack.

— Toi, la ferme !

— Allez, August, dit Jack. Viens, on va à la bibliothèque.

Je sortis de la salle de spectacle derrière Jack. Il me tint la porte et, alors que je passais devant lui, il me regarda bien en face, comme s'il me défiait. Je lui rendis son regard. Et je lui souris. Oui, j'ai souri. Ça m'arrive : quand j'ai peur de me mettre à pleurer, ça me fait comme si j'allais avoir un fou rire. C'est ce qui a dû se passer là, parce que j'ai souri avec l'impression que j'allais m'étouffer. Le truc, c'est qu'à cause de mon visage les gens qui ne me connaissent pas ne comprennent pas toujours que je leur souris. Ma bouche ne se relève pas aux coins comme la leur. Elle s'élargit sur les côtés, toute droite. Pourtant Jack Will, lui, je ne sais pas comment, a tout de suite compris. Il m'a rendu mon sourire.

— Julian est un con, me murmura-t-il avant que Julian et Charlotte ne nous rejoignent. Mais, mec, va falloir que tu t'exprimes.

Il avait dit ça très sérieusement, à la manière d'un conseil d'ami. Je lui fis un signe de tête alors que les deux autres nous rattrapaient. On a tous gardé le silence un moment. Finalement, je me tournai vers Julian.

— On dit « vraisemblablement ».

— Mais de quoi tu parles, là ?

— Tout à l'heure, t'as dit *vraisemblement*.

— C'est pas vrai !

— Si, c'est vrai, dit Charlotte. Tu as dit que l'option sciences est *vraisemblement* la plus dure. Je t'ai entendu.

— C'est pas vrai !

— Qu'est-ce que ça peut faire ? intervint Jack. Allez, on y va.

— Oui, allez, on y va, opina Charlotte.

Elle suivit Jack dans les escaliers. Alors que je lui emboîtais le pas, Julian me barra le passage. Je titubai en arrière.

— Oups ! Désolé ! fit Julian.

Mais son expression disait le contraire.

Un code qui marche

Nous avons retrouvé ma mère et M. Bocu en train de discuter dans le bureau. Mme Garcia nous accueillit avec son sourire brillant.

— Alors, August, qu'est-ce que tu en penses ? La visite guidée t'a plu ?

— Oui, fis-je, et je tournai la tête vers ma mère.

Jack, Julian et Charlotte se tenaient sur le pas de la porte, ne sachant pas s'ils devaient rester ou s'ils pouvaient s'en aller. Je me suis alors demandé ce qu'on leur avait dit sur moi, avant.

— Tu as vu les poussins ? interrogea maman.

Alors que je faisais non de la tête, Julian s'empressa de répondre :

— Vous parlez des poussins du labo ? On les donne à une ferme chaque fin d'année.

— Ah bon.

Maman semblait déçue.

— Mais on en fait éclore chaque année des nouveaux, précisa Julian. August les verra au printemps prochain.

— Ah, tant mieux, dit ma mère. Ils étaient trop mignons, August.

Si seulement elle avait pu s'abstenir de me parler comme à un bébé devant tout le monde.

M. Bocu prit la parole :

— Alors, August, tes camarades t'en ont montré assez ou tu veux voir autre chose ? Je viens de me rendre compte que nous avons oublié la salle de gymnastique.

— On y est allés, dit Julian.

— Parfait !

— Et je lui ai parlé de l'option théâtre et des autres options, dit Charlotte. Oh ! Non ! s'exclama-t-elle. On a oublié la salle d'arts plastiques !

— Ce n'est pas grave, fit le principal.

— Mais on peut lui montrer maintenant, proposa Charlotte.

— Est-ce qu'on ne doit pas aller chercher Via bientôt ? demandai-je à maman.

C'était notre code... si jamais j'avais vraiment envie de m'en aller.

— Bien sûr, tu as tout à fait raison ! dit-elle en se levant et en consultant sa montre à son poignet. Vous m'excuserez, mais je n'ai pas vu le temps filer. Nous devons passer prendre ma fille au lycée. Elle aussi a droit aujourd'hui à une visite guidée préparatoire.

C'était seulement à moitié un mensonge : Via visitait vraiment son lycée, seulement c'était papa qui devait la ramener plus tard à la maison.

— À quel lycée est votre fille ? s'informa M. Bocu en se levant à son tour.

— Le lycée Faulkner. Elle entre en seconde cette année.

— Faulkner, la sélection est sévère. Mes félicitations à votre fille !

— Merci. Le seul inconvénient, c'est que c'est loin. Elle doit prendre la ligne A jusqu'à la 86ᵉ, puis un bus pour passer de l'autre côté de Central Park. Plus d'une heure en tout. En voiture, par contre, on y est en un quart d'heure.

— Le jeu en vaut la chandelle. Quelques-uns de mes élèves y sont entrés, et ils sont très contents, lui assura M. Bocu.

— Il faut vraiment qu'on y aille, maman, dis-je en tirant sur son sac à main.

On a dit au revoir. M. Bocu semblait étonné de nous voir partir si vite, et j'ai pensé qu'il allait peut-être adresser des reproches à Jack et à Charlotte. Mais si je m'étais senti mal à l'aise, c'était uniquement à cause de Julian.

— Tout le monde a été très gentil, déclarai-je à M. Bocu.

Il me tapa doucement dans le dos.

— Je me réjouis de t'avoir pour élève.

— Salut ! lançai-je à Jack, Charlotte et Julian.

Mais j'évitai de les regarder et je gardai les yeux baissés jusqu'à ce que nous soyons sortis du bâtiment.

À la maison

Une fois qu'on a été assez loin sur le trottoir, maman m'a demandé :

— Alors, comment c'était ? Ça te plaît ?

— Je te dirai à la maison, lui répondis-je.

Je me suis tout de suite rué dans ma chambre et jeté sur mon lit. Je voyais bien que maman ne comprenait pas ce qui m'arrivait ; moi non plus, d'ailleurs. Je me sentais à la fois super triste et un petit peu content quand même. Comme dans la salle de spectacle, quand j'avais été pris d'une envie de rire et de pleurer à la fois.

Daisy, notre chienne, a sauté sur mon lit et s'est mise à me lécher la figure.

— Bon chien ! dis-je en imitant la grosse voix de papa. Bon chien !

— Tout va bien, mon chéri ?

Maman voulut s'asseoir à côté de moi, mais Daisy prenait toute la place.

— Excuse-moi, Daisy, dit-elle en poussant doucement le chien. Ces enfants ont été méchants avec toi, Auggie ?

— Non, répondis-je, et je mentais seulement à moitié. Ils ont été O.K.

— Mais *gentils*, est-ce qu'ils ont été *gentils* ? M. Bocu les trouve adorables, il me l'a répété je ne sais combien de fois.

— Hmm...

Je regardais Daisy, je lui faisais des petits bisous sur le nez et je lui grattais l'oreille jusqu'à ce qu'elle se mette à agiter la patte arrière comme pour chasser des puces.

— Ce garçon, Julian, il a l'air vraiment très gentil, dit maman.

— Oh, pas du tout. Mais Jack, si, il est sympa. Je croyais qu'il s'appelait Jackwill mais, en fait, c'est juste Jack.

— Attends, je les confonds peut-être. C'est lequel qui a des cheveux noirs coiffés en avant ?

— Julian.

— Et il n'a pas été gentil ?

— Non.

— Ah bon.

Après un instant de réflexion, elle ajouta :

— C'est donc un de ces gosses qui se comportent différemment devant les grandes personnes ?

— Possible.

— Ah ! Je les déteste, ceux-là ! s'exclama-t-elle.

— Il a dit quelque chose du genre : « Qu'est-ce qui cloche avec ta tête ? T'as été victime d'un incendie ou quoi ? »

Maman ne réagit pas. Je levai les yeux : elle avait l'air choquée. J'ajoutai vite :

— Il n'a pas dit ça méchamment. C'était juste une question.

Maman fit juste oui de la tête.

— Mais Jack, lui, il est vraiment sympa. Il a dit « Ta

gueule » à Julian, et Charlotte a dit quelque chose du genre :
« Julian, on pose pas des questions comme ça ! »

Maman commença à se masser les tempes comme pour chasser une migraine.

— Je suis désolée, Auggie.

Elle avait les joues très rouges.

— Non, ça va, maman, je t'assure.

— Tu n'as pas à aller à l'école si tu ne veux pas, mon chéri.

— Mais je veux...

— Auggie...

— Non, maman, je veux vraiment...

Là, je ne mentais pas.

Les chocottes de la rentrée

Le matin de la rentrée, j'étais tellement anxieux que ce n'étaient pas des papillons que j'avais dans le ventre, mais plutôt des pigeons qui battaient des ailes. Papa et maman étaient sûrement aussi un peu stressés, mais ils faisaient comme s'ils étaient ravis. Ils prirent des photos de Via et de moi avant de quitter la maison, puisque c'était aussi son premier jour au lycée.

Quelques jours plus tôt, on ne savait toujours pas si j'irais ou non à l'école. Après la visite guidée du collège, mes parents avaient « échangé » leurs opinions. Maman ne voulait pas que j'y aille et c'était papa qui insistait pour que je fasse ma rentrée. Il était très fier de la manière dont j'avais tenu tête à Julian, j'étais en train de devenir un homme. Et je l'ai entendu déclarer à maman qu'elle avait raison depuis le début, mais maman, elle, n'était plus très sûre. Lorsque papa lui a dit qu'on irait tous ensemble, Via comprise, au collège, parce que c'était sur le chemin de la station de métro, elle a eu l'air soulagée. Moi aussi j'étais soulagé.

Même si le collège Beecher n'est qu'à quelques rues de chez nous, je ne suis pas souvent passé devant. De manière générale, j'évite les endroits où il y a trop d'enfants qui se baladent. Autour de chez moi, tout le monde me connaît, et je connais tout le monde. Je connais toutes les briques par cœur, chaque tronc d'arbre, les minuscules trous du trottoir. Je connais Mme Grimaldi, toujours assise à sa fenêtre, et le vieux monsieur qui marche de long en large en sifflant comme un oiseau. Je connais l'épicerie au coin de la rue où maman achète nos sandwiches, et les serveuses du snack qui m'appellent toutes « mon petit chou » et me donnent des sucettes chaque fois qu'elles me voient. J'adore mon quartier de North River Heights. C'est pour ça que ça m'a fait si bizarre de marcher dans ces rues comme si je les voyais pour la première fois. L'avenue Amesfort n'avait plus du tout la même allure. Pleine d'inconnus, agglutinés à l'arrêt de bus, ou avançant avec des poussettes...

Après avoir traversé Amesfort, on a pris Heights Place. Via et moi, on marchait devant. Une fois tourné le coin de la rue, on a vu l'école... Il y avait une centaine d'enfants, réunis en petits groupes. Ils discutaient, riaient, ou se tenaient à côté de leurs parents, qui eux-mêmes parlaient à d'autres parents. Je baissai la tête au maximum.

— Ils ont tous autant le trac que toi, me chuchota Via. Rappelle-toi, c'est aussi leur premier jour au collège. D'accord ?

Debout à l'entrée, M. Bocu saluait les parents et les élèves.

Il ne s'était encore rien passé d'horrible. Personne ne me regardait de travers, ils ne m'avaient même pas remarqué. Sauf des filles qui regardaient dans ma direction et chuchotaient en se couvrant la bouche de leurs mains, mais dès que j'ai levé les yeux, elles ont tourné la tête.

Nous avons atteint l'entrée.

— O.K., mon grand, on y est, me dit papa en posant ses mains sur mes épaules.

Via me serra dans ses bras et me donna un gros baiser.

— Amuse-toi bien pour ton premier jour. Je t'aime !

— Je t'aime aussi, dis-je.

— Je t'aime, Auggie, dit papa, qui me serra à son tour dans ses bras.

— Au revoir.

Puis ce fut le tour de maman. Elle m'a embrassé, mais je voyais bien qu'elle était au bord des larmes, et comme j'avais peur de me ridiculiser, je m'arrachai à elle. Lui tournant le dos, je disparus à l'intérieur de l'école.

Cadenas à combinaison

Je me dirigeai vers la salle 301, au deuxième étage. J'étais content. Grâce à la visite guidée, je savais exactement où aller et n'eus pas besoin de lever la tête une seule fois. Je sentais à présent sur moi les regards perçants des autres. À mon habitude, je fis semblant de ne rien remarquer.

J'entrai dans la classe. La prof était en train d'écrire au tableau pendant que les enfants choisissaient leurs places. Les bureaux étaient disposés en demi-cercle, face au tableau. J'optai pour celui du milieu, dans la rangée du fond, en me disant que j'y serais à l'abri. Je gardais la tête baissée mais, à travers ma frange, je voyais les chaussures de tout le monde. Alors que la salle se remplissait, personne n'était encore assis à côté de moi. Une ou deux fois, quelqu'un s'assit, puis changea d'avis à la dernière minute pour se placer ailleurs.

— Salut, August !

C'était Charlotte qui me faisait un petit coucou de la main et s'installait au premier rang.

Que l'on puisse volontairement se mettre si près du tableau me dépasse !

— Salut ! répliquai-je avec un signe de tête.

Je reconnus alors Julian, assis un peu plus loin en train de parler avec d'autres élèves. Il m'avait vu, mais ne m'avait pas dit bonjour.

Et puis soudain, une présence à côté de moi. Jack Will. Jack.

— Ça va ?

— Salut, Jack ! dis-je en le saluant de la main, un geste que je regrettai aussitôt parce que ça ne me donnait pas vraiment l'air cool.

— Allez, les enfants, allez ! Installez-vous.

C'était la prof. Elle s'était retournée pour nous faire face. Elle avait écrit son nom au tableau : Mlle Mimosa.

— Tout le monde assis, s'il vous plaît. Allez, les retardataires, dépêchez-vous ! lança-t-elle à deux élèves qui demeuraient sur le pas de la porte. Il y a de la place là-bas.

Elle ne m'avait pas encore aperçu.

— Maintenant, on arrête de parler et...

C'est là qu'elle me vit.

— ... on pose son cartable. Et dans le calme, s'il vous plaît.

Elle n'avait hésité qu'un millième de seconde, mais je savais qu'elle m'avait vu. Je vous l'ai dit : j'ai l'habitude maintenant.

— Je vais faire l'appel et ensuite le plan de classe, dit la prof en s'asseyant au bord de son bureau à côté de trois piles de dossiers en forme d'accordéon. Quand je vous appelle, venez prendre votre dossier. Vous y trouverez votre emploi du temps et le cadenas de votre casier. N'essayez pas d'ouvrir votre cadenas avant que je vous le demande. Le numéro de votre casier est indiqué sur votre emploi du temps. Sachez que certains casiers ne se trouvent pas juste à côté de la classe mais au bout du couloir. Et avant que vous me posiez la question, non, il n'est pas possible de changer. Pour finir, si on a le temps, on va se présenter pour apprendre à se connaître. D'accord ?

Elle saisit la liste sur son bureau et se mit à lire les noms à voix haute.

— Alors... Julian Albans ? dit-elle en relevant la tête.

— Présent ! dit Julian en levant la main.

— Bonjour, Julian.

Elle nota quelque chose sur son plan puis prit le premier dossier et le lui tendit.

Alors que Julian se levait pour aller le prendre, elle continua :

— Ximena Chin ?

Tout en passant les noms en revue, elle confiait leurs dossiers à tous les enfants. Peu à peu, je pris conscience que le bureau voisin du mien était encore inoccupé alors qu'un peu plus loin, deux élèves se serraient sur une seule place. Lorsque la prof appela l'un d'entre eux, un grand garçon appelé Henry Joplin qui ressemblait déjà à un ado, elle lui dit :

— Henry, il y a un siège vide là. Tu n'as qu'à t'y asseoir !

Elle lui tendit son dossier et montra du doigt le bureau en question. Je n'eus pas besoin de regarder Henry. Je sentis bien à sa façon de traîner son sac à dos, comme s'il se déplaçait au ralenti, qu'il n'avait vraiment pas envie de s'asseoir à côté de moi. Il posa son sac sur sa table comme pour dresser un mur entre nous deux.

— Maya Markowitz ?

— Présente ! dit une fille qui se tenait un peu plus loin sur la même rangée que moi.

— Miles Noury ?

— Présent !

C'était celui qui était assis avec Henry Joplin au début. Alors qu'il retournait à sa place, je le surpris à glisser un regard de pitié à Henry.

— August Pullman ?

— Présent, dis-je timidement en levant la main à moitié.

— Bonjour, August.

Elle me sourit gentiment lorsque je me levai pour aller chercher mon dossier. Je sentis les regards des autres élèves me brûler le dos pendant les quelques instants où je me tins devant eux. Ils baissèrent tous le nez quand je retournai à ma place. Je résistai à la tentation de jouer avec mon cadenas, même si tout le monde le faisait, parce que la prof nous avait expressément demandé d'attendre. De toute manière, je savais déjà comment ça fonctionnait. J'utilise des cadenas à combinaison sur mon vélo. Henry essayait désespérément d'ouvrir le sien. Frustré, il jurait entre ses dents.

Mlle Mimosa appela le peu d'élèves qui restaient. Jack Will était le dernier de la liste.

Après lui avoir tendu son dossier, elle déclara :

— Maintenant, tout le monde écrit sa combinaison quelque part afin de ne pas l'oublier, d'accord ? Mais si vous l'oubliez, ce qui arrive au moins 3,2 fois par trimestre, Mme Garcia a une liste de toutes les combinaisons. Maintenant allez-y, sortez votre cadenas de la pochette et ouvrez-le, même si je vois que certains d'entre vous ont déjà commencé, dit-elle, en se tournant vers Henry. Pendant ce temps, je vais me présenter, et après, chacun aura la parole pour se présenter à son tour.

Elle sourit à la classe, mais j'eus l'impression que son

sourire m'était destiné à moi plus qu'aux autres. Ce n'était pas un sourire en plastique comme celui de Mme Garcia. C'était un vrai.

Elle ne correspondait pas à l'image que j'avais d'un professeur. Comme Mme Fowl, par exemple, la maîtresse dans *Jimmy Neutron* : une vieille dame avec un gros chignon sur la tête. En fait, elle était le portrait craché de Mon Mothma dans *Star Wars. Épisode VI* : les cheveux coupés comme un garçon et une grande jupe blanche qui ressemblait à une tunique.

Elle se retourna pour écrire au tableau.

Henry n'avait toujours pas réussi à ouvrir son cadenas et, chaque fois qu'il entendait le déclic de celui des autres, il s'énervait davantage. Encore plus lorsque j'ouvris le mien du premier coup. Le plus drôle, c'est que s'il n'avait pas mis son sac entre nous, je lui aurais sûrement proposé de l'aide.

Les présentations

Mlle Mimosa nous raconta sa vie. Des histoires casse-pieds sur sa ville natale, et comment elle avait toujours voulu être prof, et comment elle avait laissé tomber son job à Wall Street pour poursuivre son « rêve », enseigner aux enfants. À la fin, elle demanda si on avait des questions. Julian leva la main.

— Oui…, dit-elle, obligée de consulter son plan de classe pour se rappeler son nom. Julian ?

— Je trouve ça cool que vous réalisiez votre rêve, dit Julian.

— Merci ! Julian, est-ce que tu veux commencer et nous en dire un peu plus sur toi ? En fait, voilà ce que j'aimerais que vous fassiez tous. Pensez à deux choses que vous voulez partager avec vos camarades. Ah, j'oubliais : combien d'entre vous étaient déjà à Beecher en primaire ?

La moitié des élèves levèrent la main.

— Donc je pense que certains se connaissent déjà. Mais les autres sont nouveaux, n'est-ce pas ? Bon, pensez chacun à deux choses que vous voulez que les autres sachent de vous. Et si vous connaissez déjà certains de vos camarades, essayez de penser à quelque chose qu'ils ignorent. D'accord ?

On y va. On commence par Julian puis on fera le tour de la classe.

Julian se gratta la tête puis se tapota le front comme s'il réfléchissait intensément.

— Tu peux y aller quand tu veux, dit Mlle Mimosa.

— Alors, la première chose c'est...

— D'abord présentez-vous et donnez votre nom. Ça me permettra de me souvenir de tout le monde.

— D'accord. Alors... je m'appelle Julian. Et la première chose que je veux dire à tout le monde, c'est que... je viens d'avoir Dragon Ball Z Tenkaichi 3 sur ma Wii et c'est trop génial. Et la deuxième chose, c'est... qu'on a une table de ping-pong depuis cet été.

— Bien. J'adore le ping-pong, dit la prof. Est-ce que vous avez des questions pour Julian ?

— Dans Tenkaichi 3, c'est à plusieurs joueurs ou un seul ? demanda celui qui s'appelait Miles.

— Pas ce genre de questions, les enfants... Bon, et toi ?

Elle se tourna vers Charlotte, probablement parce que son bureau était près du sien.

Charlotte n'hésita pas une seconde. Elle semblait déjà savoir exactement ce qu'elle allait dire.

— Je m'appelle Charlotte. J'ai deux sœurs, et en juillet on a eu un chiot, une petite chienne, Suki. On l'a trouvée dans un refuge pour chiens, et elle est trop trop mignonne !

— C'est bien, Charlotte, merci, dit Mlle Mimosa. Qui veut prendre la parole maintenant ?

L'agneau à l'abattoir

« Comme un agneau qu'on mène à l'abattoir. » *Une expression qui veut dire que quelqu'un se rend quelque part docilement, sans savoir que quelque chose de désagréable va bientôt lui arriver.*

J'avais regardé sur Google la veille. Et c'est ce à quoi je pensais lorsque Mlle Mimosa m'a appelé et que, tout à coup, c'était à mon tour de parler.

— Je m'appelle August, lançai-je d'une toute petite voix.

— Quoi ? dit quelqu'un.

— Tu peux parler plus fort, s'il te plaît ? demanda Mlle Mimosa.

— Je m'appelle August, répétai-je en me forçant à lever la tête. Je... heu... J'ai une sœur qui s'appelle Via et une chienne qui s'appelle Daisy. Et heu... c'est tout.

— Très bien ! Des questions pour August ?

Personne ne répondit.

— Bon, à toi, dit-elle à Jack.

— Attendez ! J'ai une question pour August, dit Julian en levant la main. Pourquoi est-ce que tu as cette petite natte dans le cou ? C'est un truc de Padawan ?

— Oui, répondis-je avec un hochement de tête.

— C'est quoi, un « truc de Padawan » ? s'enquit Mlle Mimosa qui me souriait.

— C'est dans *Star Wars*, l'informa Julian. Un Padawan, c'est un apprenti Jedi.

— Oh, c'est intéressant. Alors, tu aimes *Star Wars*, August ?

— Un peu, opinai-je en gardant la tête baissée parce que je n'avais qu'une envie, c'était de disparaître sous mon bureau.

— C'est qui, ton personnage préféré ? interrogea Julian.

Je me mis à penser qu'il n'était peut-être pas si méchant, après tout.

— Jango Fett.

— Et Palpatine ? Tu l'aimes bien, Palpatine ?

— Bon, les enfants, vous discuterez de *Star Wars* à la récré, intervint Mlle Mimosa. Maintenant continuons. On ne t'a pas encore entendu, dit-elle en s'adressant à Jack.

J'avoue ne pas avoir du tout écouté ce que Jack a raconté. Peut-être que personne n'avait compris cette histoire de Palpatine, et peut-être que Julian n'avait pas eu de mauvaises intentions. Mais dans *Star Wars. Épisode III : La Revanche des Sith*, le visage de Dark Sidious, alias Palpatine, brûlé par un éclair Sith, est totalement déformé. Sa peau devient toute fripée et sa figure se met à fondre.

Je me suis tourné vers Julian. Il me regardait. Il savait exactement de quoi il parlait.

Choisir la bonté

Ce fut un vaste remue-ménage lorsque la sonnerie retentit et qu'ils se levèrent tous, prêts à sortir. Sur mon emploi du temps, mon prochain cours était anglais, salle 321. Je ne traînai pas pour voir si d'autres élèves y allaient aussi. Je filai dans le couloir, entrai dans la salle et m'assis aussi loin que possible du tableau. Le professeur, un homme vraiment très grand avec une barbe blonde, était en train d'y écrire quelque chose à la craie.

D'autres élèves entrèrent par petits groupes en parlant entre eux, mais je ne levai pas la tête. Ce qui s'était passé dans la classe principale se reproduisit : personne ne s'assit à côté de moi, sauf Jack. Il rigolait avec des élèves qui n'étaient pas dans notre classe. Jack est le genre de gars que tout le monde trouve sympa. Il a beaucoup de copains. Il fait rire tout le monde.

À la seconde sonnerie, il y a eu un silence et le professeur s'est tourné vers nous. Il a dit qu'il s'appelait M. Browne et nous a expliqué le programme du trimestre. À un moment donné, entre Mark Twain et *Sa Majesté des mouches*, il remarqua ma présence mais continua à parler.

Je griffonnais ce qu'il disait dans mon cahier tout en

coulant de temps en temps un regard aux autres. Charlotte était là. Julian et Henry aussi. Miles, non.

M. Browne écrivit au tableau en grosses lettres majuscules :

P-R-É-C-E-P-T-E !

— Tout le monde écrit ça en haut de la première page de son cahier.

Toute la classe s'exécuta.

— Bon, qui peut me dire ce que signifie « précepte » ? Est-ce que quelqu'un sait ?

Personne ne leva la main.

En souriant, M. Browne se retourna pour écrire au tableau.

PRÉCEPTES = RÈGLES À PROPOS DE CHOSES TRÈS IMPORTANTES

— Comme une devise ? demanda quelqu'un.

— Comme une devise ! opina M. Browne en continuant d'écrire. Ou une citation que tout le monde connaît. Ou encore un proverbe chinois. Une expression ou une maxime qui nous motive. Un précepte, c'est quelque chose qui nous aide, qui nous guide lorsque nous devons prendre une décision à propos de choses très importantes.

Il écrivit tout cela puis se retourna vers nous.

— Alors, c'est quoi, « des choses très importantes » ?

Quelques élèves levèrent la main, il les désigna et nota leurs réponses au tableau d'une écriture vraiment pas géniale.

RÈGLEMENT. TRAVAIL À L'ÉCOLE. DEVOIRS À LA MAISON.

— Quoi d'autre ? dit-il sans s'arrêter d'écrire, ni même se retourner. Allez ! Continuez !

Il prit en dictée toutes les idées que les élèves lançaient.

LA FAMILLE. LES PARENTS. LES CHIENS ET LES CHATS.

Une fille cria :

— L'environnement !

L'ENVIRONNEMENT.

Il ajouta à la craie :

NOTRE MONDE !

— Les requins, parce qu'ils mangent des choses mortes dans la mer ! dit un garçon qui s'appelait Reid.

M. Browne écrivit :

LES REQUINS.

— Les abeilles !

— Les ceintures de sécurité !

— Le recyclage !

— Les copains !

M. Browne continua de blanchir le tableau noir. Puis il se retourna.

— Personne n'a parlé de ce qu'il y a de *plus* important.

— Dieu ? proposa un élève, mais alors que le prof inscrivait *Dieu*, je vis que ce n'était toujours pas ça.

Sa main traça ensuite les mots :

CE QUE NOUS SOMMES !

— Ce que nous sommes, dit-il en soulignant avec sa craie. Ce que nous sommes ! *Nous !* D'accord ? Quel genre de personnes sommes-nous ? Est-ce que ce n'est pas ce qu'il y a de plus important ? Est-ce que ce n'est pas la question qu'on devrait se poser tout le temps ? « Quel genre de personne suis-je ? »

Il ajouta :

— Quelqu'un parmi vous a-t-il lu la plaque qui se trouve à côté de la porte de cette école ? Personne ?

Il jeta un regard circulaire : aucune réponse.

— *Connais-toi toi-même*, et *Tu es là pour apprendre qui tu es.*

— Je croyais qu'on était là pour apprendre la grammaire ! blagua Jack, ce qui fit rire toute la classe.

— Ah oui, ça aussi ! dit le professeur, ce que j'ai trouvé plutôt marrant.

Il se retourna pour écrire en lettres majuscules énormes, qui allaient d'un bout à l'autre du tableau :

LE PRÉCEPTE DE SEPTEMBRE DE M. BROWNE : LORSQU'ON A LE CHOIX ENTRE ÊTRE JUSTE ET ÊTRE BON, IL FAUT CHOISIR LA BONTÉ.

— Écoutez-moi bien, dit-il en se tournant vers nous. Je veux que vous commenciez une section spéciale dans vos cahiers que vous intitulerez *Les préceptes de M. Browne*.

Alors que nous nous penchions sur nos cahiers, il continua :

— Écrivez la date d'aujourd'hui en haut de la première page. Et à partir de maintenant, au début de chaque mois, j'écrirai au tableau un précepte et vous le noterez dans votre cahier. On discutera ensuite de sa signification en classe. À la fin de chaque mois, vous rendrez une rédaction sur ce que ce précepte représente pour vous. À la fin de l'année, vous rentrerez ainsi chez vous avec votre liste de préceptes. Pendant l'été, je demande à mes élèves de trouver leur précepte personnel, de l'écrire sur une carte postale et de me l'envoyer de l'endroit où ils passent leurs vacances.

— Et ils le font vraiment ? s'étonna une fille dont j'ignorais le nom.

— Oui. Ils le font vraiment. En fait, j'ai des élèves qui m'envoient encore des préceptes plusieurs années après avoir terminé le lycée. C'est assez incroyable.

Il s'arrêta un instant et se caressa la barbe.

— Mais je sais que l'été prochain vous paraît très loin, ajouta-t-il en riant. Bon, avec tout ça, je n'ai pas encore fait l'appel. Allons-y, après on continuera à parler de toutes les choses merveilleuses que l'on va étudier cette année... en respectant la grammaire !

Il désigna Jack du doigt. Et tout le monde dans la classe rigola.

En écrivant le précepte de M. Browne, je sentis que j'allais aimer cette école. Quoi qu'il arrive.

La cantine

Via m'avait pourtant prévenu. L'heure du déjeuner, au collège, c'est dur. Alors, j'aurais dû m'y attendre. Sauf que je ne pensais pas que ce serait si difficile. Tous les sixièmes se ruèrent dans la cantine. Ils se bousculaient, parlaient très fort entre eux et couraient s'asseoir aux différentes tables. Une des profs qui surveillaient a crié que l'on n'avait pas le droit de réserver des places. Sur le moment, je n'ai pas compris ce qu'elle voulait dire. Les autres non plus, d'ailleurs : ils gardaient tous des chaises pour leurs amis. Je tentai ma chance, mais l'élève déjà assis à côté de la place libre me lança :

— Oh, désolé. Il y a quelqu'un.

Je me suis dirigé vers une table vide et j'ai attendu que les choses se calment et que la prof prenne la direction des opérations. Pendant qu'elle hurlait les règles de la cantine, je cherchais des yeux Jack Will, mais il n'était pas dans mon coin. Il y avait encore des élèves qui entraient tandis que la prof donnait l'ordre aux premières tables de se lever pour prendre des plateaux. Julian, Henry et Miles étaient assis tout au fond.

Comme maman m'avait préparé un sandwich au fromage, des crackers et un jus de fruits, je n'avais pas besoin de me lever pour faire la queue. Quand la prof appela ma table, je me contentai d'ouvrir mon sac à dos, d'en sortir mon déjeuner et de déchirer l'aluminium qui recouvrait mon sandwich.

Je sentais qu'ils me regardaient, qu'ils se poussaient du coude en m'observant du coin de l'œil. Moi qui croyais être immunisé, eh bien, je me trompais.

Il y avait une table de filles. Je savais qu'elles chuchotaient des trucs sur moi parce qu'elles avaient leurs mains levées devant la bouche. Leurs regards, leurs voix me frappaient comme des balles.

Je déteste la manière dont je mange. Je sais que c'est très bizarre. On m'a opéré le palais quand j'étais bébé, puis une deuxième fois quand j'ai eu quatre ans, mais j'ai toujours un trou en haut dans ma bouche. Et même si on m'a aligné les mâchoires il y a quelques années, je suis obligé de mâcher ma nourriture avec les dents de devant. Je ne savais pas de quoi j'avais l'air jusqu'à une fête d'anniversaire où j'avais été invité. Un garçon a dit à sa mère qu'il ne voulait pas s'asseoir à côté de moi parce que j'avais l'air dégoûtant avec toutes les miettes qui sortaient de ma bouche. Il ne voulait pas être méchant, mais il s'est fait gronder plus tard, et sa mère a téléphoné à la mienne le soir pour s'excuser. Lorsque je suis rentré à la maison après cette fête, j'ai mangé un cracker en me regardant dans le miroir. Le petit garçon avait raison. Je mange comme une tortue, si vous avez déjà vu une tortue manger... ou comme un animal préhistorique.

Des prénoms d'été

— Salut ! Il y a quelqu'un ici ?

Je levai la tête. Une fille se tenait en face de moi avec un plateau chargé de nourriture. Elle avait de longs cheveux bruns ondulés et portait un tee-shirt violet imprimé du signe hippie de la paix.

— Heu... non, dis-je.

Elle posa son plateau, fit tomber son sac sur le sol, s'assit et, sans transition, commença ses macaronis au fromage.

— Berk, dit-elle après la première bouchée. J'aurais mieux fait d'apporter mon sandwich, comme toi.

— Ouais, opinai-je.

— Je m'appelle Summer. Et toi ?

— August.

— Summer ! s'exclama une deuxième fille qui arrivait avec un plateau à la main. Qu'est-ce que tu fais là ? Reviens à notre table...

— Il y a trop de monde, lui répondit Summer. Viens plutôt t'asseoir ici. Il y a plus de place.

L'autre eut l'air gênée et s'éloigna. Je reconnus alors une des chuchoteuses de tout à l'heure.

Summer me regarda, haussa les épaules et me sourit, puis

elle prit une autre bouchée de pâtes dégoulinantes de fromage.

— Eh ! Nos noms vont bien ensemble ! dit-elle, la bouche pleine.

Voyant que je ne comprenais pas, elle ajouta, tout sourire et les yeux ronds :

— Summer ? August[1] ?

Je répondis avec un temps de retard :

— Ah. Oui.

— On pourrait faire une table réservée aux prénoms d'été... Seuls les enfants avec des prénoms en rapport avec l'été auraient le droit de s'asseoir ici. Est-ce qu'il y a quelqu'un qui s'appelle June ou Julia ?

— Il y a une Maya dans ma classe.

— Sauf que le mois de mai, c'est au printemps, rétorqua Summer. Évidemment, si elle voulait s'asseoir ici, on pourrait faire une exception.

Elle disait ça très sérieusement, comme si elle avait déjà réfléchi longuement à la question.

— Il y a Julian. C'est comme Julia, ça vient de « juillet ». Je gardai le silence.

Elle sortit un cahier.

— Et Mlle Mimosa pourrait aussi venir. Son nom fait penser à celui d'une fleur, et les fleurs, c'est un truc de l'été.

— Je l'ai comme prof principale.

— Je l'ai en maths.

Elle fit une grimace.

Elle se mit à écrire la liste des noms sur l'avant-dernière page de son cahier.

_____

1. *Summer* = été, en français. *August* = août, en français.

— Alors ? Qui d'autre ?

À la fin du repas, notre liste d'élèves et de profs autorisés à s'asseoir à notre table était complète. La plupart des noms n'étaient pas vraiment des noms estivaux, mais ils avaient plus ou moins un rapport avec l'été. J'avais même trouvé un moyen d'y faire entrer Jack Will en inventant une phrase : « Jack a dit : va à la plage. » Summer avait dit oui.

— Mais si quelqu'un qui n'a pas un nom d'été veut s'asseoir avec nous, dit-elle sérieusement, on le laissera s'asseoir, malgré tout, t'es d'accord ?

— D'accord. Même s'il a un nom d'hiver.

Elle leva le pouce en guise de conclusion.

Summer portait bien son nom. Elle était bronzée et ses yeux étaient aussi verts qu'une feuille d'arbre.

De 1 à 10

Pour savoir comment je me sens, maman a l'habitude de me faire évaluer les choses de 1 à 10. Cela a commencé quand j'ai eu mon opération de la mâchoire, parce que je ne pouvais pas parler à cause de ma bouche qui était cousue. Ils avaient pris un morceau d'os de ma hanche pour le greffer dans mon menton afin que j'aie l'air plus normal, et j'avais mal partout. Maman me désignait un de mes pansements et je me servais de mes doigts pour lui dire à quel point c'était douloureux. Un, ça voulait dire un petit peu. 10, ça voulait dire beaucoup, beaucoup, beaucoup. Ensuite elle expliquait au médecin, lorsqu'il passait faire sa visite, ce qui avait besoin d'être ajusté et tout ça. Maman est super douée pour lire dans mes pensées.

Ensuite, on a pris l'habitude d'utiliser l'échelle de 1 à 10 pour tous les bobos. Même pour le plus banal, le mal de gorge, elle me demandait : « De 1 à 10 ? » Et je répondais : « 3 » ou le numéro correspondant.

À la sortie de l'école, maman m'attendait avec les autres parents et les baby-sitters. Le premier truc qu'elle m'a dit après m'avoir pris dans ses bras, c'est :

— Alors, comment c'était, de 1 à 10 ?

— 5, répondis-je en haussant les épaules.

Elle eut l'air vraiment surprise.

— Oh ! C'est mieux que ce que j'espérais.

— On va chercher Via ?

— C'est la mère de Miranda qui la ramène aujourd'hui. Tu veux que je porte ton sac à dos, mon cœur ?

On se faufilait à présent dans la foule des enfants et des parents qui, presque tous, me montraient « secrètement » du doigt.

— C'est pas la peine, dis-je.

— Il m'a l'air lourd, Auggie.

Elle voulut me le prendre.

— Maman ! dis-je en tirant le sac vers moi.

Je marchais devant elle en fendant la foule.

— À demain, August !

C'était Summer. Elle s'en allait dans la direction opposée.

Dès que l'on fut sortis de la cohue et sur le trottoir d'en face, maman me demanda :

— C'était qui, Auggie ?

— Summer.

— Elle est dans ta classe ?

— J'ai plein de classes.

— Elle est dans l'une de tes classes ?

— Nan.

Maman attendit que j'ajoute quelque chose mais je n'étais pas d'humeur à bavarder.

— Alors, c'était bien ?

Je savais qu'elle avait envie de me poser un millier de questions.

— Les gens étaient sympas ? Et tes profs ?

— Ça va. J'ai discuté avec Jack.

— C'est super, mon chéri. Et l'autre garçon, Julian ?

Je repensai à la remarque de Julian sur Palpatine et j'eus l'impression que cela s'était passé il y avait cent ans.

— Ça va, dis-je.

— Et la petite blonde... c'est quoi, son nom, déjà ?

— Charlotte. Maman, je t'ai dit que tout le monde était sympa.

— D'accord, d'accord.

Pourquoi étais-je en colère contre ma mère ? J'en sais trop rien. Après que nous avons traversé l'avenue Amesfort, elle n'a plus dit un mot jusqu'au coin de notre rue.

— Mais alors, comment as-tu fait la connaissance de Summer si elle n'est pas dans ta classe ? reprit-elle.

— On a déjeuné ensemble.

Je jouais à donner des coups de pied dans un caillou, comme si c'était un ballon de foot, en le faisant rouler à droite et à gauche sur le trottoir.

— Elle a l'air gentille.

— Elle est sympa.

— Elle est très jolie, ajouta maman.

— Oui, je sais, dis-je. On est un peu comme la Belle et la Bête.

Sans attendre sa réaction, je me mis à courir après le caillou dans lequel je venais de taper de toutes mes forces.

Padawan

Ce soir-là, j'ai coupé la petite natte qui se trouvait à l'arrière de mon crâne. Papa fut le premier à le remarquer.

— Oh ! C'est mieux ! dit-il. Je n'ai jamais aimé cette queue de rat.

Via n'en croyait pas ses yeux.

— Ça t'a pris des années pour la faire pousser ! s'exclama-t-elle, presque en colère. Pourquoi tu l'as coupée ?

— Je sais pas.

— Quelqu'un s'est moqué de toi ?

— Non.

— T'as dit à Christopher que t'allais la couper ?

— On est même plus amis !

— C'est pas vrai. J'arrive pas à croire que tu l'as juste coupée comme ça, déclara-t-elle d'un air méprisant, avant de sortir de ma chambre et de claquer la porte.

Je jouais avec Daisy sur mon lit quand mon père est entré pour me dire bonsoir. Il a poussé doucement la chienne et s'est allongé à côté de moi sur la couverture.

— Alors, *Auggie Doggie*, dit-il, c'était bien aujourd'hui ?

Il a trouvé ce surnom dans un dessin animé des années

soixante dont le héros est le teckel Auggie Doggie. Il avait acheté la série sur eBay quand j'avais quatre ans, et on avait regardé pas mal d'épisodes ensemble – surtout à l'hôpital. Il m'appelait Auggie Doggie et moi je l'appelais « mon bon vieux papa » comme dans le dessin animé.

— Oui, c'était vraiment bien, opinai-je.

— Tu n'as rien dit de toute la soirée.

— Je crois que je suis fatigué.

— C'était une longue journée, hein ?

Je fis oui de la tête.

— Mais ça s'est bien passé ?

Je hochai de nouveau la tête. Et comme il ne disait rien, j'ajoutai :

— Ça s'est même très bien passé.

— Je suis content, Auggie, soupira-t-il en m'embrassant sur le front. Alors on dirait que maman a eu une bonne idée en t'envoyant à l'école.

— Ouais... Mais je peux arrêter d'y aller si je veux, non ?

— Oui, c'est ce qu'on a convenu. Mais ça dépendra de tes raisons. Il faudra nous dire pourquoi. Nous parler et nous décrire ce que tu ressens, et nous avertir s'il se passe des choses. D'accord ? Tu promets que tu nous le diras ?

— Ouais.

— Je peux te demander quelque chose ? Qu'est-ce que tu as contre ta mère ? Tu n'as pas été très sympa avec elle ce soir. Tu sais, Auggie, je suis aussi responsable qu'elle de t'avoir envoyé à l'école.

— Non, c'est elle qui a eu l'idée, elle est plus responsable que toi.

Maman a frappé à la porte juste à ce moment-là et a passé la tête par l'entrebâillement.

— Je voulais juste te souhaiter bonne nuit.

Elle avait l'air un peu hésitante.

— Coucou, maman, dit papa en prenant ma main et en me forçant à l'agiter.

— Il paraît que tu as coupé ta natte.

Elle s'assit au bord du lit, à côté de Daisy.

— Et alors ? C'est pas grave..., soufflai-je.

— J'ai pas dit que c'était grave.

— Pourquoi tu ne restes pas avec Auggie ? dit papa en faisant mine de se lever. De toute façon, j'ai encore du travail. Bonne nuit, dors bien, mon petit Auggie Doggie !

Sauf que je n'étais pas d'humeur à lui donner la réplique, à mon bon vieux papa.

— Je suis fier de toi ! s'exclama-t-il, et il se leva pour de bon.

Maman et papa venaient toujours me dire bonne nuit, chacun à leur tour. Je sais que ça fait bébé d'avoir encore besoin d'être bordé dans son lit, mais c'est comme ça.

— Tu peux aller voir où en est Via ? demanda maman à papa en s'allongeant près de moi.

Il s'arrêta sur le pas de la porte et se retourna :

— Qu'est-ce qu'elle a, Via ?

— Rien, dit maman en haussant les épaules. En tout cas, rien qu'elle veuille me dire... Mais... c'était son premier jour de lycée aujourd'hui.

— Pff..., fit papa avec un clin d'œil. Y a toujours un truc de travers avec vous, les enfants.

— Ça, on ne s'ennuie jamais, approuva maman.

— Bonne nuit, les petits ! lança-t-il.

Dès que la porte s'est fermée, maman a sorti le livre qu'elle me lisait depuis quelques semaines. J'étais soulagé, parce que je n'avais pas du tout envie de « parler » ! Visiblement elle non plus. Elle tourna les pages jusqu'au passage où on s'était arrêtés, vers la moitié de *Bilbo le Hobbit*, et elle commença à lire à voix haute :

« "Arrêtez ! Arrêtez !", cria Thorin. Mais il était trop tard ; les nains excités avaient tiré leurs dernières flèches et maintenant les arcs fournis par Beorn n'étaient plus bons à rien. Leur groupe fut assez sombre ce soir-là ; et cette tristesse ne fit que s'accentuer les jours suivants. Ils avaient passé la rivière enchantée ; mais au-delà le sentier semblait se poursuivre tout comme avant, et ils ne voyaient aucun changement dans la forêt. »

Sans savoir pourquoi, à ce moment-là, je me suis mis à pleurer.

Maman posa le livre et m'entoura de ses bras. Mes larmes ne semblaient pas l'étonner.

— Tout va bien, me chuchota-t-elle à l'oreille, ça va aller.

— Pardon, dis-je entre deux sanglots.

— Chhh…, dit-elle en essuyant mes larmes du dos de la main. Tu n'as pas à t'excuser…

— Pourquoi est-ce que je suis si moche, maman ? murmurai-je.

— Mais non, mon chéri…

— Je sais bien que je suis un monstre.

Elle m'embrassa partout sur le visage. Elle embrassa mes yeux qui tombaient trop bas. Elle embrassa mes joues qui sont si creuses qu'on dirait que quelqu'un y a enfoncé son poing. Elle embrassa ma bouche de tortue.

Ses paroles, douces, m'ont apaisé. Mais aucun mot ne pourra jamais changer mon visage.

Réveillez-moi fin septembre

Le reste du mois de septembre a été difficile. Je n'avais pas l'habitude de me lever si tôt ni d'avoir autant de devoirs. J'ai eu mon premier « contrôle » à la fin du mois.

Surtout, ça ne me plaisait pas de ne plus avoir de temps libre. Maintenant, j'avais toujours un truc à faire pour l'école.

Et puis, au début, le collège, ç'a été vraiment horrible. Chaque nouvelle classe était une occasion pour les autres de « ne pas me dévisager ». Ils me regardaient de derrière leurs cahiers ou bien quand ils croyaient que je ne les voyais pas. Ils faisaient de grands détours pour éviter de me frôler, comme s'ils risquaient d'attraper une maladie, comme si mon visage était contagieux.

Dans les couloirs bondés, mon visage finissait toujours par surprendre des élèves qui n'avaient pas encore entendu parler de moi. Ils faisaient alors un bruit, comme quand on s'apprête à plonger sous l'eau, un petit « hé ». Pendant les premières semaines, c'était quatre ou cinq fois par jour : dans les escaliers, devant les casiers ou à la bibliothèque. Un jour, les cinq cents élèves finiraient sans doute tous par avoir vu mon visage. La nouvelle de mon existence se répandait, parce que de temps en temps je sentais l'un d'eux donner un coup de coude à un de ses amis ou faire des messes basses sur mon passage. J'imaginais ce qu'ils se disaient. En fait j'aime mieux ne pas y penser.

Je ne dis pas qu'ils étaient méchants. Aucun d'entre eux ne s'est moqué de moi, ni n'a fait des bruits ou quoi que ce soit. C'étaient plutôt des blagues débiles. J'avais presque envie de leur dire : « Pas de panique, je sais que j'ai une tête bizarre, regardez-moi, je ne mords pas. » De les rassurer en leur disant que j'étais comme eux.

Si un Wookiee se pointait à l'école tout à coup, je serais curieux. Et je le dévisagerais sûrement un peu. Et si j'étais en compagnie de Jack ou de Summer, je leur glisserais sûrement à l'oreille : « Eh ! Regarde, c'est le Wookiee. » Et si le Wookiee m'entendait, il saurait que je ne suis pas méchant. Je ne ferais qu'énoncer un fait : c'est un Wookiee.

Il a fallu environ une semaine à mes camarades de classe pour s'habituer à mon visage. Et je ne parle que de ceux qui me voyaient tous les jours.

Cela a pris à peu près deux semaines aux élèves de mon niveau. Ceux que je rencontrais à la cantine, dans la cour de récré, en sport, en musique, à la bibliothèque et en cours d'informatique.

Quant au reste de l'école, il leur a fallu environ un mois. Je parle des classes supérieures. Des « grands », quelquefois vraiment super grands, avec des coupes de cheveux pas possibles. Il y en avait même avec des boucles d'oreilles dans le nez. Certains avaient des boutons sur la figure. Mais aucun ne me ressemblait.

Jack Will

Jack et moi, on avait la même prof principale, et on était ensemble en anglais, en histoire, en informatique, en musique et en sciences. On était toujours voisins pendant ces cours-là. Les professeurs nous assignaient des nouvelles places chaque fois, et je me retrouvais toujours à côté de Jack. Je ne sais pas si on leur avait dit de nous mettre côte à côte ou s'il faut y voir une coïncidence incroyable.

On marchait aussi ensemble dans les couloirs entre les cours. Jack remarquait que les autres me fixaient, mais il faisait semblant de l'ignorer. Sauf un jour. On allait en histoire, et voilà qu'un mec énorme, de troisième, un géant, a dévalé l'escalier et m'est rentré dedans. En m'aidant à me relever, il a vu mon visage et, sans faire exprès, il a crié : « Oh, la vache ! » Puis il m'a tapoté l'épaule, comme pour me dépoussiérer, et a couru rattraper ses amis. Je ne sais pas pourquoi Jack a éclaté de rire.

— T'as vu sa tête ? Trop marrant ! me dit-il alors qu'on s'asseyait à nos places.

— Ouais, incroyable !

— Il a eu la trouille de sa vie, j'ai cru qu'il allait se pisser dessus.

On riait si fort que notre professeur, M. Roche, nous a demandé de nous calmer.

Plus tard, alors que nous avions fini de lire un passage de notre manuel sur les Sumériens et les cadrans solaires, Jack me chuchota :

— T'as jamais envie de leur casser la gueule ?

Je haussai les épaules.

— Peut-être. Je sais pas.

— Moi, j'aurais du mal à résister. Si t'avais un pistolet à eau caché dans les yeux, chaque fois que quelqu'un te regarderait de travers, tu lui balancerais de la flotte à la figure !

— Ou un liquide vert ou un truc comme ça.

— Non, non : du jus de limace mélangé à de la pisse de chien.

— Ouais ! Carrément.

— Dites, les enfants, nous apostropha M. Roche. On n'a pas fini de lire.

On a baissé le nez sur nos livres, puis Jack a chuchoté :

— Tu seras toujours comme ça, August ? Je veux dire… la chirurgie esthétique peut pas faire quelque chose ?

Je rigolai en montrant mon visage du doigt.

— Ben… ce que tu vois là, c'est *après* la chirurgie esthétique !

Jack se donna une grande claque sur le front et explosa de rire.

— Mec, tu devrais lui faire un procès, à ton chirurgien ! hoqueta-t-il entre deux gloussements.

Cette fois, on était tellement morts de rire qu'on n'a même pas pu s'arrêter quand M. Roche s'est approché pour nous séparer.

Le précepte d'octobre
de M. Browne

VOS BONNES ACTIONS SONT VOS MONUMENTS.

M. Browne nous a expliqué que cette phrase avait été inscrite il y a des milliers d'années sur le tombeau d'un Égyptien. Et comme en histoire on allait étudier l'Égypte ancienne, il trouvait le précepte approprié.

À la maison, il fallait faire une rédaction où on disait ce que cette phrase signifiait pour nous et les sentiments qu'elle nous inspirait.

Voici ce que j'ai écrit :

Ce précepte veut dire que l'on doit se souvenir de nous pour les choses que l'on accomplit. Ce sont les plus importantes de toutes. Nos actions sont plus importantes que nos paroles ou notre apparence. Nos actions restent au-delà de la mort. Nos actions sont ces monuments qui honorent les héros après leur mort. Elles sont comme les pyramides que les Égyptiens ont construites pour honorer leurs pharaons. Sauf qu'au lieu d'être en pierre elles sont faites des souvenirs que les autres gardent de nous. C'est pour cela que nos bonnes actions sont comme des monuments. Construits de souvenirs et non de pierres.

Le fruit

Mon anniversaire tombe le 10 octobre. J'aime bien cette date : 10/10. Ç'aurait été super si, en plus, j'étais né à 10 h 10 du matin ou du soir, mais non, je suis né juste après minuit. N'empêche, j'adore mon anniversaire.

On le fête en général à la maison, mais cette année j'ai demandé à ma mère si je pouvais inviter mes amis au bowling. Même si cela l'a étonnée, elle a eu l'air contente. Elle m'a demandé qui je voulais inviter.

— Toute ma classe principale… et Summer.

— Ça fait beaucoup de monde, Auggie.

— Je veux pas qu'il y en ait qui apprennent que d'autres sont invités et pas eux, et se sentent rejetés. D'accord ?

— D'accord. Même le garçon qui t'a fait des misères ?

— Oui, il faut inviter Julian. Enfin, maman, tu devrais oublier cette histoire.

— Je sais. Tu as raison.

Quinze jours plus tard, j'ai demandé à ma mère qui avait répondu à l'invitation.

— Jack Will, Summer. Reid Kingsley. Les deux Max. Et deux autres enfants qui vont essayer de venir.

— Qui ça ?

— La mère de Charlotte m'a dit qu'elle avait un spectacle de danse un peu plus tôt dans la journée, mais elle viendra à ta fête si elle peut. Et la mère de Tristan a dit qu'il viendrait peut-être après son match de foot.

— Alors... c'est *tout* ? *Que* cinq personnes.

— Plus de cinq, Auggie. Pas mal avaient déjà prévu des choses.

On était dans la cuisine. Elle coupait une des pommes que l'on venait d'acheter au marché en minuscules morceaux pour que je puisse la manger.

— Quel genre de choses ?

— Je ne sais pas, Auggie. On a envoyé les invitations un peu tard.

— Mais qu'est-ce qu'ils ont dit ? Qu'est-ce qu'ils ont donné comme raison ?

— Chacun a une raison différente, Auggie, fit remarquer maman, qui commençait à être un peu énervée. Vraiment, Auggie, quelle importance ?

— Julian, il a donné quoi, comme raison ?

— Tu sais, sa maman a été la seule à ne pas répondre, dit-elle en me regardant. Comme quoi le fruit ne tombe jamais loin de l'arbre.

Je croyais que c'était une blague, je me mis à rire puis je me rendis compte qu'elle parlait sérieusement.

— Qu'est-ce que ça veut dire ? demandai-je.

— N'y fais pas attention. Maintenant, va te laver les mains, c'est l'heure de dîner.

Finalement, il y a eu moins de monde que j'avais pensé, mais ç'a quand même été super. Jack, Summer, Reid, Tristan et les deux Max sont venus après l'école. Christopher aussi, tout spécialement de Bridgeport avec ses parents. Et oncle Ben. Tante Kate et oncle Paul sont descendus en voiture de Boston. Mais pas Grannie et Granpa, mes grands-parents, qui étaient en Floride pour l'hiver. Comme les grandes personnes jouaient au bowling dans l'allée juste à côté de la nôtre, on avait vraiment l'impression qu'on était beaucoup à fêter mon anniversaire.

Halloween

Le lendemain, à la cantine, Summer me demanda en quoi j'allais me déguiser pour Halloween. Comme ça faisait un an que j'étudiais la question, je n'ai pas hésité une seconde.

— En Boba Fett[1].

— Tu sais que tu peux venir à l'école dans ton costume ?

— Sérieux ?

— Du moment que c'est politiquement correct.

— Tu veux dire, pas de flingues et de trucs dans le genre ?

— Exactement.

— Et les blasters ?

— Je crois qu'un blaster c'est un peu comme un pistolet, Auggie.

— Oh non.

J'étais très déçu parce que, justement, Boba Fett a un blaster.

— Au moins, on n'est plus obligés de se déguiser en personnage de livre. En primaire, t'as pas le choix. L'année dernière, j'étais la méchante sorcière de l'Ouest du *Magicien d'Oz.*

---

1. Personnage de *Star Wars.*

— Mais c'est un film, pas un livre.

— Quoi ? s'exclama Summer. C'était un livre avant de devenir un film ! Un de mes livres préférés au monde, en plus. Mon père me le lisait tous les soirs lorsque j'étais en CP.

Quand Summer parle, et surtout quand elle est passionnée par ce qu'elle raconte, ses yeux se plissent comme si elle cherchait à fixer le soleil.

Je vois rarement Summer dans la journée vu qu'on a presque pas cours ensemble. Mais depuis la rentrée, on déjeune toujours à la table d'été, rien que tous les deux.

— Et toi, tu vas venir en quoi ? lui demandai-je.

— Je sais pas encore. Je sais ce que j'aimerais, mais j'ai peur que ce soit ringard. Tu sais, Savanna et ses copines vont même pas se déguiser cette année. Elles nous trouvent trop grandes pour Halloween.

— Quoi ? C'est débile.

— Ouais, je sais.

— Je croyais que tu te fichais de ce qu'elles pensent.

Elle haussa les épaules et avala une grande gorgée de lait.

— Alors c'est quoi, ce costume naze que t'as tellement envie de porter ? insistai-je avec un sourire.

— Tu me jures que tu vas pas te moquer de moi ?

Je voyais bien qu'elle était très gênée parce qu'elle remonta les sourcils en même temps que les épaules avant de dire :

— Une licorne.

Je souris en baissant le nez sur mon sandwich.

— Eh… T'avais promis de pas rigoler, me rappela-t-elle en riant.

— D'accord. T'as raison : c'est hyper ringard.

— Je sais. Sauf que j'ai tout prévu : je vais faire la tête en papier mâché et peindre la corne en or, et la crinière en or aussi... Ce sera trop bien.

— Bon... Fais-le. On s'en fiche de ce que les autres pensent.

Elle claqua des doigts.

— Je sais, je le porterai uniquement pour la parade d'Halloween. Et puis à l'école... ben, je viendrai en gothique. Ouais, c'est ce que je vais faire.

— Ça m'a l'air d'un bon programme.

— Merci, Auggie, gloussa-t-elle. Tu sais, c'est ce que j'adore avec toi : l'impression que je peux tout te dire.

— Vraiment ? dis-je en fermant le poing, pouce levé. Trop cool !

La photo de classe

Je pense que personne ne sera sidéré d'apprendre que je n'ai aucune envie qu'on me prenne en photo le 22 octobre. Pas question. Non merci. Ça fait un moment que j'ai décidé de ne plus me laisser photographier. Vous pouvez appeler ça une phobie, si vous voulez. Mais c'en est pas une. Je préfère parler d'*aversion*, un mot que je viens d'apprendre en cours avec M. Browne. Être pris en photo m'inspire de l'aversion. Et voilà, je l'ai casé dans une phrase.

Je croyais que maman insisterait pour que j'oublie mon aversion et permette qu'on me photographie à l'école, mais pas du tout. Sauf que si j'ai pu éviter la photo individuelle, hélas, je n'ai pas réussi à couper à la photo de classe. Quand il m'a vu, le photographe a fait la grimace comme s'il mangeait un citron. Je suis sûr qu'il pense que j'ai gâché sa photo. Je suis assis au premier rang. Je n'ai pas souri, comme si on pouvait voir la différence.

La marque du fromage

Il n'y a pas très longtemps, je me suis rendu compte que même si les gens commençaient à s'habituer à moi, ils n'allaient jamais jusqu'à me toucher. Je ne l'ai pas tout de suite remarqué, parce que ce n'est pas comme si tout le monde au collège se touchait à tout bout de champ. Or jeudi dernier, pendant le cours de danse (celui que j'aime le moins), la prof, Mme Atanabi, a demandé à Ximena Chin d'être ma cavalière. Eh bien, même si j'en avais entendu parler, je n'avais jamais vu personne piquer une « crise d'angoisse ». Tout d'un coup, Ximena est devenue toute pâle et tremblante, et s'est mise à transpirer à grosses gouttes. Elle a bafouillé qu'elle avait besoin d'aller aux toilettes. Une excuse bidon, bien sûr. De toute façon, Mme Atanabi ne lui a rien reproché puisqu'elle a fini par renoncer à nous faire danser ensemble.

Puis, hier, en cours de sciences, on faisait une expérience d'enfer : on devait analyser différentes poudres mystérieuses et déterminer si elles étaient acides ou basiques. Tout le monde devait mettre sa poudre à chauffer dans une soucoupe et noter ses observations. Nous étions donc tous regroupés autour de l'expérience avec nos cahiers. Alors qu'on n'est que huit dans cette option, ils étaient sept serrés comme des sardines d'un côté tandis que moi, j'avais largement de quoi m'étaler. Cela ne m'a pas échappé, bien sûr. J'espérais que Mme Rubin n'y verrait que du feu. J'avais trop peur qu'elle ne fasse une remarque. Mais, forcément, elle a vu ce qui se passait et, forcément, elle a dit quelque chose.

— Les enfants, il y a beaucoup de place de l'autre côté. Tristan, Nino, décalez-vous par là.

Tristan et Nino se sont rapprochés de moi. Tous les deux, ils ont toujours été plutôt sympas avec moi. Je tiens à le dire. Pas super sympas dans le sens où ils ne font pas trop d'efforts pour me parler, mais quand même, ils me disent bonjour et s'adressent à moi normalement. Ils n'ont même pas fait la grimace quand la prof leur a demandé de se mettre à côté de moi, contrairement à d'autres élèves qui ne se gênent pas dès qu'ils pensent que je ne les vois pas. Bref, tout s'est bien passé jusqu'à ce que la poudre mystérieuse de Tristan se mette à fondre. Il a retiré sa feuille d'aluminium de la plaque juste au moment où la mienne fondait et, quand je me suis avancé pour la reprendre, ma main a frôlé la sienne rien qu'une fraction de seconde. Tristan a retiré sa main si vite qu'il a fait tomber sa feuille d'aluminium et, dans la foulée, toutes celles des autres.

— Tristan ! a hurlé Mme Rubin.

Mais Tristan s'en fichait d'avoir gâché l'expérience. Il n'avait qu'une idée en tête : se ruer à l'évier du labo pour se laver les mains. C'est à ce moment-là que j'ai compris qu'au collège Beecher, « toucher August », c'était tout un truc.

Je crois que c'est comme la « Marque du fromage » dans *Le Journal d'un dégonflé*, où des garçons ont peur d'attraper des poux s'ils touchent un vieux morceau de fromage moisi qui trône sur le terrain de basket. À Beecher, le vieux fromage moisi, c'est moi.

Déguisement

Halloween, c'est ma fête préférée. Plus même que Noël. Je me déguise. Je porte un masque. Je me promène partout comme tous les autres enfants, et personne ne me trouve bizarre. Personne ne me dévisage. Personne ne me remarque. Personne ne sait qui je suis.

J'aimerais bien que ce soit tous les jours Halloween. On porterait tous des masques. Comme ça, on pourrait prendre le temps d'apprendre à se connaître avant de dévoiler nos visages.

Quand j'étais petit, je portais constamment un casque d'astronaute, où que j'aille. Au parc. Au supermarché. Pour aller chercher Via à l'école. Même en plein été, même si ça chauffait un peu là-dessous et que je transpirais. Je l'ai gardé pendant deux ans, mais j'ai été obligé de l'enlever lorsqu'on m'a opéré des yeux. Je devais avoir sept ans. Après ça, le casque est resté introuvable. Maman l'a cherché partout. Elle pensait qu'il avait atterri dans le grenier de Grand-mère. Elle n'arrêtait pas de dire qu'elle allait monter regarder, mais, avec le temps, je me suis habitué à ne plus le porter.

J'ai des photos de moi dans tous mes costumes d'Halloween.

La première fois, j'étais déguisé en citrouille. La deuxième, en Tigrou. La troisième, en Peter Pan (avec papa en capitaine Crochet). La quatrième, c'était moi le capitaine Crochet (et au tour de papa d'être Peter Pan). La cinquième, j'étais un astronaute. La sixième, Obi-Wan Kenobi. La septième, un membre de l'armée des clones. La huitième, Dark Vador. La neuvième, le costume de *Scream*, celui avec le faux sang qui dégouline sur la tête de squelette.

Cette année, je vais me déguiser en Boba Fett : pas le gamin dans *Star Wars. Épisode II : L'Attaque des clones*, mais Boba Fett, l'homme de l'*Épisode V : L'Empire contre-attaque*. Maman a cherché le costume partout, mais comme il n'y en avait nulle part à ma taille, elle m'a finalement acheté celui de Jango Fett – Jango Fett est le père de Boba et ils ont la même armure – puis elle a peint l'armure en vert. Elle a également travaillé dur pour lui donner une apparence un peu usée. Il est vraiment réaliste, ce costume. Maman se débrouille bien dans ce domaine.

En classe, on a tous parlé de nos déguisements. Charlotte serait Hermione de *Harry Potter*. Jack viendrait en loup-garou. Et puis Julian a déclaré qu'il allait venir en Jango Fett, ce qui était une drôle de coïncidence. Je ne crois pas qu'il ait été content d'apprendre que j'allais débarquer en Boba Fett.

Le matin d'Halloween, pour une raison étrange, Via a eu une crise de larmes. Elle qui a toujours été super calme, super zen, cette année, il lui arrive de faire des histoires. Papa allait être en retard au bureau et criait :

— Allez ! Via ! On y va !

D'habitude, mon père se montre plutôt patient, sauf quand il a peur d'arriver en retard au bureau. Ses cris ont paniqué Via, qui s'est mise à pleurer encore plus fort. Maman a dit à papa qu'il n'avait qu'à m'emmener à l'école et qu'elle s'occuperait de Via. Elle m'a fait une bise en coup de vent pour me dire au revoir, avant même que j'aie mis mon costume, et a filé dans la chambre de Via.

— Auggie, allez, on y va, maintenant ! claironna papa. J'ai une réunion, je ne peux pas me permettre d'être en retard.

— Mais je n'ai pas encore enfilé mon costume !

— Alors vas-y, dépêche-toi. Tu as cinq minutes. Je t'attends dehors.

J'ai foncé dans ma chambre mais, alors que je commençais à enfiler mon costume de Boba Fett, tout à coup, je n'ai plus eu envie de le porter. Je ne sais pas pourquoi exactement. Peut-être parce qu'il y avait toutes ces ceintures et que j'aurais eu besoin d'aide pour que ma tenue soit parfaite. Ou peut-être parce qu'il sentait encore un peu la peinture. Tout ce que je sais, c'est qu'il me fallait plus que cinq minutes, que mon père m'attendait et qu'il allait s'énerver si je le mettais en retard. Alors, à la dernière seconde, j'ai opté pour mon costume de l'année d'avant : celui de *Scream*. C'était tellement simple comme déguisement : une longue robe noire et un masque blanc ensanglanté. J'ai hurlé un « au revoir ! » en sortant. Maman ne m'a même pas entendu.

— Je croyais que tu te déguisais en Jango Fett, commenta papa alors que je le rejoignais dehors.

— Boba Fett !

— C'est pareil, dit papa. De toute façon, je préfère ce costume.

— Ouais, il est chouette.

Le masque de Scream

Ce matin-là, le trajet le long du couloir jusqu'à mon casier me parut fabuleux. Tout était différent. MOI j'étais différent. Alors que j'avançais généralement la tête baissée en espérant que personne ne me voie, ce jour-là, je marchais la tête haute en regardant autour de moi. Je VOULAIS qu'on me voie. Dans l'escalier, un élève qui portait le même costume, avec son long masque blanc dégoulinant de faux sang, me tapa dans la main. Je ne savais pas plus qui il était qu'il ne savait qui j'étais. Je me suis demandé un instant s'il m'aurait tapé dans la main s'il avait su qui se cachait derrière mon masque.

Alors que la journée s'annonçait comme l'une des meilleures de toute ma vie, en arrivant en classe, j'ai changé d'avis. Le premier costume que j'aperçus en entrant fut celui de Dark Sidious, avec un masque en caoutchouc hyper réaliste, une grosse capuche noire sur la tête et une longue robe assortie. J'ai tout de suite su que c'était Julian. Il avait dû changer d'idée de costume à la dernière minute en apprenant que je serais Boba Fett. Il parlait à deux momies, sans doute Miles et Henry, et tous les trois étaient tournés vers la porte, comme s'ils attendaient quelqu'un. Ce n'était pas le masque de *Scream* qu'ils guettaient, mais un Boba Fett.

J'allais me rendre à ma place habituelle quand, j'ignore pourquoi, mes pas se dirigèrent d'eux-mêmes de leur côté.

Une des momies disait :

— Ça lui ressemble vraiment.

— Surtout cette partie-là..., dit la voix de Julian.

Il montra du doigt les joues et les yeux de son masque de Dark Sidious.

— En fait, il ressemble plus à une tête réduite. Vous en avez déjà vu ? Eh bien, c'est lui.

— Moi, je trouve qu'il a l'air d'un orque[1].

— Ah ouais !

— Je te jure, si j'avais sa tête, je me cacherais sous une capuche tous les jours, dit Julian en riant sous son masque.

— J'y ai bien réfléchi, déclara une momie comme si c'était un sujet très grave. Si j'avais une tête comme ça, je pense que je me suiciderais.

— Non, tu le ferais pas, riposta Julian-Dark Sidious.

— Si, sérieux, insista la momie. Je ne peux pas m'imaginer me voir dans la glace avec une figure pareille. Ce serait trop horrible. Et puis, les gens qui te regardent tout le temps partout...

— Alors, pourquoi tu passes autant de temps avec lui ? demanda Julian-Dark Sidious.

— Je sais pas, répondit la momie. C'est à cause de M. Bocu. À la rentrée, il m'a demandé de lui tenir compagnie et il a dû dire aux profs de nous mettre l'un à côté de l'autre en classe...

---

1. Créature imaginaire inspirée des gobelins, présente dans les romans de J.R.R. Tolkien, *Bilbo le Hobbit* et *Le Seigneur des anneaux*.

La momie haussa les épaules. Je connaissais ce haussement d'épaules. Cette voix. Jack. Je n'avais qu'une envie, c'était de m'enfuir à toutes jambes. Mais je suis resté planté là à écouter ce qu'il avait à dire :

— Enfin, quoi, il me suit toujours partout. Qu'est-ce que tu veux que j'y fasse ?

— Ben, laisse-le tomber, dit Julian.

Je ne sais pas ce que Jack a répondu parce que je suis sorti sans que personne ne se soit aperçu que j'avais été là. Je redescendis l'escalier avec l'impression que mon visage brûlait. Je transpirais dans mon costume. Je me suis mis à pleurer. C'était plus fort que moi. Les larmes dans mes yeux étaient si épaisses que je ne voyais plus rien, mais je ne pouvais pas les essuyer avec le masque. Je cherchai un petit coin où disparaître : un trou, un petit trou noir qui m'avalerait pour toujours.

Surnoms

Ratboy. Bête. Monstre. Freddy Krueger. E.T. Dégueu-lasse. Face de lézard. Mutant. Je sais tous les noms qu'ils me donnent. J'ai été dans assez de parcs pour savoir que les enfants peuvent être méchants.

J'ai fini par me cacher dans les toilettes du premier. Elles étaient vides. Les cours avaient déjà commencé et tout le monde était en classe. J'ai fermé la porte à clef, j'ai retiré mon masque et j'ai pleuré. Puis je suis allé à l'infirmerie et j'ai raconté à l'infirmière que j'avais mal au ventre – ce qui était vrai : j'avais l'impression qu'on m'avait donné un grand coup dans l'estomac. Molly a appelé maman et m'a permis de m'allonger sur la banquette à côté de son bureau. Un quart d'heure plus tard, maman était là.

— Mon cœur, m'a-t-elle dit avant de me prendre dans ses bras.

— Salut, bafouillai-je.

Je ne voulais pas qu'elle me questionne tout de suite.

— Tu as mal au ventre ? me demanda-t-elle en posant machinalement sa main sur mon front pour vérifier ma température.

— Il a la nausée, l'informa Molly, qui me contemplait avec douceur.

— Et puis j'ai mal à la tête, chuchotai-je.

— C'est peut-être quelque chose que tu as mangé, suggéra maman, l'air très inquiète.

— Il y a un virus de gastro-entérite qui court, fit remarquer l'infirmière.

— Aïe, fit maman, et ses sourcils se relevèrent quand elle secoua la tête.

Elle m'aida à me mettre debout.

— On appelle un taxi ou est-ce que tu peux marcher ?

— Je peux marcher.

— Ça, c'est un garçon courageux ! commenta Molly.

Elle me tapota le dos tandis qu'elle nous raccompagnait à la porte.

— S'il se met à vomir ou qu'il a de la fièvre, vous devriez appeler un médecin.

— Cela va de soi, dit maman en serrant la main de l'infirmière. Merci de vous être occupée de lui.

— Mais je vous en prie, dit-elle, et elle me prit le menton pour m'obliger à lever mon visage vers elle. Prends bien soin de toi, d'accord ?

Je hochai la tête en bafouillant un merci.

Maman et moi avons marché jusqu'à la maison, serrés l'un contre l'autre. Je ne lui ai pas raconté ce qui s'était passé. Plus tard, quand elle m'a dit : « Est-ce que tu te sens d'attaque pour aller demander des bonbons ? », je lui ai répondu que non. Cela l'a inquiétée. Elle sait très bien que j'adore aller frapper aux portes le jour d'Halloween.

Je l'ai entendue dire à papa au téléphone :

— Il n'a même pas la force de sortir fêter Halloween... Non, pas la moindre fièvre... Oui, s'il ne se sent pas mieux demain... Je sais, pauvre petit chou... Imagine, il est en train de rater Halloween.

J'ai eu le droit de rester à la maison aussi le lendemain. C'était un vendredi, du coup, j'ai eu tout le week-end pour réfléchir à ce qui s'était passé. J'étais sûr que je ne retournerais jamais à l'école.

Deuxième partie

VIA

« Du haut du ciel,
La Terre est bleue,
Et je peux rien y faire. »

David Bowie, *Space Oddity*

Une visite guidée de la galaxie

August, c'est le Soleil. Maman, papa et moi, nous sommes les planètes en orbite autour de cet astre. Le reste de la famille et nos amis sont comme des astéroïdes et des comètes, qui tournent autour des planètes qui gravitent elles-mêmes autour du Soleil. Le seul corps astral qui ne tourne pas autour d'August le Soleil, c'est Daisy, la chienne, et ça, c'est seulement parce qu'à ses petits yeux canins le visage d'August n'est pas bien différent de celui des autres êtres humains. Pour Daisy, on a tous la même tête : plate et pâle comme la lune.

Je suis habituée au fonctionnement de cet univers. Et ça ne m'a jamais dérangée, sûrement parce que c'est tout ce que j'ai jamais connu. J'ai toujours accepté le fait qu'August est spécial et qu'il a des besoins particuliers. Si je faisais trop de bruit en jouant et qu'il était l'heure pour lui de faire la sieste, je savais qu'il fallait que j'aille jouer ailleurs. Après ses opérations, il se sentait faible, il avait mal et il lui fallait du repos. Si je voulais que papa et maman viennent voir mon match de foot, je savais qu'il y avait neuf chances sur dix pour qu'ils ne puissent pas se libérer, August devant être conduit, par exemple, chez l'orthophoniste ou à l'hôpital pour une nouvelle intervention.

Mes parents ont toujours dit qu'il n'y avait pas au monde de petite fille plus facile que moi. Je comprenais bien que ce n'était pas la peine de me plaindre. Après ses opérations chirurgicales August avait le visage boursouflé, plein de pansements, son petit corps disparaissait sous les intraveineuses et les tubes qui l'aidaient à rester en vie. Après avoir vu quelqu'un en passer par là, on n'a plus envie de pleurer quand on ne vous donne pas le cadeau que vous avez demandé ou que votre maman n'a pas pu assister à votre spectacle de fin d'année. Je savais tout ça même lorsque je n'avais encore que six ans. Personne ne me l'a jamais dit. Je le savais, voilà tout.

C'est comme ça que j'ai pris l'habitude de ne jamais me plaindre. J'ai aussi appris à ne pas déranger papa et maman pour des petites choses. Je sais me débrouiller toute seule : comment monter des jouets en kit, comment m'organiser pour ne pas rater les fêtes d'anniversaire de mes amis, comment être à jour dans mes devoirs pour l'école. Je n'ai jamais réclamé d'aide. On n'a jamais eu besoin de me rappeler de terminer une rédaction dans les délais, ni de réviser un contrôle. Si une matière me pose des problèmes, je rentre à la maison et je cherche à comprendre par moi-même. J'ai appris à convertir des fractions en nombres décimaux en regardant sur le Net. J'ai tout fait toute seule. Quand mes parents me demandent si ça va à l'école, je réponds toujours : « Ça va » – même si ce n'est pas toujours vrai. Car la pire journée de ma vie, la pire chute, le pire bleu, la pire crampe ou la pire méchanceté qu'on m'ait jamais dite, ce n'est rien à côté de ce qu'August a dû subir. Je ne dis pas ça pour la noblesse du geste : c'est comme ça, un point c'est tout.

Et il en a toujours été ainsi, pour moi et pour notre petit univers. Mais, cette année, il semble qu'il y ait eu des perturbations dans le cosmos. La galaxie est en pleine transformation. Les planètes ne sont plus alignées.

Avant August

Honnêtement, je ne me rappelle pas ma vie avant l'arrivée d'August. Je regarde des photos où maman et papa sourient, l'air heureux, avec moi bébé dans leurs bras. Je m'étonne de les voir si jeunes : papa a des allures de bobo et maman ressemble à une top-modèle brésilienne. Il y en a une de moi le jour de mes trois ans : papa est debout derrière moi et maman tient un gâteau orné de trois bougies, et dans le fond, Grannie et Granpa, Grand-mère, oncle Ben, tante Kate et oncle Paul. Tous les regards sont tournés vers moi et le mien est fixé sur le gâteau. On voit bien que je suis leur premier enfant, leur premier petit-enfant, leur première nièce. Aucun souvenir ne me reste de cet anniversaire, mais l'image parle d'elle-même.

Je ne me souviens pas du jour où ils sont rentrés de l'hôpital avec August. Ni de ma réaction la première fois que j'ai posé les yeux sur lui, même s'ils ont tous une histoire à raconter sur cet instant. Apparemment, je l'ai longuement regardé en silence et j'ai fini par dire :

— Il ressemble pas à Lilly !

Lilly, c'était le nom de la poupée que Grand-mère m'avait donnée lorsque maman était enceinte. Il fallait que je

« m'entraîne » à être une grande sœur. C'était un bébé super réaliste, et je l'avais trimballé partout avec moi pendant des mois. Je lui changeais sa couche, je lui donnais le biberon. Il paraît que je lui avais même fabriqué un porte-bébé. Après cette première réaction face à August, cela ne m'aurait pris que quelques minutes (selon Grand-mère) ou quelques jours (selon maman) avant que je ne commence à l'embrasser, le câliner et lui parler. Je n'ai plus jamais ni touché ni mentionné Lilly.

August dans nos yeux

Avant, je ne voyais pas August comme les autres le voient. Je savais qu'il ne ressemblait pas vraiment à tout le monde, mais je ne comprenais pas pourquoi les gens étaient si choqués. Horrifiés. Dégoûtés. Effrayés. Il y a tant de mots pour décrire les expressions qui s'affichent sur leur visage. Pendant longtemps, je n'ai pas compris. J'étais juste furieuse. Furieuse lorsqu'ils le regardaient fixement. Furieuse lorsqu'ils détournaient les yeux.

— Mais qu'est-ce que vous regardez ? leur hurlais-je, même aux adultes.

Puis, quand j'ai eu onze ans, je suis allée passer un mois avec Grand-mère à Montauk pendant qu'August subissait sa grosse opération de la mâchoire. C'était la première fois que je passais tant de temps loin de la maison et, j'avoue, c'était agréable de me sentir soudain loin de toutes ces choses qui me mettaient en colère. Personne ne nous fixait, Grand-mère et moi, quand on allait faire des courses. Personne ne nous montrait du doigt. Personne ne nous remarquait.

Grand-mère, elle aurait fait n'importe quoi pour ses petits-enfants. Elle aurait couru se jeter dans l'océan tout habillée si je le lui avais demandé. Elle me permettait de jouer avec ses produits de maquillage et d'exercer mes talents sur son visage sans protester. Elle m'emmenait prendre une glace même si on n'avait pas encore dîné. Elle dessinait des chevaux à la craie sur le trottoir devant sa maison. Un soir, alors qu'on revenait du centre-ville, je lui ai dit que je voulais vivre avec elle pour toujours. J'étais si heureuse auprès d'elle. Ce fut un des plus beaux moments de ma vie.

Après un mois d'absence, cela me fit bizarre de rentrer à la maison. Je me souviens très clairement de l'instant où j'ai passé la porte et où j'ai vu August courir vers moi pour me dire bonjour. Durant une fraction de seconde, j'ai eu la vision que les étrangers ont de lui. Ce fut le temps d'un éclair, pendant qu'il me serrait contre lui, tout heureux que je sois rentrée. Si j'étais tellement surprise, c'est parce que je ne l'avais jamais vu avec ces yeux-là. Je n'avais jamais éprouvé un sentiment pareil, et je me sentis aussitôt coupable. Alors qu'il m'embrassait de tout son cœur, tout ce que je voyais, c'était la bave qui coulait sur son menton. Soudain, j'étais devenue comme tous ces gens aux regards fixes ou fuyants.

Horrifiée. Dégoûtée. Effrayée.

Heureusement, cela n'a duré qu'une seconde : dès que j'entendis son petit rire rauque, ce fut terminé. Tout était revenu à la normale. Mais une porte s'était matérialisée devant moi. Et à travers la serrure je percevais deux August : celui que je voyais moi, et celui que les autres voyaient.

Je crois que la seule personne au monde à qui j'aurais pu en parler, c'était Grand-mère, mais je n'ai pas pu. C'était trop dur à expliquer au téléphone. Je pensais que je lui dirais à Thanksgiving, quand elle viendrait à la maison.

Mais seulement deux mois après mon beau séjour chez elle, ma merveilleuse grand-mère s'en est allée dans l'autre monde. On ne s'y attendait vraiment pas. Elle s'était rendue à l'hôpital parce qu'elle souffrait de nausées. Maman et moi sommes parties lui rendre visite, mais c'était à plus de trois heures de route de chez nous, et le temps qu'on arrive, elle était décédée. Une crise cardiaque, nous a-t-on dit. Comme ça.

C'est étrange. Un jour on est sur cette terre et le lendemain on ne l'est plus. Où est-elle maintenant ? Est-ce que je la reverrai un jour ? Ou est-ce un rêve ?

Dans les films et à la télé, on voit des personnages qui reçoivent de terribles nouvelles à l'hôpital, mais pour nous, avec August et ses nombreuses hospitalisations, cela avait toujours été de bonnes nouvelles. Ce dont je me souviens le plus clairement, c'est de maman s'effondrant au ralenti en sanglots et se tenant le ventre comme si on venait de lui donner un violent coup de poing. Je n'avais jamais, mais vraiment jamais, vu maman faire ça. Même pendant les opérations d'August, maman avait toujours affiché une expression courageuse.

Le dernier soir de mes vacances à Montauk avec Grand-mère, on est descendues sur la plage voir le soleil se coucher. On avait pris une couverture pour s'asseoir, mais comme le temps se rafraîchissait, on s'est enveloppées dedans. Serrées l'une contre l'autre, on a parlé toutes les deux jusqu'à ce que le dernier rayon de soleil ait disparu sur l'océan. Puis Grand-mère m'a dit qu'elle avait un secret à me confier : j'étais la personne qu'elle aimait le plus au monde.

— Plus qu'August ? lui ai-je demandé.

Elle a souri en me caressant les cheveux, l'air de chercher sa réponse.

— J'aime August très très fort, a-t-elle dit tout doucement.

J'aimais son accent portugais et sa façon de rouler les r.

— Mais il a déjà bien des anges qui veillent sur lui, Via. Et je veux que tu saches que MOI je veille sur TOI. Tu m'entends, *menina querida* ? Je veux que tu saches que tu viens en premier pour moi. Tu es mon...

Elle s'était tournée vers l'océan en tendant les mains comme pour lisser les vagues.

— Tu es tout pour moi. Tu comprends, Via ? *Tu es meu tudo.*

Je compris ses paroles. Et pourquoi c'était un secret. Les grand-mères ne sont pas supposées avoir des chouchous. Après sa mort, j'ai gardé ce secret et m'en suis drapée comme d'une couverture.

August à travers la serrure

Ses yeux sont environ trois centimètres en dessous de leur place, presque au milieu de ses joues. Ils s'ouvrent en diagonale à un angle très aigu, comme si quelqu'un avait pratiqué deux incisions dans son visage. L'œil gauche est visiblement plus bas que le droit. Ils ressortent un peu parce que leurs orbites sont trop étroites pour les contenir. Les paupières supérieures sont toujours à moitié fermées, à croire qu'il est sur le point de s'endormir. Les paupières inférieures pendent comme si de petites ficelles invisibles les tiraient vers le bas : on aperçoit la partie rouge à l'intérieur. Il n'a ni sourcils ni cils. Son nez, charnu et flasque, est disproportionné par rapport à son visage. Vu les trous dans sa tête à l'endroit où devraient se trouver ses oreilles, on pourrait penser que quelqu'un a pris de grosses pinces et lui a écrasé le milieu de la tête. Ses pommettes sont inexistantes. Il a deux plis de chaque côté de son nez et de sa bouche qui le font ressembler à un masque de cire. Parfois, les gens sont convaincus qu'il a été victime d'un incendie parce qu'on dirait que ses traits ont fondu, à la manière de la cire coulant le long d'une bougie. Les nombreuses opérations pour fixer son palais lui ont laissé des cicatrices autour de la bouche.

La plus visible est en dents de scie et remonte de sa lèvre supérieure à son nez. Ses dents du haut sont petites et très écartées et, à cause d'une mâchoire inférieure de taille insuffisante, elles pointent en avant. Il a un menton minuscule. En fait, avant qu'on lui greffe un morceau de hanche dans la mâchoire, il n'en avait pas du tout et sa langue pendait au-dehors sans rien en dessous pour la retenir. Heureusement, c'est bien mieux maintenant. Au moins, il peut manger. Avant, il devait se nourrir avec un tube. Il peut parler. Et il a appris à garder sa langue dans sa bouche, bien que cela lui ait pris quelques années pour la contrôler. Et aussi, il a appris à retenir la salive qui lui coulait dans le cou. Ce sont des espèces de miracles. Quand il était bébé, les médecins ne pensaient pas qu'il survivrait.

Il peut aussi entendre. La plupart des enfants qui naissent avec ce genre de déformation ont de graves déficiences de l'audition, mais August entend parfaitement avec ses étranges oreilles en chou-fleur. Cependant, les médecins estiment qu'un jour ou l'autre il lui faudra porter un appareil auditif. August ne se fait pas à cette idée. Il pense que ce sera trop voyant. Inutile de lui dire que ce sera vraiment le moindre de ses problèmes, je suis sûre qu'il le sait parfaitement.

En fait, je ne sais pas exactement ce qu'August sait et ne sait pas, ce qu'il comprend ou ce qu'il ne comprend pas.

August voit-il vraiment le regard que les gens portent sur lui, ou a-t-il tellement l'habitude de faire semblant de ne pas le voir que cela ne le dérange plus ? Lorsqu'il se regarde dans la glace, voit-il celui que maman, papa et moi voyons ou celui que le reste du monde voit ? Ou un autre August, un rêve qu'il discerne au-delà de son visage

119

déformé ? Parfois, quand je regardais Grand-mère, sous toutes ses rides, j'apercevais la jolie petite fille qu'elle avait été. Dans sa démarche, il y avait celle de la fille d'Ipanema. August se voit-il tel qu'il aurait été si cet unique gène n'avait pas causé la catastrophe qu'est son visage ?

J'aimerais pouvoir lui poser toutes ces questions. J'aimerais qu'il me fasse part de ce qu'il ressent. Avant ses opérations, ses émotions étaient plus faciles à déchiffrer. On savait que, lorsque ses yeux se plissaient, il était heureux. Quand sa bouche était toute droite, c'est qu'il était d'humeur espiègle. Lorsque ses joues tremblaient, il était au bord des larmes. Son apparence s'est améliorée, sans aucun doute, mais les signes grâce auxquels on déchiffrait ses sentiments ont disparu. Il y en a de nouveaux, bien sûr. Maman et papa savent les interpréter. Mais moi, j'ai du mal. Et il y a une partie de moi qui n'a plus envie d'essayer : pourquoi ne peut-il pas exprimer ses émotions comme tout le monde ? Il n'a plus de tube dans la gorge qui l'empêche de parler. Sa bouche n'est pas fermée par des points de suture. Il a dix ans. Il est capable d'utiliser des mots. Mais on l'entoure comme s'il était encore un bébé. On change de programme, on utilise le plan B, des conversations sont interrompues, on revient sur des promesses dépendant de ses humeurs, de ses caprices, de ses besoins. Ce n'était pas grave quand il était petit. Mais il faut qu'il grandisse. Nous devons le laisser, l'aider, le pousser à grandir. Voilà ce que je pense : on a passé tellement de temps à répéter à August qu'il était normal qu'il se croit comme les autres. Le problème, c'est qu'il n'en est rien.

Le lycée

Ce que j'aimais le plus avec le collège, c'était que je me trouvais dans un univers séparé de la maison. Là-bas, j'étais Olivia Pullman, et non Via, mon petit nom à la maison. On m'appelait comme ça en primaire aussi. À cette époque, tout le monde savait pour Auggie. Quand maman venait me chercher, il était dans sa poussette. Ce n'était pas facile de trouver quelqu'un pour le garder. Maman et papa l'emmenaient toujours à mes spectacles, aux concerts, aux kermesses et à la foire du livre. Mes amis le connaissaient. Les parents de mes amis le connaissaient. Le gardien le connaissait.

— Hé ! Comment ça va, Auggie ? disait toujours le gardien à August en lui tapant dans la main.

August faisait un peu partie des meubles, à l'école primaire.

Mais, au collège, il y avait pas mal de gens qui ignoraient son existence. Pas mes anciens amis, bien entendu, mais les nouveaux. Ou, s'ils savaient, ce n'était pas la première chose qu'ils avaient apprise sur moi. C'était peut-être la deuxième ou la troisième.

— Olivia ? Ouais, elle est sympa. Tu sais qu'elle a un petit frère difforme ?

Ce mot, combien je le déteste, mais c'est ainsi que les gens parlent d'Auggie. Des conversations qui ont lieu quand je ne suis pas à portée de voix, que je suis sortie de la pièce ou que je croise des copains à la pizzeria. C'est pas grave. Je serai toujours la grande sœur d'un garçon affligé d'un défaut de naissance : là n'est pas le problème. Simplement, je n'ai pas envie que cette réalité définisse ce que je suis.

Ce qui est génial au lycée, c'est que presque personne ne me connaît. À l'exception de Miranda et d'Ella, bien sûr. Et elles savent tenir leur langue.

Miranda, Ella et moi, on se connaît depuis le CP. Ce que j'aime le plus, c'est qu'on n'a pas besoin de s'expliquer les choses pour se comprendre. Quand je leur ai dit que je préférais qu'on m'appelle Olivia, elles l'ont fait sans poser de questions.

Elles connaissent August depuis qu'il est tout bébé. Quand on était petites, on adorait déguiser Auggie. On lui passait des boas autour du cou, on déposait de grands chapeaux sur sa tête ou des perruques Hannah Montana. Il adorait ça, et on le trouvait super mignon. Ella disait qu'il lui rappelait E.T. C'était pas méchant (même si c'était quand même pas très très cool). Il y a une scène dans laquelle Drew Barrymore fait porter à E.T. une perruque blonde. C'était un de nos jeux préférés pendant notre phase Miley Cyrus.

Au collège, Miranda, Ella et moi formions un groupe. Plutôt populaire, même si on n'était pas des stars : ni intellos, ni sportives, ni droguées, ni méchantes, ni stupides, ni gothiques... Je ne sais pas si on s'entendait si bien parce qu'on se ressemblait, ou si c'était qu'en passant notre vie ensemble on finissait par se ressembler. On a été super contentes d'être toutes les trois acceptées au lycée Faulkner. C'était inespéré, surtout qu'aucun autre élève de notre collège n'a été reçu. Le jour où on a eu notre lettre d'admission, il fallait entendre nos cris hystériques au téléphone.

Alors je ne comprends pas ce qui se passe entre nous depuis qu'on est entrées au lycée. Ce n'est pas du tout comme je me l'imaginais.

Major Tom

De nous trois, Miranda a toujours été la plus sympa avec August. Elle continuait de le câliner et de jouer avec lui longtemps après qu'Ella et moi étions passées à autre chose. Miranda essayait de faire participer August à nos conversations, elle lui demandait comment il allait, elle lui parlait d'*Avatar*, de *Star Wars* et de tout ce qui lui plaisait. C'était Miranda qui lui avait offert le casque de cosmonaute qu'il a porté pratiquement tous les jours quand il avait cinq ou six ans. Elle l'avait surnommé « major Tom » et ils chantaient en chœur *Space Oddity* de David Bowie. C'était leur truc. Ils connaissaient toutes les paroles, mettaient la chanson à fond sur l'iPod et chantaient à tue-tête.

Comme Miranda ne manquait jamais de me téléphoner lorsqu'elle rentrait de colo, j'ai été un peu surprise de ne pas recevoir de coup de fil cet été. Je lui ai envoyé un texto, auquel elle n'a pas répondu. Je me suis dit qu'elle était sans doute restée plus longtemps là-bas, maintenant qu'elle faisait plus ou moins partie des monos. Peut-être avait-elle rencontré un mec bien.

Puis, sur Facebook, j'ai appris qu'elle était rentrée depuis deux bonnes semaines. J'ai tchaté avec elle, et elle ne m'a pas expliqué pourquoi elle ne m'avait pas appelée, ce qui m'a paru étrange. Miranda a toujours été un peu tête en l'air, ai-je conclu pour me rassurer. On s'est donné rendez-vous en centre-ville, mais j'ai été obligée d'annuler parce que ce week-end-là on allait rendre visite à Grannie et Granpa.

Du coup je n'ai vu ni Miranda ni Ella avant le jour de la rentrée. Ça m'a vraiment fait quelque chose. Miranda avait complètement changé. Elle avait une coupe dégradée super belle et s'était teint les cheveux en rose (J'y croyais pas. Elle avait choisi cette couleur ?) et elle portait un bustier assorti à sa nouvelle coiffure, ce qui, primo, n'était pas vraiment approprié pour aller à l'école et, deuzio, ne collait pas du tout avec son style habituel. Miranda avait toujours été assez prude, et voilà qu'elle se baladait avec des cheveux roses et un bustier. Si encore elle n'avait fait que changer de look, mais elle avait aussi changé d'attitude. Ce n'est pas qu'elle n'était pas sympa, mais elle se montrait un peu distante, comme si nous n'étions que de vagues connaissances. C'était très bizarre.

Au déjeuner, nous nous sommes assises toutes les trois ensemble, comme avant, sauf que l'entente du groupe n'était plus la même. Ella et Miranda s'étaient manifestement vues sans moi au cours de l'été. Je fis comme si cela ne me dérangeait pas mais je sentis le feu me monter aux joues et mon sourire se figer. Bien qu'Ella, elle, ne se soit pas méta-morphosée, je remarquai qu'elle prenait un genre différent. On aurait cru qu'elles s'étaient donné le mot, sans prendre la peine de me mettre au courant. Moi qui ai toujours pensé être au-dessus de ces manières de filles, je n'en terminai pas moins mon repas la gorge serrée.

Lorsque la sonnerie retentit, je leur lançai :

— À plus tard.

Et je m'aperçus que ma voix tremblait.

Après l'école

— Il paraît qu'on te ramène, ce soir ?

C'était Miranda à la dernière heure de cours. Elle venait tout juste de s'asseoir à la place derrière moi. J'avais oublié que ma mère avait appelé celle de Miranda la veille au soir pour lui demander si elle pouvait me raccompagner en voiture.

— Vous êtes pas obligées, dis-je sans réfléchir, d'un ton assuré. Ma mère peut venir me chercher.

— Je croyais qu'elle devait aller chercher Auggie ?

— En fait, elle peut venir. Elle vient juste de m'envoyer un texto. Pas de problème.

— Bon, d'accord.

— Merci.

C'était un mensonge total, mais je ne me voyais pas faire le chemin du retour assise à côté de la nouvelle Miranda. Après les cours, j'allai me cacher dans les toilettes afin d'éviter de croiser sa mère à la sortie. Une demi-heure plus tard, je courus jusqu'à l'arrêt de bus, sautai dans le M86 vers Central Park West puis pris le métro.

— Salut, ma chérie ! s'exclama maman dès que je passai la porte. Ça s'est bien passé, ton premier jour ? Je me demandais où vous étiez passées.

127

— On s'est arrêtées prendre une pizza.

C'est incroyable comme les mensonges sortent facilement de la bouche.

— Miranda n'est pas avec toi ?

Elle avait l'air étonnée de ne pas la voir là, sur mes talons.

— Elle est allée directement chez elle. On a beaucoup de devoirs.

— Le jour de la rentrée ?

— Oui, le jour de la rentrée ! hurlai-je, ce qui étonna encore plus maman.

J'ajoutai d'une traite :

— Ça s'est bien passé. C'est un peu grand, mais bon, les autres sont sympas.

Je cherchais à devancer ses questions. Je terminai par :

— Ç'a été pour Auggie ?

Maman eut un instant d'hésitation. Elle avait toujours les sourcils haussés, encore stupéfaite de m'avoir entendue crier.

— Pas trop mal, dit-elle comme si elle lâchait un soupir.

— Comment ça, « pas trop mal » ? Ç'a été ou pas ?

— Il a dit que oui.

— Alors pourquoi tu penses que ça pourrait s'être mal passé ?

— Je n'ai pas dit ça ! Enfin, Via, qu'est-ce qui ne va pas aujourd'hui ?

— T'en fais pas, répondis-je en me précipitant dans la chambre d'Auggie et en claquant la porte.

Il était en train de jouer à la Playstation et ne leva même pas les yeux. Je n'aimais pas ces jeux vidéo qui le transformaient en zombie.

— Alors, c'était comment, l'école ? dis-je en poussant Daisy pour m'asseoir sur le lit à côté de lui.

— Bien, fit-il toujours sans lever la tête.

— Auggie ! Je te parle ! et je lui pris la manette des mains.

— Eh ! s'énerva-t-il.

— C'était comment, l'école ?

— J'ai dit que c'était bien ! cria-t-il à son tour en reprenant sa manette.

— Les autres sont gentils avec toi ?

— Oui !

— Personne n'a été méchant ?

Il posa son jeu et me regarda comme si je venais de lui poser une question idiote.

— Pourquoi ils seraient méchants ?

C'était la première fois que je l'entendais parler sur un ton aussi sarcastique. Je ne pensais pas qu'il en était capable.

Mes adieux au Padawan

Je ne sais pas à quel moment de la soirée Auggie a coupé sa natte de Padawan, ni pourquoi cela m'a mise si en colère. J'avais trouvé son obsession pour *Star Wars* assez geek, et la petite natte qui lui tombait sur la nuque, avec ses petites perles, ridicule. Mais il en avait toujours été fier : fier du temps qu'il lui avait fallu pour la laisser pousser, fier d'avoir choisi les perles lui-même dans un magasin à Soho. Lui et Christopher, son meilleur ami, jouaient toujours à se battre avec des sabres laser ou d'autres trucs de *Star Wars*. Ils avaient commencé à se laisser pousser cette petite natte en même temps. Lorsque August l'a coupée, sans m'en parler avant (ce qui était plutôt surprenant) – sans même le dire à Christopher –, je ne sais pas ce qui m'a pris.

J'ai déjà vu Auggie se brosser les cheveux devant le miroir de la salle de bains. Il prend bien soin de les mettre en place. Il penche la tête d'un côté et de l'autre pour se voir sous tous les angles, comme s'il existait une perspective magique dans le miroir qui pouvait changer les proportions de son visage.

Maman vint frapper à ma porte après le dîner. Elle avait l'air épuisée. Je me rendis compte qu'entre moi et Auggie ça n'avait pas dû être une journée facile pour elle.

— Alors, tu veux bien me dire ce qui ne va pas ? me demanda-t-elle gentiment.

— Pas maintenant, d'accord ?

J'étais en train de lire. J'étais fatiguée. Plus tard, peut-être aurais-je l'énergie de lui raconter cette histoire avec Miranda, mais pas maintenant.

— Je reviendrai te voir avant que tu te couches, ajouta-t-elle.

Elle entra dans la pièce et déposa un baiser sur ma tête.

— Est-ce que Daisy peut dormir avec moi ce soir ?

— Bien sûr. Je te l'amènerai plus tard.

— N'oublie pas de revenir.

— Promis.

Mais elle n'est pas revenue. Papa est monté à sa place. Il m'expliqua qu'Auggie avait passé une mauvaise journée et que maman l'aidait à surmonter ça. Il me demanda comment s'était passé mon premier jour au lycée. Je lui répondis que tout allait bien. Il répliqua qu'il ne me croyait pas une seconde. Je lui expliquai alors que Miranda et Ella se comportaient comme des pestes. (J'omis cependant que j'étais rentrée en bus et en métro.) Il m'a déclaré que rien ne mettait plus à l'épreuve les amitiés que le lycée, puis a commencé à me taquiner sur le fait que je lisais *Guerre et Paix*. Enfin, il ne se moquait pas vraiment de moi. Je l'ai entendu se vanter auprès de ses amis :

— J'ai une fille de quinze ans qui lit Tolstoï !

Il voulut savoir où j'en étais. Était-ce une période de guerre ou de paix ? Et parlaient-ils des années où Napoléon était danseur de hip-hop ? Il faisait l'idiot. Papa est champion pour faire rire les gens. Et parfois, ça suffit pour qu'on se sente mieux.

— Ne sois pas en colère contre ta mère, dit-il en se penchant vers moi pour me faire un baiser. Tu sais bien qu'elle est très inquiète pour Auggie.

— Je sais.

— J'éteins la lumière ? Il est tard, dit-il, le doigt posé sur l'interrupteur à côté de la porte.

— Est-ce que tu peux m'amener Daisy ?

Quelques secondes plus tard, il revenait avec la chienne dans ses bras. Il la posa sur le lit à côté de moi.

— Bonne nuit, mon ange, dit-il en m'embrassant sur le front.

Il donna aussi un baiser à Daisy.

— Bonne nuit, les filles. Dormez bien.

Il y a quelqu'un à la porte

Une nuit, je me suis levée parce que j'avais soif et j'ai vu maman qui se tenait devant la porte d'Auggie. Sa main était posée sur la poignée et elle avait la tête appuyée contre le battant entrouvert. Elle n'était ni sur le point d'entrer ni sur le point de sortir : on aurait dit qu'elle écoutait le bruit de la respiration d'Auggie pendant son sommeil. Les lampes du couloir étaient éteintes et seule l'éclairait la veilleuse de la chambre d'August. Elle ressemblait à un fantôme. Ou plutôt à un ange. Je tentai de retourner dans ma chambre sans bruit pour ne pas la déranger, mais elle m'entendit et s'avança vers moi.

— Est-ce qu'Auggie va bien ? soufflai-je.

Je savais qu'il lui arrivait de se réveiller en s'étouffant avec sa salive quand il se mettait par mégarde sur le dos.

— Oh oui, il va bien, dit-elle en me prenant dans ses bras.

Elle me raccompagna à ma chambre, me borda puis m'embrassa. Elle ne m'a jamais expliqué ce qu'elle faisait là, et je ne le lui ai jamais posé la question.

Je me demande combien de fois elle est restée à guetter devant sa porte au milieu de la nuit. L'a-t-elle jamais fait devant ma chambre à moi ?

Le petit déjeuner

— Tu peux venir me chercher à l'école aujourd'hui ? m'enquis-je le lendemain en étalant du cream cheese sur mon bagel.

Maman préparait le déjeuner d'August (du fromage avec du pain complet assez mou pour qu'il puisse le mâcher) pendant que celui-ci finissait sa bouillie d'avoine. Maintenant que j'étais au lycée, tous les matins, papa prenait le métro avec moi, ce qui le faisait partir un quart d'heure plus tôt. Je descendais à mon arrêt, et lui restait dans le wagon. Maman venait me chercher en voiture après les cours.

— J'allais demander à la mère de Miranda si elle pouvait te ramener aujourd'hui, m'informa-t-elle.

— Non, maman ! m'écriai-je. Tu viens me chercher. Ou alors je prends le métro.

— Tu sais bien que je n'aime pas que tu prennes le métro toute seule à ton âge.

— Maman, j'ai quinze ans ! Dans ma classe, ils prennent tous le métro tout seuls.

— Elle peut revenir en métro, plaida papa depuis la pièce voisine.

Il entra dans la cuisine en ajustant sa cravate.

— Pourquoi la mère de Miranda n'irait pas la chercher ? protesta maman.

— Elle est assez grande pour rentrer toute seule, insista papa.

Maman nous regarda tour à tour.

— Mais qu'est-ce qui se passe ?

Sa question ne s'adressait à personne en particulier.

— Tu le saurais si tu étais revenue me dire bonsoir hier, lui lançai-je, rancunière. T'avais *promis*.

— Oh ! Via ! soupira-t-elle, se rappelant soudain m'avoir totalement laissée en plan.

Elle posa le couteau avec lequel elle coupait les raisins d'Auggie en deux (une autre source de danger de fausse route à cause de la forme de son palais).

— Je suis vraiment désolée ! Je me suis endormie dans la chambre d'Auggie. Et quand je me suis réveillée...

— Je sais, je sais..., dis-je, affichant un air indifférent.

Maman s'approcha et prit mon visage entre ses mains pour m'obliger à relever la tête.

— Je suis vraiment *vraiment* désolée, murmura-t-elle.

Je voyais bien qu'elle était sincère.

— C'est pas grave.

— Via...

— Maman, c'est rien.

Cette fois, je ne jouais pas la comédie. Elle se sentait manifestement coupable, et je ne voulais pas la contrarier davantage.

Elle m'embrassa et me serra dans ses bras avant de retourner à ses raisins.

— Alors, il y a quelque chose qui ne va pas avec Miranda ? reprit-elle.

— C'est juste qu'elle se comporte comme une pétasse.

— Miranda n'est pas une pétasse ! intervint Auggie.

— Parfois, si ! Crois-moi !

— Bon, d'accord, je viendrai te chercher, pas de problème, conclut maman, catégorique.

Avec la lame de son couteau, elle fit glisser les demi-grains de raisin dans un petit sac en plastique.

— C'était ce qu'on avait prévu, de toute façon. Je passerai chercher Auggie avec la voiture, puis on viendra te chercher toi. Attends-nous vers quatre heures et quart.

— Non ! hurlai-je.

— Isabel, elle peut prendre le métro ! répéta papa, cette fois impatient. C'est une grande. Elle est en train de lire *Guerre et Paix*, bon Dieu !

— Qu'est-ce que *Guerre et Paix* a à voir avec tout ça ? répliqua maman, énervée.

— Ça veut dire que tu n'as pas besoin d'aller la chercher en voiture comme si c'était une petite fille, dit-il fermement. Via, tu es prête ? Attrape ton sac et on y va.

— Je suis prête, dis-je en enfilant mon sac à dos. Salut, maman ! Salut, Auggie !

Je les embrassai tous les deux avant de me diriger vers la porte.

— Tu as une carte de métro ? s'enquit maman.

— Bien sûr qu'elle en a une ! répondit papa à ma place, d'un ton exaspéré. Arrête de t'inquiéter autant ! Salut ! dit-il, et il l'embrassa sur la joue. Salut, mon grand ! lança-t-il à August, et il lui fit un bisou sur le crâne. Je suis fier de toi. Bonne journée !

— Au revoir, papa ! Toi aussi !

Nous descendîmes les marches du perron en courant.

— Appelle-moi après les cours avant de prendre le métro ! cria maman par la fenêtre.

Je lui fis au revoir de la main. Papa se retourna et se mit à marcher à reculons.

— *Guerre et Paix*, Isabel ! cria-t-il en me montrant du doigt. *Guerre et Paix* !

Un peu de génétique

Les deux côtés de la famille de papa sont d'origine juive, de Russie et de Pologne. Les grands-parents de Granpa, fuyant les pogroms, sont arrivés à New York au début du siècle dernier. Les parents de Grannie ont fui les nazis et ont immigré en Argentine dans les années 1940. Granpa et Grannie se sont rencontrés à un bal dans le Lower East Side alors que Grannie venait rendre visite à une de ses cousines. Ils se sont mariés, ont déménagé à Bayside et ont eu papa et oncle Ben.

La famille de maman est brésilienne. À part sa mère, mon adorable grand-mère, et son père Agosto, qui est mort avant ma naissance, le reste de la famille — ses tantes, oncles et cousins hauts en couleur — vit toujours à Alto Leblon, une banlieue riche de Rio. Grand-mère et Agosto ont emménagé à Boston au début des années 1960, et ils ont eu maman et tante Kate qui est maintenant mariée à oncle Paul.

Maman et papa se sont rencontrés à l'université de Brown, et ne se sont plus quittés. Isabel et Nate : unis comme les doigts de la main. Après leurs études, ils se sont installés à New York, et puis je suis née. Quand j'ai eu un an, ils ont emménagé dans une maison de brique à North River

Heights, la capitale hippie de la poussette tout au nord de Manhattan.

Personne dans le cocktail génétique de ma famille n'a jamais montré le moindre signe du gène qui est responsable de ce qui est arrivé à August. J'ai eu beau fouiller parmi les photos d'ancêtres aux allures de babouchkas, passer des heures à détailler les images de cousins éloignés en costume de lin, de soldats en uniforme et de femmes aux coiffures crêpées, ou encore des polaroids de hippies aux cheveux longs, portant des pattes d'éléphant, je n'ai pas pu déceler la moindre ressemblance avec le visage d'August. Aucune trace. Après sa naissance, mes parents sont allés consulter un généticien. On leur a dit qu'August avait ce qui semblait être « un cas rarissime de dysplasie oto-mandibulaire bila-térale due à des mutations autosomiques du gène TCOF1, qui est localisé dans le cinquième chromosome, aggravée par une microsomie hémi-crânio-faciale ou dysplasie oculo-auriculo-vertébrale ». Parfois ces mutations ont lieu pendant la grossesse. Parfois, elles sont transmises génétiquement par l'un des parents porteur du gène dominant. Et parfois, elles sont provoquées par une interaction entre plusieurs gènes, généralement combinée à des facteurs environnemen-taux. Ça s'appelle l'hérédité multifactorielle. Dans le cas d'August, les médecins ont réussi à identifier « une muta-tion nucléotide unique », qui cause tout ce bazar sur son visage. Et ce qu'il y a de plus étrange, c'est que mes deux parents portent ce gène.

Moi aussi.

L'échiquier de Punnett

Si j'ai des enfants, il y a une chance sur deux pour que je leur transmette ce gène que l'on dit « défectif ». Cela ne signifie pas qu'ils ressembleront à August, mais ils seront porteurs du gène dont August a reçu une double dose. Si j'épouse quelqu'un qui a le même gène, il y a une chance sur deux pour que notre enfant porte le gène mais soit tout à fait normal, une chance sur quatre pour que notre enfant ne porte pas du tout le gène, et une chance sur quatre pour qu'il soit comme August.

Si August a des enfants avec quelqu'un qui ne possède pas le gène, il y a cent pour cent de chances pour que leurs enfants héritent du gène, mais aucune chance que leur progéniture hérite d'une double dose, comme August. Ce qui veut dire qu'ils porteront le gène, quoi qu'il arrive, mais qu'ils auront l'air totalement normaux. S'il épouse quelqu'un qui possède le gène, alors leurs enfants seront dans le même cas que les miens.

Mais cela n'explique qu'en partie l'apparence d'August. Le reste de son cocktail génétique, il le doit à un coup de malchance incroyable.

Depuis des années, les médecins ont dessiné des centaines d'espèces de tableaux de morpion à mes parents pour essayer

140

de leur expliquer comment fonctionne la loterie génétique. Les généticiens utilisent ce qu'ils appellent l'échiquier de Punnett pour déterminer l'hérédité, les gènes dominants et récessifs, les probabilités et le hasard. Mais s'ils en comprennent une partie, ils sont loin de pouvoir tout expliquer. Ils peuvent essayer de déterminer le caractère probable de la transmission mais ne peuvent rien garantir. Ils utilisent des termes tels que « mosaïque germinale », « réarrangement chromosomique » et « mutation de forme tardive » afin de montrer que leur science n'est pas exacte. En fait, j'aime la manière dont parlent les médecins. J'aime les sonorités du vocabulaire scientifique. J'aime que des mots incompréhensibles expliquent ce qui se situe au-delà de notre compréhension. Il y a tant de gens à qui on pourrait appliquer des expressions comme « mosaïque germinale », « réarrangement chromosomique » et « mutation de forme tardive ». Des millions de bébés qui ne verront jamais le jour, comme le mien.

Du sang neuf

Miranda et Ella ne sont plus mes amies. Elles ont trouvé un nouveau groupe de copines, promises à devenir « les plus populaires » du lycée. Après une douloureuse semaine à subir leurs conversations sur des gens qui ne m'intéressaient pas le moins du monde, j'ai décidé de couper définitivement les ponts. Elles ne m'ont posé aucune question. Je ne leur ai pas menti. Nous avons juste pris des chemins différents.

Après quelques jours, leur éloignement ne me touchait même plus. Pendant une semaine, j'ai tout de même évité la cantine afin que la transition se fasse plus aisément et pour éviter les exclamations hypocrites du style : « Oh ! désolée, Olivia, il n'y a plus de place à cette table ! » C'était plus facile d'aller lire à la bibliothèque.

J'ai fini *Guerre et Paix* en octobre. C'est un roman incroyable. On dit qu'il est dur à lire, mais en réalité c'est comme un feuilleton avec plein de personnages qui tombent amoureux, qui se battent et meurent au nom de l'amour. Je rêve d'aimer un jour comme ça. Je veux un mari qui m'aime comme le prince André aime Natacha.

Je me suis liée d'amitié avec une fille appelée Eleanor. Je l'avais connue en primaire, ensuite on n'est pas allées au même collège. Eleanor a toujours été une intello. En primaire, elle se comportait parfois un peu comme un bébé, mais elle était sympa. Je ne m'étais jamais rendu compte qu'elle était si marrante (non qu'elle provoque chez moi des fous rires à répétition comme papa, mais elle est pleine d'humour). De son côté elle avait l'impression que j'étais très sérieuse. De plus, elle n'a jamais aimé Miranda et Ella. Elle pense que ce sont de belles pimbêches.

Grâce à Eleanor, j'ai été invitée à la table des intellos à la cantine. C'était un groupe plus important que celui auquel j'étais habituée, et plus varié aussi. Kevin, le petit copain d'Eleanor, en faisait partie. Il était sûrement sur le point de devenir délégué de sa classe. Il y avait quelques mecs passionnés d'informatique, des filles comme Eleanor qui appartenaient au comité de l'almanach scolaire et au club de lecture, ainsi qu'un garçon plutôt silencieux du nom de Justin, qui portait des petites lunettes rondes, qui jouait du violon, et sur qui je craquai sur-le-champ.

Lorsque je croisais Miranda et Ella, qui s'étaient fondues dans la foule populaire du lycée, on se lançait un « Salut, ça va ? » avant de poursuivre notre chemin. De temps en temps, Miranda me demandait comment allait August, avant d'ajouter « Dis-lui bonjour de ma part », ce que je ne fis jamais. Ce n'était pas pour être méchante avec Miranda, mais August avait son propre univers maintenant. À la maison, il y avait des jours où l'on ne se croisait même plus.

Le 31 octobre

Grand-mère est morte la veille d'Halloween. Depuis, même si ça fait quatre ans, j'ai toujours un pincement au cœur à cette période de l'année. Maman aussi se sent triste, même si elle ne le montre pas. Elle se concentre sur la fabrication du costume d'August, puisque tout le monde sait que c'est sa fête préférée.

Cette année, rien n'a changé. August voulait se déguiser en Boba Fett, un personnage de *Star Wars*. Maman a cherché partout un costume à sa taille, bizarrement, en vain. Elle en a trouvé sur eBay à des prix exorbitants et a finalement décidé de se procurer un costume de Jango Fett qu'elle a transformé en armure de Boba Fett grâce à quelques coups de peinture verte. Elle a passé presque deux semaines sur ce stupide costume. Et non, je ne parlerai pas du fait que maman n'a jamais confectionné aucun costume pour moi, parce que ça n'a vraiment pas d'importance.

Le matin d'Halloween, je me suis réveillée en pensant à Grand-mère. Je me sentais affreusement triste. Papa n'arrêtait pas de me répéter de me dépêcher, ce qui m'angoissait encore plus, et puis, soudain, je me suis mise à pleurer. Je n'avais pas envie de quitter la maison.

Alors papa a accompagné August à l'école, et maman m'a dit que je pouvais rester. On a pleuré toutes les deux un moment. Une chose est sûre : si Grand-mère me manque énormément, elle manque encore plus à maman. Toutes ces fois où August s'était accroché à la vie après ses opérations, pendant toutes ces visites aux urgences, Grand-mère avait toujours été là pour maman. Cela me fit du bien de laisser couler mes larmes. À maman aussi. Maman a eu l'idée de regarder *Certains l'aiment chaud*, qui est un de nos films en noir et blanc préférés. Je lui ai dit que c'était une très bonne idée. J'avais l'intention de profiter de cette occasion pour parler à maman de tout ce qui se passait au lycée avec Miranda et Ella, mais alors qu'on était assises devant le lecteur de DVD, le téléphone a sonné. C'était l'infirmière du collège d'August qui appelait pour dire à maman que mon frère avait mal au ventre et lui demander de venir le chercher. Tant pis pour le moment d'intimité mère-fille et les vieux films.

Maman est revenue avec August, et dès qu'il est entré, il a couru aux toilettes vomir. Puis il est allé se coucher et s'est couvert la tête de sa couverture. Maman a pris sa température, lui a apporté un thé bien chaud, bref, elle s'est mise en mode « maman d'August », et dès lors a délaissé le rôle de « maman de Via ». Mais je comprenais : August avait vraiment l'air mal en point.

Ni maman ni moi ne lui demandâmes pourquoi il avait choisi de porter son costume de *Scream* au lieu de celui de Boba Fett que maman lui avait confectionné. J'ignore si maman trouva agaçant de voir le costume sur lequel elle avait passé tant de temps traîner par terre, encore jamais porté, mais elle n'en montra rien.

Des bonbons ou la vie

Cet après-midi-là, August déclara qu'il n'était pas assez en forme pour aller demander des bonbons de maison en maison. J'étais triste pour lui, car je sais à quel point il aime cette fête. Même si j'en ai passé l'âge depuis longtemps, chaque année, j'enfile un masque pour l'accompagner et j'adore le voir frapper aux portes avec enthousiasme. Je sais que c'est le seul jour de l'année où il peut être comme tous les autres enfants. Personne ne perçoit qu'il est différent sous son masque. Pour August, ça doit être incroyable.

À sept heures du soir, je frappai à sa porte.

— Salut.

— Salut.

Il n'était ni en train de jouer à la Playstation ni en train de lire une de ses BD. Allongé sur son lit, il fixait le plafond. Daisy, comme à son habitude, était couchée à côté de lui, la tête posée sur ses jambes. Le costume de *Scream* gisait en pile informe par terre, à côté de celui de Boba Fett.

— Comment va ton ventre ? lui demandai-je en m'asseyant près de lui.

— J'ai encore la nausée.

— Tu es sûr que tu ne veux pas aller à la parade d'Halloween ?

— Je suis sûr.

J'étais très étonnée. August est tellement courageux. Il a déjà fait du skate-board quelques jours seulement après une opération. Il lui a fallu manger avec une paille alors que sa bouche ne pouvait pratiquement pas s'ouvrir. Cet enfant avait enduré plus de piqûres, avalé plus de médicaments et subi plus d'opérations que la plupart des gens pendant leur vie entière, alors qu'il n'avait que dix ans. Et un petit mal de cœur l'empêchait soudain de fonctionner ?

— Tu veux me dire ce qui se passe ? lui dis-je du ton qu'aurait employé maman.

— Non.

— Ça a quelque chose à voir avec l'école ?

— Oui.

— Les profs ? Tes devoirs ? Tes amis ?

Il ne me répondit pas.

— Quelqu'un t'a fait une remarque ?

— Ils en font toujours, dit-il amèrement.

Il était sur le point de fondre en larmes.

— Dis-moi ce qui s'est passé.

Alors il m'a tout raconté. Il avait surpris la conversation que plusieurs garçons avaient sur lui en classe, et ils n'avaient pas été tendres avec lui. Il s'en fichait que les autres disent ce genre de trucs, il s'y attendait, mais il était triste que l'un d'entre eux se soit révélé être son « meilleur ami », Jack Will. Je me souvenais de l'avoir entendu parler de Jack plusieurs fois. J'avais entendu papa et maman déclarer que c'était un très gentil garçon et qu'ils étaient contents qu'August se soit fait un ami comme lui.

— Des fois, les enfants sont stupides, prononçai-je d'une voix douce en lui prenant la main. Je suis sûre que ce n'est pas ce qu'il a voulu dire.

— Alors pourquoi il leur a dit ça ? Depuis le début, il fait semblant d'être mon ami. Bocu lui a sûrement promis quelque chose du genre un bon bulletin. « Eh, Jack, si tu fais ami ami avec le monstre, t'auras pas à passer de contrôles. » Voilà ce que le principal lui a sorti, peut-être.

— Tu sais bien que ce n'est pas vrai. Et tu n'es pas un monstre.

— J'aurais jamais dû aller à l'école.

— Mais je croyais que tu aimais ça.

— Je hais l'école !

Il était soudain en colère et donnait des coups de poing dans son oreiller.

— Je hais l'école ! Je hais l'école !

Il criait de toutes ses forces.

Je ne savais pas quoi répondre. Il était blessé. Il était en colère.

Je le laissai exprimer sa rage pendant quelques minutes. Daisy léchait les larmes qui lui coulaient sur le visage.

— Allez, Auggie, lui soufflai-je en lui caressant le dos. Enfile ton costume de Jango Fett et...

— C'est Boba Fett ! Pourquoi tout le monde n'arrête pas de se tromper ?

— Ton costume de Boba Fett, corrigeai-je calmement.

Je passai mon bras autour de ses épaules.

— Si je vais à la parade, maman pensera que je me sens mieux et elle m'enverra demain à l'école.

— Maman ne te forcera jamais, répondis-je. Allez,

Auggie. Viens, on y va. On va bien s'amuser, promis. Et je te donnerai tous mes bonbons.

Il n'a pas discuté. Il a lentement enfilé son costume de Boba Fett et je l'ai aidé à ajuster les sangles et à serrer sa ceinture. Quand il a mis son casque, je savais qu'il se sentait déjà mieux.

Un temps de réflexion

August a fait semblant d'être encore malade le lendemain pour ne pas être obligé d'aller à l'école. Ça m'a fait de la peine pour maman qui s'inquiétait, le croyant atteint d'une gastro, mais j'avais promis à August de me taire à propos de l'incident qui s'était produit au collège.

Dimanche, il était toujours déterminé à ne pas retourner à l'école.

— Et qu'est-ce que tu vas raconter à papa et maman ? lui demandai-je.

— Ils ont dit que je pouvais arrêter quand je voulais.

Il avait prononcé ces mots le nez plongé dans une BD.

— Mais tu n'as jamais été du genre à abandonner. Cela ne te ressemble pas.

— J'abandonne.

— Il va falloir que tu expliques pourquoi à papa et maman. (Je lui retirai son livre des mains pour qu'il lève le nez.) Et puis maman appellera l'école, et tout le monde sera au courant.

— Jack va avoir des ennuis ?

— Sûrement.

— Tant mieux.

August me surprenait de plus en plus. Il prit une autre BD dans sa bibliothèque et commença à la feuilleter.

— Auggie, dis-je, tu ne vas quand même pas laisser une bande de gamins t'empêcher d'aller à l'école ? Je sais que ça te plaît. Ne les laisse pas gagner. Ne leur donne pas cette satisfaction.

— Ils savent même pas que je les ai entendus...

— Oui, d'accord, mais...

— Via, tout va bien. Je sais ce que je fais. J'ai pris ma décision.

— Mais c'est de la folie, Auggie ! m'exclamai-je, et je lui arrachai des mains sa deuxième BD. Tu dois retourner à l'école. De temps en temps, on déteste l'école. Ça m'arrive de détester le lycée, à moi aussi. De détester mes amies. Mais c'est la vie, Auggie. Tu veux qu'on te traite comme tout le monde, pas vrai ? Eh bien, tout le monde doit en passer par là ! On doit tous aller à l'école, même si on a de très mauvaises journées quelquefois. D'accord ?

— Est-ce que les gens font un détour pour éviter de risquer de te toucher, Via ?

Je restai sans voix.

— Ouais, c'est ça. C'est bien ce que je pensais. Alors ne compare pas tes problèmes aux miens, d'accord ?

— Bon, d'accord. Mais on fait pas un concours de celui qui a passé la pire journée. Ce que je veux dire, c'est qu'on doit tous faire avec. Alors maintenant, sauf si tu veux qu'on te traite comme un bébé toute ta vie, ou comme un handicapé, tu dois faire face à ce qui se passe et y retourner.

Il n'a rien répondu, mais je crois que mes mots avaient atteint leur but.

— Tu n'as pas à dire un mot à ces petits imbéciles,

continuai-je. En fait, August, c'est assez cool que tu saches ce qu'ils ont dit sans qu'ils soient au courant, tu ne trouves pas ?

— Mais qu'est-ce que tu racontes ?

— Tu vois ce que je veux dire... Tu n'as pas à leur reparler si tu n'en as pas envie. Et ils ne sauront jamais pourquoi. Tu vois ? Ou tu peux faire semblant d'être leur pote, tout en sachant, au fond de toi, que ce n'est pas vrai.

— C'est comme ça que tu fais avec Miranda ?

— Non, dis-je, soudain sur la défensive. Je n'ai jamais fait semblant avec Miranda.

— Alors pourquoi moi, je devrais ?

— Je dis juste que tu ne devrais pas laisser ces idiots te gâcher la vie, c'est tout.

— Miranda t'a gâché la vie ?

— Pourquoi est-ce que tu n'arrêtes pas de parler de Miranda ? J'essaie de te parler de tes amis. Laisse les miens en dehors de ça.

— T'es même plus son amie.

— Et qu'est-ce que ça a à voir avec le sujet d'aujourd'hui ?

L'expression d'August à cet instant me rappela celle d'une poupée. Il me fixait d'un air vide avec ses paupières en celluloïd à moitié fermées.

— Elle a appelé l'autre jour, m'informa-t-il finalement.

— Quoi ? m'écriai-je, sidérée. Et tu ne me l'as pas dit ?

— C'est pas à toi qu'elle voulait parler, répliqua-t-il en reprenant ses albums de mes mains. Elle appelait pour me dire bonjour. Pour savoir comment j'allais. Elle ne savait même pas que j'allais à l'école maintenant. J'arrive pas à croire que tu ne lui en aies même pas parlé. Elle a dit que

152

vous deux vous vous voyiez plus trop, mais elle voulait que je sache qu'elle m'aimera toujours comme son petit frère. J'étais sur le cul. Abasourdie. Éberluée. J'avais perdu ma langue.

— Pourquoi tu ne m'as rien dit ? finis-je pourtant par balbutier.

— Je sais pas.

Il haussa les épaules et ouvrit l'album qu'il était en train de lire quand j'étais entrée.

— En tout cas, je raconte à papa et maman ce qui s'est passé avec Jack Will si tu ne retournes pas à l'école, le menaçai-je. Bocu va sûrement te convoquer et demander à Jack et aux autres de s'excuser devant tout le monde, et tout le monde va te traiter comme un enfant qui devrait être dans une école spécialisée. C'est ça que tu veux ? Parce que c'est ça qui va se passer. Ou alors, tu retournes à l'école comme si de rien n'était. Ou si tu veux en parler à Jack directement, vas-y. Mais dans tous les cas...

— D'accord, d'accord, d'accord, répéta-t-il en me coupant la parole.

— Quoi ?

— D'accord, je vais y retourner, articula-t-il sans élever la voix. Mais arrête d'en parler. Je peux lire, maintenant ?

— D'accord, répondis-je.

En tournant les talons, je pensai à quelque chose d'autre.

— Miranda a parlé de moi ?

Il leva la tête de sa BD et planta son regard dans le mien.

— Elle m'a demandé de te dire que tu lui manquais. Fin de la citation.

Je hochai la tête.

— Merci, fis-je tranquillement, trop embarrassée pour lui montrer à quel point cela me faisait plaisir.

Troisième partie

SUMMER

« Tu es magnifique quoi que les gens disent,
Les mots ne peuvent te toucher,
Tu es belle de toutes les manières,
Les mots ne peuvent te toucher. »

Christina Aguilera, *Beautiful*

Les enfants sont bizarres

Il y a des élèves qui sont carrément venus me voir. Ils m'ont demandé pourquoi je passais autant de temps avec « le monstre ». En fait ce sont ceux qui le connaissent le moins. S'ils prenaient le temps de faire sa connaissance, ils ne l'appelleraient pas ainsi.

— Parce qu'il est sympa.

C'est ce que je réponds toujours.

— Et ne l'appelle pas comme ça.

— Tu es une sainte, Summer, m'a dit l'autre jour Ximena Chin. Je serais incapable de faire ce que tu fais.

— Mais je ne fais rien de spécial, lui ai-je répondu.

J'étais sincère.

Qui aurait pu prévoir que le simple fait de m'asseoir avec August Pullman au déjeuner aurait un tel effet ? Les gens réagissent comme si c'était la chose la plus étrange au monde. Les enfants peuvent être tellement bizarres.

Je me suis assise avec lui le premier jour parce que j'avais pitié de lui. C'est tout. Il était là, cet élève au visage hors du commun, dans ce collège où nous faisions notre première rentrée. Personne ne lui adressait la parole. Les filles à ma table parlaient de lui en chuchotant. Ce n'était pas le seul nouveau à Beecher, mais c'était le seul dont tout le monde parlait. Julian l'avait surnommé « le bébé zombie ». C'est comme ça qu'on l'appelait.

— Est-ce que t'as vu le bébé zombie ?

Ce genre de phrase circule rapidement. August le savait très bien. C'est déjà assez dur d'être nouveau quand on a une tête normale. Alors vous imaginez, avec la sienne ?

Du coup, je suis allée m'asseoir avec lui. Rien d'extraordinaire. J'aimerais que les autres arrêtent d'en faire tout un plat.

C'est un élève, voilà tout. Bon, je n'ai vu personne qui lui ressemble. Mais il est comme les autres. C'est juste un garçon.

La Peste

C'est vrai qu'il faut du temps pour s'habituer au visage d'August. Cela fait plusieurs semaines que je m'assois avec lui au déjeuner, et je dois avouer que, quand il mange, c'est pas très beau à voir. Mais, à part ça, il est vraiment sympa. Je ne m'apitoie plus sur son sort et j'aime bien passer du temps avec lui.

Une des choses qui me dérangent cette année, c'est que les autres élèves se comportent comme si on était désormais trop grands pour jouer à quoi que ce soit. Pendant la récréation, ils ne pensent plus qu'à « traîner » et à « parler ». Ils ne font que blablater sur les autres : qui est mignon, qui ne l'est pas. August s'en fiche, de ces choses-là. Il aime jouer au ballon à la récré, et moi aussi.

En fait, c'est en jouant au ballon que j'ai entendu parler de « la Peste ». Apparemment c'est un « jeu » qui se joue parmi les élèves depuis le début de l'année. Quiconque touche accidentellement August n'a que trente secondes pour se laver les mains ou pour utiliser un désinfectant avant d'attraper la Peste. Je ne sais pas exactement ce qui se passe quand quelqu'un l'attrape, parce que personne n'a encore touché August, du moins directement.

J'ai appris ça parce que Maya Markowitz m'a expliqué que si elle ne voulait pas jouer avec nous à la récré, c'était parce qu'elle avait peur d'attraper la Peste. Alors je lui ai demandé :

— C'est quoi, la « Peste » ?

Et elle m'a tout raconté.

J'ai dit à Maya que je pensais que c'était stupide, et elle a approuvé, mais elle préférait quand même ne pas toucher la balle après August.

La fête d'Halloween

J'étais super contente d'être invitée à la fête d'Halloween de Savanna.

Savanna est probablement la fille la plus populaire de l'école. Tous les garçons l'adorent. Toutes les filles veulent être son amie. Elle a été la première des sixièmes à avoir un « petit ami ». C'était un garçon d'un autre collège. Par la suite, elle a rompu avec lui pour être avec Henry Joplin. Ce n'est pas étonnant, ils ont tous les deux déjà l'air d'adolescents.

En tout cas, même si je ne suis pas « populaire », j'avais été invitée, et c'était vraiment cool. Quand j'ai dit à Savanna que j'avais reçu son invitation et que je comptais venir, elle a été très gentille. Elle m'a précisé qu'elle n'avait pas invité beaucoup de gens et que je devais être discrète. Par exemple, Maya n'avait pas été invitée. Savanna m'a aussi expressément demandé de ne pas porter de costume. Heureusement qu'elle me l'a dit, parce que, bien sûr, je serais venue déguisée. Je n'aurais pas porté le costume de licorne que j'avais confectionné pour la parade, mais j'y serais allée en gothique, comme j'étais à l'école. Même ça, c'était trop pour la fête de Savanna. Le seul point négatif, c'est que je n'allais pas pouvoir me rendre à la parade et que mon costume de licorne resterait dans son placard. J'étais un peu déçue, mais ce n'était pas grave.

Quand je suis arrivée, Savanna m'a dit bonjour et m'a demandé :

— Il est où, ton petit copain, Summer ?

Je ne voyais pas de quoi elle voulait parler.

— Je suppose qu'il n'a pas besoin de porter de masque pour Halloween, n'est-ce pas ? ajouta-t-elle.

J'ai compris qu'elle voulait parler d'August.

— Ce n'est pas mon petit copain.

— Je sais. Je plaisante !

Elle m'embrassa sur la joue (toutes les filles de son groupe se font cette bise unique et bizarre pour se dire bonjour) et jeta ma veste sur un portemanteau. Puis elle m'attrapa par la main pour me conduire au sous-sol, où se déroulait la fête. Aucun parent en vue.

Ils devaient être une quinzaine, tous du groupe de Savanna ou de celui de Julian. Maintenant que certains d'entre eux sortaient ensemble, ils ne formaient plus qu'un seul grand groupe.

Je ne savais même pas qu'il y avait autant de couples. Enfin, je savais pour Savanna et Henry, mais Ximena et Miles ? Ellie et Amos ? Ellie est encore plus plate que moi !

À peine cinq minutes après mon arrivée, Henry et Savanna m'entourèrent. Tels deux oiseaux battant des ailes au-dessus de ma tête.

— Bon, on veut savoir pourquoi tu passes ton temps avec le bébé zombie, finit par déclarer Henry.

— Ce n'est pas un zombie, répondis-je en riant comme si c'était une blague.

Je me forçai à sourire.

— Tu sais, Summer, tu serais beaucoup plus populaire si t'arrêtais de le voir. Je vais être honnête avec toi : Julian t'aime bien. Il veut te demander de sortir avec lui.

— Vraiment ?

— Tu le trouves pas mignon ?

— Heu… ouais, je sais pas. Ouais, il est mignon.

— Alors tu dois choisir qui tu veux fréquenter, insista Savanna.

Elle me parlait comme une grande sœur à sa petite sœur.

— Tout le monde t'adore, Summer. Tout le monde pense que t'es une fille super sympa et super jolie. Tu pourrais faire partie de notre groupe si tu le voulais. Crois-moi, il y a des tonnes de filles qui adoreraient.

— Je sais, opinai-je. Merci.

— Mais de rien. Tu veux que j'aille dire à Julian de venir te parler ?

Mon regard suivit la direction indiquée par son doigt. J'aperçus Julian qui avait le visage tourné vers nous.

— Heu… En fait, il faut que j'aille aux toilettes. C'est où ?

Je me rendis dans la salle de bains et m'assis sur le bord de la baignoire pour appeler maman.

— Est-ce que tout va bien ? me demanda-t-elle.

— Oui. J'ai juste pas envie de rester.

Maman m'informa qu'elle serait là dans dix minutes.

— Sonne pas à la porte. Appelle-moi quand tu es arrivée.

Je restai dans la salle de bains jusqu'à son appel puis, attrapant ma veste au passage dans l'entrée, me faufilai dehors sans que personne ne me voie.

Il n'était que neuf heures et demie. La parade d'Halloween battait son plein sur l'avenue Amesfort. Il y avait foule. Tout le monde était déguisé. Des squelettes, des pirates, des princesses, des vampires et des super-héros.

Mais pas une licorne en vue.

Novembre

Le lendemain à l'école, j'ai raconté à Savanna que j'avais mangé des bonbons d'Halloween pas frais, que j'avais été malade et que j'avais été obligée de rentrer tôt. Elle m'a crue. Il y avait une gastro qui courait, alors mon excuse était crédible.

Je lui ai aussi expliqué que j'avais un faible pour quelqu'un d'autre que Julian pour qu'elle me laisse tranquille et avec l'espoir qu'elle lui en ferait part. Bien sûr, elle a voulu savoir pour qui j'avais craqué. Je lui ai répondu que c'était un secret.

August était absent le lendemain d'Halloween. Quand il est revenu, j'ai bien vu que quelque chose ne tournait pas rond. Il avait l'air tellement bizarre au déjeuner !

À peine s'il a prononcé un mot. Il gardait la tête baissée sur son repas pendant que je lui parlais. Comme s'il ne voulait pas me regarder dans les yeux.

— August, est-ce que tout va bien ? ai-je fini par lui demander. Tu es fâché contre moi ?

— Non.

— C'est bête que t'aies été malade pour Halloween. J'ai cherché Boba Fett partout dans les couloirs.

— Ouais, je me sentais pas bien.

— Tu as eu la gastro ?

— Ouais, ça doit être ça.

Il ouvrit un livre et se mit à lire. Ce n'était pas très poli.

— Je suis super contente de travailler sur ce projet de musée de l'Égypte ancienne, repris-je. Pas toi ?

Il secoua la tête, la bouche pleine. Il m'a fallu détourner le regard, parce que, entre sa manière de mâcher (on aurait dit qu'il faisait exprès pour que ça ait l'air le plus dégueulasse possible) et ses yeux qui étaient presque fermés, il m'envoyait vraiment des mauvaises ondes.

— Tu dois travailler sur quoi, toi ? insistai-je.

Il haussa les épaules, tira un morceau de papier de la poche de son jean et l'envoya valser sur la table.

Chaque élève de sixième devait travailler sur une œuvre de l'Égypte ancienne puis la présenter dans une exposition en décembre. Les professeurs avaient écrit le nom des différents objets, personnages et monuments sur des bouts de papier qu'ils avaient disposés dans un grand bocal, puis, chacun à notre tour, nous avions pioché dedans.

Je dépliai le papier d'Auggie.

— Super ! dis-je avec un peu trop d'enthousiasme parce que je voulais lui remonter le moral. T'as eu la pyramide de Saqqarah !

— Je sais ! dit-il.

— Moi, j'ai eu Anubis, le dieu des morts.

— Celui qui a une tête de chien ?

— En fait, c'est une tête de chacal. Eh, tu veux qu'on commence à travailler sur nos projets ensemble après l'école ? Tu pourrais venir chez moi.

Il posa son sandwich et s'appuya au dossier de sa chaise. Il n'y a pas de mots pour décrire le regard qu'il me lança alors.

— Tu sais, Summer, t'as pas besoin de faire ça.

— Mais de quoi tu parles ?

— T'as pas besoin de faire semblant d'être mon amie. Je sais ce que M. Bocu t'a demandé de faire.

— Je vois absolument pas de quoi tu parles.

— Arrête de faire semblant, c'est tout ce que je te demande. Je sais qu'avant la rentrée M. Bocu a demandé à certains élèves d'être amis avec moi.

— Il ne m'a pas parlé à moi, August.

— Si.

— Non, c'est pas vrai.

— Si, il l'a fait.

— Non, je te dis ! Je te jure sur ma vie !

Je levai les mains en l'air pour lui montrer que je ne croisais pas les doigts. Comme il jetait un coup d'œil à mes pieds, je retirai mes bottes UGG pour lui montrer mes orteils.

— Tu portes des collants.

— Tu vois bien que mes orteils ne sont pas croisés !

— Bon. C'est pas la peine de crier.

— J'aime pas qu'on m'accuse de ce genre de chose.

— Désolé.

— Il t'a vraiment pas parlé ?

— Auggie !

— D'accord, d'accord, excuse-moi, pardon.

Je serais restée fâchée s'il ne m'avait pas raconté quelque chose d'horrible qui lui était arrivé le jour d'Halloween. Pour résumer, il a entendu Jack dire des choses vraiment pas sympas sur lui. Ça expliquait un peu son attitude. Maintenant, je savais pourquoi il avait été « malade ».

— Promets-moi de rien dire.

— Promis. Et toi, tu promets que tu ne m'accuseras plus jamais de choses pareilles ?

— Promis, opina-t-il en attrapant mon petit doigt pour sceller notre pacte.

Attention aux yeux

J'avais prévenu maman pour August. Je lui avais décrit plus ou moins à quoi il ressemblait. Il valait mieux l'avertir : maman n'est pas championne quand il faut cacher ses émotions et August venait chez moi pour la première fois. Je lui avais même envoyé un texto au boulot pour le lui rappeler. Mais à voir sa tête quand elle est rentrée, il faut croire que je ne l'avais pas préparée correctement. Elle demeura bouche bée devant le visage d'Auggie.

— Salut, maman. Je te présente Auggie. Il peut rester dîner ?

Il lui fallut quelques secondes pour reprendre ses esprits et comprendre ma question.

— Salut, Auggie, dit-elle enfin. Bien sûr, mon cœur. Si la mère d'Auggie est d'accord.

Pendant qu'Auggie téléphonait sur son portable pour demander la permission, je chuchotai à maman :

— Arrête de faire cette tête !

Le même regard exactement que lorsqu'elle voyait quelque chose d'horrible au journal télévisé. Elle hocha la tête comme si elle venait de s'apercevoir qu'elle faisait la grimace. Après quoi, elle se montra très gentille et tout à fait normale avec Auggie.

Après avoir longuement travaillé sur nos œuvres, on est allés jouer dans le salon. Auggie regardait les photos disposées sur la cheminée. Il y en avait une de papa et de moi.

— C'est ton père ?

— Ouais.

— Je ne savais pas que t'étais… C'est quoi, le terme ?

— Métisse.

— C'est ça le mot que je cherchais.

— Ouais.

Il regarda à nouveau la photo.

— Tes parents sont divorcés ? Je ne l'ai jamais vu te déposer ou te chercher à la sortie des classes.

— Non. Il était dans l'armée. Il est mort il y a quelques années.

— Oh ! Je savais pas.

— Ouais, dis-je en lui passant une photo de papa en uniforme.

— Waouh ! Toutes ces médailles !

— Ouais. Il était super cool.

— Summer, je suis désolé.

— Ouais, c'est dur. Il me manque beaucoup.

Il hocha la tête en me rendant la photo.

— Un de tes proches est mort ?

— Juste ma grand-mère. Mais je ne me souviens pas vraiment d'elle.

— C'est dommage.

Auggie hocha la tête.

— Tu t'es jamais demandé ce qui arrive aux gens quand ils meurent ?

Il haussa les épaules.

— Pas vraiment. Enfin, ils doivent aller au paradis, non ? C'est là que Grand-mère est allée.

— J'y pense souvent, lui confiai-je. Je pense que quand les gens meurent, leur âme va au paradis, mais juste provisoirement. C'est là où ils revoient leurs amis et tout ça. Ils parlent du bon vieux temps. Et puis après, je crois qu'en fait les âmes commencent à repenser à leur vie sur terre, ce qu'ils ont fait de bien ou de mal et tout ça. Et puis ils renaissent sous la forme d'un tout nouveau bébé.

— Pourquoi quelqu'un voudrait faire une chose pareille ?

— Parce que ça donne une chance de pas refaire les mêmes erreurs, répondis-je. De se rebâtir une vie.

Il réfléchit avant de commenter :

— C'est un peu comme quand on passe un examen de rattrapage.

— C'est ça, approuvai-je.

— Mais ils n'ont pas la même tête quand ils reviennent. Je veux dire, ils ont l'air complètement différents, non ?

— Ouais, ouais, répondis-je. T'as la même âme, mais tout est différent.

— J'aime bien cette idée, répondit-il en hochant la tête avec vigueur. J'aime vraiment ça, Summer. Ça veut dire que, dans ma prochaine vie, je ne serai pas coincé avec ça.

Il désigna du doigt son visage et cligna des yeux, ce qui me fit rire.

— J'imagine que non.

— Eh, je pourrais même être beau ! dit-il en souriant. Ce serait génial, non ? Quand je reviendrais, je serais un mec super séduisant, tout en muscles et super grand.

Je ris de plus belle. Il sait rire de lui-même. C'est une des choses que j'aime le plus chez Auggie.

— Auggie, je peux te poser une question ?

— Oui, dit-il comme s'il savait d'avance ce que j'allais lui demander.

J'hésitai un moment. Cela faisait longtemps que je voulais l'interroger là-dessus, sans en avoir jamais eu le courage.

— Quoi ? dit-il. Tu veux savoir ce qui ne va pas avec mon visage ?

— Oui, c'est ça. Si ça te dérange pas.

Il haussa les épaules. Je fus soulagée de voir qu'il n'avait pas l'air fâché ou triste.

— C'est pas grand-chose, dit-il d'un ton neutre. Le problème principal, c'est que j'ai une dys-pla-sie oto-man-di-bu-laire bi-la-té-rale. Ça m'a pris du temps pour arriver à prononcer ce truc. Je suis aussi atteint d'un autre syndrome que j'arrive pas à prononcer. Et ces deux trucs ensemble forment ce super méga problème, qui est tellement rare qu'ils n'ont même pas inventé de nom pour le décrire. Je veux pas me vanter ou quoi que ce soit, mais je suis considéré comme une des merveilles de la science médicale, tu sais.

Il sourit.

— C'était une blague. Tu as le droit de te marrer.

Je souris à mon tour en hochant la tête.

— Tu as toujours le mot pour me faire rire, Auggie.

— Oui, je sais, dit-il fièrement. Je suis super cool.

La tombe égyptienne

Le mois suivant, August et moi, on a passé beaucoup de temps ensemble après l'école, soit chez lui, soit chez moi. Les parents d'August invitèrent même maman à dîner plusieurs fois. Je les ai entendus parler d'arranger un rendez-vous entre maman et l'oncle d'August, Ben.

Le jour de la grande exposition intitulée « Le musée égyptien », on était super agités et impatients. Il avait neigé la veille. Pas autant que pour Thanksgiving, mais tout de même, c'était de la neige.

Le gymnase avait été transformé en un musée géant où tous les objets des élèves étaient exposés sur des tables avec une petite fiche explicative. La plupart des œuvres étaient splendides mais, je dois dire, la mienne et celle d'August battaient tous les records. Ma sculpture d'Anubis était superbe. J'avais même utilisé de la feuille d'or pour la recouvrir. August avait construit sa pyramide à l'aide de morceaux de sucre. Elle faisait soixante centimètres de haut et soixante centimètres de large et, à l'aide d'une bombe de peinture, il l'avait recouverte d'une texture qui ressemblait à du sable. C'était vraiment magnifique.

On avait tous revêtu des déguisements adaptés. Certains

élèves portaient un costume d'archéologue à la Indiana Jones. D'autres étaient venus en pharaon. August et moi étions des momies. Nos visages étaient complètement emmaillotés, à part deux fentes pour les yeux et un trou pour la bouche.

Quand les parents sont arrivés, ils se sont mis en ligne dans le couloir devant la porte du gymnase. On nous a dit d'aller chercher chacun nos parents. Équipés d'une lampe de poche, on devait les entraîner dans une visite guidée du gymnase plongé dans les ténèbres. August et moi, on a fait visiter à nos mères en même temps. On s'arrêtait à chaque stand pour expliquer ce que c'était en chuchotant. Il faisait très sombre et on devait utiliser nos lampes pour éclairer les objets tout en parlant. Parfois, pour donner à l'aventure un effet plus dramatique, on dirigeait le faisceau de nos lampes sous nos mentons pendant qu'on parlait. C'était vraiment amusant d'entendre tous ces murmures dans le noir, de voir toutes ces lumières zigzaguer dans la salle.

À un moment donné, je me dirigeai vers la fontaine pour boire de l'eau. Je dus retirer mon masque de momie.

— Salut, Summer, dit Jack en s'approchant.

Il était déguisé en un des personnages du film *La Momie*.

— Sympa, ton costume, dit-il.

— Merci.

— L'autre momie, c'est August ?

— Ouais.

— Dis-moi... tu sais pourquoi il est fâché contre moi ?

— Hein-hein, grommelai-je en acquiesçant de la tête.

— Tu peux me dire pourquoi ?

— Non.

Il opina, l'air déçu.

— Je lui ai promis que je ne dirais rien, ajoutai-je.

— C'est trop bizarre. Je sais pas pourquoi il est aussi en colère contre moi tout à coup. J'en ai aucune idée. Tu peux au moins me donner un indice ?

Je lançai un regard à August qui se trouvait à l'autre bout de la salle, en pleine discussion avec nos mères. Je n'allais pas briser ma promesse. Je n'allais pas dire ce qu'Auggie avait entendu à Halloween. Mais je me sentais mal pour Jack.

— Scream ensanglanté, lui soufflai-je à l'oreille avant de m'éloigner.

Quatrième partie

JACK

« Voici mon secret. Il est très simple :
on ne voit bien qu'avec le cœur.
L'essentiel est invisible pour les yeux. »

Antoine de Saint-Exupéry, *Le Petit Prince*

Coup de téléphone

En août, mes parents reçurent un message téléphonique de M. Bocu. Et maman a dit :

— Peut-être qu'il appelle tous les élèves pour leur souhaiter la bienvenue.

— Il doit avoir beaucoup d'appels à passer, alors, a rétorqué papa.

Maman l'a donc rappelé, et j'ai entendu la conversation. En voici la retranscription exacte :

— Bonjour, monsieur Bocu. C'est Amanda Will. Vous vouliez me parler ? (Un silence.) Oh, merci ! C'est très gentil à vous. Il a vraiment hâte. (Un silence.) Oui. (Silence.) Oui. (Silence.) Oh, bien sûr. (Un long silence) Oh. Oui. (Silence.) Bon, c'est très gentil à vous. (Silence.) Bien sûr. Oh. Ça alors. Oh la la (Super long silence.) Je vois, bien sûr. Oui, vous pouvez compter sur moi. Attendez, je note... c'est bon. Je vous rappelle dès que je lui ai parlé, d'accord ? (Silence.) Non, merci d'avoir pensé à lui. Au revoir !

Quand elle raccrocha, je lui demandai :

— Qu'est-ce qui se passe ? Qu'est-ce qu'il a dit ?

— Eh bien, c'est plutôt flatteur quoique un peu triste. Il y a un garçon qui entre au collège cette année, et il n'a jamais été scolarisé parce qu'il avait école à la maison. Du coup, M. Bocu s'est adressé à certains professeurs de primaire. Il voulait savoir quels élèves entrant en sixième avaient le cœur sur la main, et ils ont dû penser que tu étais quelqu'un d'exceptionnel – ce que je savais déjà, bien sûr. M. Bocu veut savoir s'il peut compter sur toi pour le guider et l'aider à s'adapter.

— Genre, passer du temps avec lui ?

— Exactement, dit maman. Il appelle ça un « comité d'accueil ».

— Mais pourquoi moi ?

— Comme je viens de te le dire, tes profs t'ont désigné comme étant un élève drôlement gentil. Et je suis fière qu'ils aient autant de respect pour toi.

— Et pourquoi c'est triste ?

— Comment ça ?

— T'as dit que c'était flatteur, mais que c'était triste.

Maman hocha la tête.

— Oh. Apparemment, ce garçon a une sorte de... Je crois qu'il y a un problème avec son visage... quelque chose comme ça. Je ne suis pas sûre. Un accident, peut-être. M. Bocu a dit qu'il nous expliquerait ça mieux quand on irait le voir au collège la semaine prochaine.

— Mais la rentrée, c'est pas avant septembre !

— Il veut que tu rencontres ce garçon avant que l'école commence.

— Est-ce que je suis obligé ?

Maman sembla étonnée.

— Non, bien sûr que non, mais ce serait sympa de ta part, Jack.

— Si je ne suis pas obligé, alors je veux pas.

— Accepte au moins d'y réfléchir.

— C'est tout réfléchi, je veux pas.

— Bon, je ne vais pas te forcer, dit-elle. Mais penses-y encore un peu, d'accord ? Comme je ne vais pas rappeler M. Bocu avant demain, tu as un peu de temps. Enfin, Jack, je ne crois vraiment pas que ce soit trop te demander que de passer un moment avec un nouvel élève...

— C'est pas seulement parce qu'il est nouveau, maman. Il est difforme.

— Ce n'est pas très gentil de dire ça, Jack.

— Mais c'est la vérité, maman.

— Tu ne sais même pas qui c'est.

— Si, je sais.

Dès qu'elle avait commencé à parler, j'avais su qu'il s'agissait de ce garçon nommé August.

Le marchand de glaces

Je devais avoir cinq ou six ans quand je l'ai vu pour la première fois. C'était devant le marchand de glaces de l'avenue Amesfort. Véronica, ma baby-sitter, et moi, on était assis sur un banc, avec, en face de nous, mon petit frère Jamie dans sa poussette. Je devais être concentré sur ma glace parce que je ne l'ai pas remarqué tout de suite.

À un moment donné, j'ai tourné la tête pour aspirer la glace qui s'était logée au fond du cône, et c'est là que j'ai posé les yeux sur August. Il était assis juste à côté de moi. J'avoue que c'était pas très sympa, mais j'ai fait la grimace et crié : j'avais vraiment eu très peur. J'ai cru qu'il portait un masque de zombie ou un truc dans le genre. J'ai poussé un « Ahhh ! » comme dans les films d'horreur quand le méchant sort soudain des buissons. En tout cas, je savais bien que ce n'était pas cool. Lui ne m'a pas entendu, mais sa sœur, si.

— Jack ! On doit y aller ! dit Véronica en se levant.

Elle s'empressa de tourner la poussette de Jamie, qui devait aussi avoir vu le garçon, parce qu'il semblait sur le point de dire un truc gênant. Je bondis sur mes pieds, comme si je venais d'être piqué par une guêpe, et alors que je courais après Véronica qui s'éloignait rapidement, j'entendis la mère du garçon leur dire d'une voix douce :

— Bien, les enfants. Il est temps de rentrer.

Je me retournai pour les regarder une dernière fois. Le garçon léchait sa glace, sa mère ramassait sa trottinette et sa sœur m'a lancé un regard de tueur. Je détournai les yeux aussitôt.

— Véronica, qu'est-ce qu'il a ce garçon ?

— Chut ! me répondit-elle, l'air furieuse.

J'aimais beaucoup Véronica, mais quand elle se fâchait, elle se fâchait tout rouge. Quant à mon petit frère, Jamie, dangereusement penché hors de sa poussette, il essayait d'épier la scène derrière nous. Véronica continuait sa route.

— Mais, *Vonica*..., protesta Jamie.

— Les garçons, vous n'êtes vraiment pas sages ! Vous n'êtes pas sortables ! s'exclama Véronica, une fois qu'ils ne pouvaient plus nous entendre. On ne regarde pas les gens comme ça !

— Mais j'ai pas fait exprès ! dis-je.

— Vonica ? entonna mon petit frère.

— Et partir comme ça ! murmura Véronica. Oh mon Dieu, cette pauvre femme ! Je vais vous dire, les garçons, chaque jour, vous devez remercier Dieu pour ses bienfaits, vous entendez ?

— Vonica ?

— Qu'est-ce qu'il y a, Jamie ?

— Est-ce que c'est Halloween ?

— Non, Jamie.

— Alors pourquoi est-ce que le petit garçon, il portait un masque ?

Véronica ne répondit pas. Parfois, lorsqu'elle est en colère, elle garde le silence.

— C'était pas un masque, expliquai-je à Jamie.

— Tais-toi, Jack ! m'ordonna notre baby-sitter.

— Pourquoi tu cries, Véronica ? insistai-je – c'était plus fort que moi.

À ma stupéfaction, au lieu de redoubler de colère, elle secoua tristement la tête.

— C'est terrible, ce qu'on vient de faire. On s'est levés comme ça, d'un coup, comme si on avait vu le diable. J'avais peur de la réaction de Jamie, de faire de la peine à cet enfant. Mais c'est vraiment nul de nous être enfuis. La mère a très bien vu ce qui se passait.

— Mais on ne voulait pas être méchants !

— Jack, parfois, on fait de la peine aux autres sans le vouloir. Tu comprends ?

Ça, c'est la première fois que j'ai vu August dans le quartier, du moins autant que je me souvienne. Ensuite je l'ai souvent revu, sur l'aire de jeux et dans le parc. Des fois, il portait un casque d'astronaute. Pourtant j'ai toujours su que c'était lui, là-dessous. Tous les enfants savaient que c'était lui. Tout le monde a déjà vu August, à un moment ou à un autre. On connaît tous son nom, même s'il ignore les nôtres.

Et chaque fois que je le vois, j'essaie de me souvenir de ce que Véronica a dit. Mais c'est dur. C'est dur de ne pas le regarder. C'est difficile de se comporter normalement devant lui.

Pourquoi j'ai changé d'avis

— Qui d'autre M. Bocu a-t-il appelé ? demandai-je à maman plus tard ce soir-là. Est-ce qu'il te l'a dit ?

— Julian et Charlotte.

— Julian ! Quoi, Julian ?!

— Vous étiez amis, tous les deux.

— Maman, c'était en maternelle. Julian est le plus gros hypocrite du monde. Tout ce qui l'intéresse, c'est d'être populaire.

— En tout cas, il a accepté d'aider ce nouvel élève. Il a au moins ça pour lui.

Je ne répondis pas. Elle avait raison.

— Et Charlotte ? Elle va le faire elle aussi ?

— Oui.

— Bien sûr ! Charlotte, c'est la petite fille modèle.

— Voyons, Jack. On dirait que t'as une dent contre tout le monde en ce moment.

— C'est juste... Maman, t'as pas idée de quoi il a l'air, ce mec.

— Je peux imaginer.

— Non ! Tu peux pas ! Tu l'as jamais vu. Moi si.

— Ce n'est peut-être même pas celui à qui tu penses.

— Crois-moi, c'est lui. Et je te le dis, c'est vraiment, vraiment grave. Il est difforme, maman. Ses yeux sont genre... là.

Je montrai mes joues.

— Et il n'a pas d'oreilles. Et sa bouche est...

Jamie venait d'entrer dans la cuisine pour chercher un verre de jus de fruits.

— Demande à Jamie, dis-je. Pas vrai, Jamie ? Tu te souviens de ce garçon qu'on voyait souvent au parc ? Celui qui s'appelle August ? Celui qui a cette tête pas possible ?

— Oh, lui ? s'exclama Jamie en ouvrant de grands yeux. Il m'a donné des cauchemars ! Tu te souviens, maman ? Le cauchemar avec des zombies l'année dernière ?

— Je croyais que c'était parce que tu avais vu un film d'horreur, dit maman.

— Non ! rectifia Jamie. C'est parce que j'avais vu sa figure ! Quand je l'ai vu, j'ai crié genre « Ahhh ! » et je suis parti en courant...

— Attends un peu, dit maman très sérieusement. Tu as fait ça devant lui ?

— Je n'ai pas pu m'en empêcher ! couina Jamie.

— Mais si, tu aurais pu ! le gronda maman. Franchement, vous me décevez beaucoup, tous les deux.

Elle avait effectivement l'air déçue.

— Enfin, voyons, c'est juste un petit garçon – tout comme vous ! Tu imagines ce qu'il a ressenti quand il t'a vu partir en courant, Jamie, et en hurlant ?

— J'ai pas hurlé, protesta Jamie. J'ai juste poussé un cri : « Ahhh ! »

Il posa ses mains sur ses joues et se mit à courir en rond dans la cuisine.

— Jamie ! le réprimanda maman, fâchée. Je pensais que mes enfants avaient plus de compassion que ça !

— C'est quoi, *compassion* ? dit Jamie, qui venait seulement d'entrer en CE1.

— Tu vois très bien ce que je veux dire, Jamie, le gronda-t-elle.

— Mais il est tellement moche, maman.

— Ça suffit ! Je ne veux pas t'entendre prononcer ce mot. Jamie, prends ton jus de fruits. Je veux parler seule à seul avec Jack.

— Écoute, Jack, me dit maman dès que mon petit frère eut quitté la pièce.

Je sentais venir une leçon de morale.

— D'accord, je vais le faire, opinai-je.

Elle avait l'air étonnée.

— Vraiment ?

— Oui !

— Alors je peux appeler M. Bocu ?

— Oui, maman. J'ai dit oui !

— Je savais que tu prendrais la bonne décision, mon chéri, dit-elle avec un sourire. C'est bien. Je suis fière de toi, Jackie.

Elle m'ébouriffa les cheveux.

Si j'ai changé d'avis, ce n'est pas parce que maman s'apprêtait à me faire la morale, ni pour protéger August des griffes de Julian. Mais voilà, en pensant à Jamie qui à la seule vue d'August s'était enfui en hurlant, je me suis senti coupable. La vérité, c'est qu'il y aura toujours des gens comme Julian, ce sont des idiots. Mais si un enfant comme Jamie, qui d'habitude est si gentil, était capable de se montrer aussi cruel, alors August n'avait aucune chance de survivre au collège.

Quatre arguments

Premièrement, on finit par s'habituer à son visage. Les premiers jours, je me disais que je ne pourrais jamais m'y faire. Et puis, au bout d'une semaine, j'ai trouvé que ce n'était pas si terrible.

Deuxièmement, en fait, il est vraiment sympa. Il sait se montrer très drôle. Des fois, le prof dit quelque chose et August me chuchote un truc marrant que personne d'autre n'entend et ça me fait pouffer de rire. Et puis, de manière générale, il est très gentil. J'aime bien passer du temps avec lui et parler de choses et d'autres.

Troisièmement, il est très malin. Je pensais qu'il aurait du retard parce qu'il n'avait jamais été dans une vraie école avant. Mais il est meilleur que moi dans la plupart des matières. Enfin, il n'est pas aussi fort que Charlotte et Ximena, mais il n'en est pas loin. Et contrairement à elles, il me laisse copier quand j'en ai besoin (même si c'est pas souvent). Un jour, il m'a permis de copier ses devoirs, et on s'est fait attraper.

— Vous avez tous les deux commis les mêmes erreurs dans votre devoir, a déclaré Mme Rubin en nous regardant à tour de rôle d'un air interrogateur.

Je ne savais pas quoi dire, car la réponse était : « C'est parce que j'ai copié sur August. »

Mais August a menti pour me protéger.

— Oh, c'est parce qu'on a fait nos exercices ensemble hier soir.

Ce qui n'était absolument pas vrai.

— Bon, c'est bien de travailler ensemble, a répondu Mme Rubin, mais vous êtes quand même censés les faire séparément, d'accord ? Vous pouvez travailler l'un à côté de l'autre, mais chacun fait ses exercices seul. C'est compris ?

En sortant de la classe, je lui ai dit :

— Merci, mec !

Et il a dit :

— Pas de problème.

C'était vraiment cool.

Quatrièmement, maintenant que je le connais, je peux dire que j'ai sincèrement envie d'être son ami. Au début, j'avoue, je restais avec lui juste parce que M. Bocu m'avait demandé d'être sympa et tout ça. Mais maintenant, ça me plaît de passer du temps avec lui. Il rit à toutes mes blagues. Et j'ai le sentiment que je peux tout lui confier. C'est vraiment un super ami. Genre, si tous les garçons de sixième étaient alignés contre un mur et que je doive choisir celui que je préfère, eh bien, je choisirais August.

C'est plus mon ami

« Scream ensanglanté » ? Et puis quoi, encore ? Summer Dawson a toujours été un peu timbrée, mais là elle dépasse les bornes. Tout ce que je lui ai demandé, c'est pourquoi August avait l'air d'être fâché contre moi. Je pensais qu'elle savait. Mais tout ce qu'elle a pu me répondre, c'est « Scream ensanglanté » ! Je ne sais même pas ce que ça signifie.

C'est quand même étrange. Un jour, August et moi, on est comme les deux doigts de la main, et le lendemain, pouf, il me parle plus. Et je ne sais même pas pourquoi. Je lui ai demandé :

— August, tu m'en veux pour un truc ?

Il a haussé les épaules et m'a tourné le dos. Alors, j'ai pensé : oui, il m'en veut. Comme je sais très bien que je ne lui ai rien fait de mal, j'ai eu l'idée d'aller poser la question à Summer. Mais tout ce qu'elle a répondu, c'est « Scream ensanglanté ». Ah ouais, ça m'avance vachement. Merci, Summer.

J'ai plein d'autres potes à l'école. Alors, si August n'est officiellement plus mon ami, ça ne me dérange pas, je m'en fiche. Je me suis mis à l'ignorer, moi aussi. C'est un peu difficile étant donné qu'en cours on est toujours assis l'un à côté de l'autre.

Les élèves ont remarqué qu'il se passait quelque chose et m'ont demandé si je m'étais disputé avec August. À lui, ils n'ont rien demandé. De toute façon, on est peu à lui parler. La seule personne avec qui il est ami, à part moi, c'est Summer. Parfois, il discute avec Reid Kingsley, et avec les deux Max, qui ont réussi à le faire jouer à Donjons et Dragons une ou deux fois à la récré. Charlotte, en bonne petite fille modèle, ne fait que le saluer de la tête quand elle le croise dans le couloir. Et je ne sais pas si les autres continuent à jouer à la Peste dans son dos, parce que personne ne m'en a jamais parlé directement. Là où je veux en venir, c'est qu'il n'a pas beaucoup d'amis à part moi. S'il veut m'ignorer, c'est lui qui est perdant. Pas moi.

C'est donc comme ça entre nous maintenant. On ne se parle que si on en a vraiment besoin, pour des trucs d'école. Avant, quand je passais tout mon temps avec August, les autres élèves ne venaient pas avec moi parce qu'ils ne voulaient pas lui parler. Ou alors, ils me cachaient des choses, comme cette histoire de Peste. Je crois que j'étais le seul à ne pas être dans le coup, à part peut-être Summer et la bande des rôlistes. Et la vérité, même si personne n'en parle directement, c'est que personne ne veut être vu avec lui. Tout le monde est bien trop préoccupé par sa propre popularité, et lui, il est très très loin d'être populaire. Mais maintenant, je peux passer du temps avec qui je veux. Si je voulais faire partie du groupe des populaires, je le pourrais sans problème.

Mais ce qui me dérange, c'est que 1) je n'aime pas vraiment ceux de la clique populaire et 2) j'aime vraiment discuter et rigoler avec August.

Alors tout va mal. Et c'est la faute d'August.

Un peu de neige

La première neige est tombée juste avant Thanksgiving. Comme l'école a fermé, on a eu droit à quelques jours de vacances de rab. J'étais bien content, parce que toute cette histoire avec August me pesait sur le cœur, j'avais besoin de passer un peu de temps sans le voir. En plus, j'adore me réveiller le matin quand il a neigé toute la nuit. J'aime sentir qu'il y a quelque chose de différent sans savoir quoi. Jusqu'au moment où je me rends compte du silence. Pas de bruits de klaxon, pas de bus qui roule dans la rue. Je me précipite à la fenêtre. Dehors, tout est blanc : les trottoirs, les arbres, les voitures garées, jusqu'aux carreaux des fenêtres. Et si à cause de la neige l'école est fermée, eh bien, c'est un plaisir dont je ne me lasserai jamais : c'est ce qu'il y a de plus beau au monde. Et quand je serai grand, on ne me verra pas sous un parapluie à me protéger des flocons. Ça, jamais !

L'école de papa étant elle aussi fermée, il nous a emmenés, Jamie et moi, au parc faire de la luge sur la dune de Skeleton Hill. Il paraît qu'un gamin s'est brisé la nuque en descendant cette pente il y a quelques années, mais je ne sais pas si c'est vrai ou si c'est juste une légende.

Sur le chemin du retour, j'ai trouvé une vieille luge en bois abandonnée. Quelqu'un l'avait posée debout contre le monument d'Old Indian Rock. Papa m'a dit de la laisser où elle était, que c'était « poubelle », mais quelque chose me disait que c'était une super bonne luge. Finalement, il m'a permis de la traîner jusqu'à la maison, et j'ai passé le reste de la journée à la restaurer. J'ai réparé les lattes cassées avec de la superglu et ajouté du ruban adhésif extrafort. Puis j'ai peint le tout avec la peinture blanche que je gardais pour ma sculpture en albâtre du Sphinx, destinée à l'exposition Égypte ancienne à l'école. Une fois que la peinture a été sèche, j'ai inscrit le mot ÉCLAIR en lettres dorées sur la pièce de bois centrale avec un logo en zig-zag au-dessus. Ça avait l'air vachement pro. Papa a dit :

— Félicitations, Jackie ! Tu avais raison à propos de cette luge !

Le lendemain, on est retournés à Skeleton Hill avec Éclair. J'étais jamais descendu sur un engin aussi rapide – mille fois plus rapide que les luges en plastique dont on se sert d'habitude. Comme il faisait moins froid, la neige était à la fois plus craquante et plus molle. De la neige bien tassée, quoi. Jamie et moi, on a pris Éclair chacun notre tour. On est restés dans le parc tout l'après-midi jusqu'à ce que nos doigts soient gelés et nos lèvres bleu violacé. Papa a été obligé de nous ramener à la maison de force.

À la fin du week-end, la neige avait tourné au gris-jaune, puis un orage l'a transformée en gadoue. Quand on est retournés à l'école le lundi, elle avait pratiquement disparu.

Il faisait un temps de chien après ces vacances. La météo était aux couleurs de mon humeur.

Je saluai August de la tête en le voyant. On se trouvait devant nos casiers. Il me rendit mon salut.

Je voulais lui parler d'Éclair, mais je n'ai rien dit.

La chance sourit aux audacieux

Le précepte de décembre de M. Browne était : « La chance sourit aux audacieux. » On devait tous écrire un paragraphe décrivant un moment de notre vie où on avait montré du courage, courage dont nous avions ensuite été récompensés par quelque chose de positif.

Pour tout vous dire, j'y ai beaucoup réfléchi. Et ce que j'ai fait de plus courageux, c'est sûrement de devenir l'ami d'August. Mais je ne pouvais pas écrire ça, bien sûr. J'avais peur qu'on nous demande de lire nos textes à haute voix ou que M. Browne les expose au tableau, ou bien un truc dans le genre. Alors j'ai choisi un sujet nul : quand j'étais petit, j'avais peur de l'océan. C'est stupide, mais je n'ai rien trouvé d'autre.

Je me demande ce qu'a écrit August. Lui avait sans doute l'embarras du choix.

L'école privée

Mes parents ne sont pas riches. Je dis ça parce que, souvent, les gens pensent que seuls les gosses de riches fréquentent les écoles privées. Mais ce n'est pas le cas de ma famille. Papa est prof et maman assistante sociale : ils n'ont pas des boulots où on gagne des millions de dollars. On avait une voiture avant, mais on l'a vendue quand Jamie est entré à la maternelle de Beecher. On n'habite ni une maison en brique ni un de ces immeubles avec gardien qui donnent sur le parc, mais un appartement au cinquième sans ascenseur dont la propriétaire s'appelle Dona Petra. Nous sommes de l'« autre côté » de Broadway, autrement dit là où les gens de North River Heights n'ont pas envie de garer leurs voitures. Jamie et moi, on dort dans la même chambre. J'entends mes parents se poser des questions du style :

— Tu crois qu'on peut se passer de la climatisation encore cette année ?

Ou bien :

— Et si je prenais un deuxième travail cet été ?

Aujourd'hui, à la récré, j'étais avec Julian, Henry et Miles. Julian (tout le monde sait qu'il est riche) a dit :

— C'est horrible. Il faut que je retourne à Paris pour Noël. C'est tellement chiant !

— Mais, mec, c'est Paris, répliquai-je comme un idiot.

— Crois-moi, c'est super chiant. Ma grand-mère habite dans une maison au milieu de nulle part. C'est à une heure de Paris, un tout petit village minuscule. Je te jure, il se passe rien là-bas. C'est genre : oh, regarde, y a une autre mouche sur le mur ! Ouais ! Regarde, y a un nouveau chien qui fait la sieste sur le trottoir. Super !

J'éclatai de rire. Parfois, Julian sait nous faire marrer.

— Mais mes parents pensent peut-être organiser une soirée cette année au lieu d'aller à Paris. J'espère que ça va se faire. Et toi, qu'est-ce que tu fais pour les vacances ? me demanda Julian.

— Rien de spécial.

— T'as de la chance.

— J'espère qu'il va neiger à nouveau, dis-je. J'ai une nouvelle luge, elle est géniale.

J'étais sur le point de leur raconter l'histoire d'Éclair mais Miles m'a coupé la parole.

— Moi aussi, j'ai une nouvelle luge ! Mon père l'a commandée chez Hammacher Schlemmer. C'est un chef-d'œuvre.

— Une luge, c'est pas une œuvre d'art, fit remarquer Julian.

— Elle a coûté genre huit cents dollars, un truc comme ça.

— Waouh !

— On devrait tous aller faire la course sur Skeleton Hill, proposai-je.

— Elle est nulle, cette descente ! commenta Julian.

— Tu déconnes ? repartis-je. Y a un gosse qui s'est tué là-bas. C'est pour ça que ça s'appelle Skeleton Hill.

Julian me zieuta comme si j'étais le dernier des idiots.

— Ça s'appelle Skeleton Hill parce que c'est un ancien cimetière indien, m'informa-t-il. De toute façon, ça devrait s'appeler Poubelle Hill maintenant, parce que c'est une vraie décharge. La dernière fois que j'y suis allé, c'était dégueulasse. Il y avait plein de canettes et de bouteilles vides.

Il secoua la tête d'un air désapprobateur.

— J'ai laissé ma vieille luge là-bas, précisa Miles. C'était un vrai tas de merde – et il y a quelqu'un qui l'a prise !

— Peut-être un clochard qui avait envie de faire de la luge ! s'esclaffa Julian.

— Tu l'as laissée où ? m'enquis-je.

— Près du gros rocher en bas de la pente. J'y suis retourné le lendemain, et elle n'était plus là !

— Voilà ce qu'on va faire, dit Julian. La prochaine fois qu'il neige, mon père peut nous emmener à Westchester, sur le parcours de golf. À côté de ça, Skeleton Hill, c'est tout plat. Jack, où est-ce que tu vas ?

J'étais déjà loin.

— Faut que j'aille chercher un livre dans mon casier, mentis-je.

Il fallait à tout prix que je mette de la distance entre eux et moi. Je ne voulais pas qu'ils devinent que c'était moi le « clochard ».

Cours de sciences

Je ne suis pas super doué en classe. Je sais qu'il y a des enfants qui aiment bien l'école, mais pas moi. J'aime certaines choses, comme les cours de gym ou d'informatique. Et puis le déjeuner et la récré. Mais de manière générale, je pourrais m'en passer. Et ce que je déteste le plus, c'est les devoirs à la maison. Comme si ça ne suffisait pas d'être obligé de rester réveillé pendant tous les cours. Ils vous bourrent le crâne de trucs dont vous n'aurez sans doute jamais besoin, comme calculer la surface d'un cube ou faire la différence entre l'énergie cinétique et l'énergie potentielle. Vraiment, qu'est-ce qu'on en a à faire ? Je n'ai jamais, jamais entendu mes parents utiliser le mot « cinétique » !

Les cours de sciences sont ceux que je déteste le plus. On a tellement de travail, c'est dingue ! Et la prof, Mme Rubin, elle est vraiment trop sévère – même sur la manière dont on écrit nos noms en haut de la feuille ! Une fois, j'ai eu deux points en moins à un devoir parce que je n'avais pas écrit la date. C'est fou, quand même.

Quand j'étais ami avec August, je me débrouillais pas trop mal en sciences parce que j'étais assis à côté de lui et qu'il me laissait regarder ses notes. August a l'écriture la plus propre que j'aie jamais vue chez un garçon. Même quand il écrit en attaché : bien aligné avec des courbes parfaites. Mais maintenant qu'on n'est plus amis, je ne m'en sors plus comme quand je pouvais lui demander de recopier ses cours.

C'est devenu la lutte. Aujourd'hui même, j'essayais de noter tout ce que Mme Rubin disait (mon écriture est horrible), et puis soudain elle s'est mise à parler du concours de sciences annuel des sixièmes, en précisant qu'on allait devoir choisir un sujet sur lequel travailler.

Et moi je pensais : quoi ? On vient juste de finir ce foutu projet sur l'Égypte ancienne et maintenant on doit tout de suite commencer autre chose ? Dans ma tête, je faisais : oh noooooooon ! comme le garçon dans *Maman j'ai raté l'avion*, avec la bouche grande ouverte et les deux mains écrasées sur les joues. Je faisais la même grimace en pensée, exactement. Puis je me suis mis à rêver à des fantômes translucides, qui ont la bouche grande ouverte et qui hurlent. Et alors, tout à coup, cette image s'est imposée à moi, je me suis rappelé – et j'ai compris – ce que Summer avait voulu dire par « Scream ensanglanté ». C'est étrange, la manière dont ça m'est revenu comme un flash. Quelqu'un dans la classe s'était déguisé en *Scream* pour Halloween. Je me suis souvenu de l'avoir vu à quelques pas de moi. Ensuite il avait disparu pour ne plus se montrer.

Oh non ! C'était August !

Tout ça m'est revenu pendant le cours de sciences alors que la prof parlait.

Oh non !

J'étais alors en train de parler d'August à Julian. Ce n'est pas possible ! Maintenant je comprenais. J'avais dit des trucs vraiment méchants. Ça n'avait duré qu'une minute ou deux. C'est parce que je savais que Julian et les autres trouvaient bizarre que je passe tout mon temps avec August, et je m'étais senti stupide. Je ne sais pas pourquoi j'ai sorti ça. Je ne faisais que participer à la conversation.

J'avais été un idiot. Totalement stupide ! Il avait dit qu'il viendrait en Boba Fett ! Je n'aurais jamais parlé de cette façon devant Boba Fett ! Mais c'était lui, avec ce masque de *Scream*, assis à côté de nous ! Ce long masque de squelette dégoulinant de sang. La bouche grande ouverte. Comme une goule qui chiale. C'était lui !

Soudain j'ai eu envie de vomir.

Faire équipe

Je n'ai rien écouté de ce que Mme Rubin a dit après ça. Bla, bla, bla. Exposé pour le concours de sciences. Bla, bla, bla. Équipe à deux. Son charabia ressemblait à celui des adultes qui parlent dans les dessins animés de Charlie Brown. Comme si elle parlait sous l'eau. Gloup, gloup, gloup.

Tout à coup, Mme Rubin s'est mise à désigner des élèves de la classe :

— Reid et Tristan, Maya et Max, Charlotte et Ximena, August et Jack.

Elle nous montrait du doigt.

— Miles et Amos, Julian et Henry, Savanna et...

Je n'ai pas entendu la suite.

— Hein ? dis-je.

La sonnerie a retenti.

— Alors n'oubliez pas de consulter votre camarade pour choisir un sujet de la liste ! dit Mme Rubin tandis que tout le monde s'apprêtait à partir.

Je me tournai vers August, mais il avait déjà enfilé son sac à dos et se trouvait presque dehors.

Je devais avoir une expression interloquée parce que Julian s'est approché de moi pour me dire :

— On dirait que toi et ton pote, vous êtes « en équipe ».

Il avait un petit sourire en coin.

À ce moment-là, je l'ai détesté de tout mon cœur.

— Allô ? La Terre à Jack Will ! a-t-il poursuivi comme je ne répondais pas.

— Ferme-la, Julian, et j'ai glissé mon classeur débordant de feuilles dans mon cartable.

J'avais envie qu'il s'en aille.

— Tu dois être déçu d'être coincé avec lui. Tu devrais demander à Mme Rubin de changer. Je suis sûr qu'elle te permettrait.

— Non, elle me permettrait pas.

— Demande-lui.

— Non, j'ai pas envie.

— Madame Rubin ? s'écria Julian en levant la main.

Mme Rubin était en train de nettoyer le tableau. Elle se retourna.

— Non, Julian ! chuchotai-je super fort.

— Qu'est-ce qu'il y a, les garçons ? dit-elle, impatiente.

— Est-ce qu'on peut changer de camarade si on veut ? s'enquit Julian, l'air innocent. Moi et Jack on a la même idée d'exposé pour le concours de sciences...

— J'imagine qu'on peut s'arranger..., commença-t-elle.

— Non, ce n'est pas la peine, madame Rubin, m'empressai-je de dire en me dirigeant vers la porte. Au revoir !

Julian me courut après.

— Pourquoi t'as fait ça ? dit-il en me rattrapant dans l'escalier. On aurait pu travailler ensemble. Tu n'as pas à être ami avec ce monstre si t'en as pas envie, tu sais...

Et c'est là que je lui ai lancé un coup de poing. En plein dans la mâchoire.

Suspendu

Il y a des choses qu'on ne peut pas expliquer. Ce n'est même pas la peine d'essayer. On ne saurait pas par quoi commencer. Toutes les phrases s'entremêleraient pour former une boule informe. Aucun des mots à notre disposition ne serait adéquat.

— Jack, c'est très très sérieux, disait M. Bocu.

J'étais dans son bureau, assis sur la chaise face à sa table, le regard fixé sur la peinture de citrouille sur le mur derrière lui.

— Il y a des élèves qui se font renvoyer pour ce genre de choses, Jack ! Je sais que tu es quelqu'un de bien, et je n'ai pas envie que ça t'arrive. Mais il faut que tu m'expliques.

— Ça ne te ressemble pas, Jack, dit ma mère.

Elle était arrivée directement du travail dès qu'on l'avait appelée. Je voyais bien qu'elle hésitait entre la colère et la stupéfaction.

— Je croyais que toi et Julian, vous étiez amis ? dit M. Bocu.

— On n'est pas amis, affirmai-je en croisant les bras sur la poitrine.

— Mais donner un coup de poing au visage, Jack ? protesta maman en élevant la voix. À quoi tu pensais, enfin ?
Elle se tourna vers M. Bocu.

— Je vous assure qu'il n'a jamais frappé personne avant. Ce n'est pas son genre.

— Julian avait la bouche en sang, Jack, précisa M. Bocu. Tu lui as cassé une dent, tu savais ça ?

— C'était une dent de lait, répliquai-je.

— Jack ! s'écria maman en secouant la tête.

— C'est Molly, l'infirmière, qui l'a dit !

— Ce n'est pas le problème ! continua à crier maman.

— Je veux juste savoir pourquoi, insista M. Bocu en se penchant vers moi.

— Ça ne ferait qu'aggraver les choses, soupirai-je.

— Dis-le-moi, Jack.

Je haussai les épaules sans répondre. Je ne pouvais pas. Si je lui avouais que Julian avait traité August de monstre, alors il irait parler à Julian, et Julian lui dirait que moi aussi j'avais dit des trucs méchants sur August, et tout le monde serait au courant.

— Jack ! dit maman.

Je me mis à pleurer.

— Je suis désolé...

M. Bocu fronça les sourcils et fit oui de la tête, mais, au lieu de parler, il souffla dans ses mains comme on fait quand on a froid, puis :

— Jack, je ne sais pas quoi dire, là. Nom d'un chien, tu as frappé un élève ! On a des règles, ici, tu sais ? Expulsion immédiate. En plus tu refuses de t'expliquer.

Je pleurais très fort maintenant, et lorsque maman passa son bras autour de mes épaules, des sanglots me secouèrent.

— Voyons..., dit M. Bocu en retirant ses lunettes pour les nettoyer. Voilà ce qu'on va faire, Jack. Les vacances d'hiver commencent la semaine prochaine. Tu n'as qu'à rester à la maison pour la fin de la semaine et quand tu reviendras à la rentrée, de l'eau aura coulé sous les ponts, tout sera oublié. Tu auras une seconde chance en quelque sorte.

— Alors, je suis renvoyé ? pleurnichai-je.

— Eh bien..., dit-il en haussant les épaules, technique-ment, oui, mais ce n'est que pour quelques jours. Encore une chose : quand tu seras chez toi, je veux que tu prennes un moment pour réfléchir à ce qui s'est passé. Et si tu acceptes d'écrire pour moi une lettre d'explications et pour Julian une lettre d'excuse, alors je ne mettrai rien de tout ça dans ton dossier scolaire, d'accord ? Rentre chez toi et parles-en avec tes parents. Peut-être que demain matin tout sera un peu plus clair pour toi ?

— Cela me paraît très raisonnable, monsieur Bocu, approuva maman. Merci.

— Tout ira bien, nous assura M. Bocu en nous recon-duisant à la porte, qui était fermée. Je sais que tu es quelqu'un de bien, Jack. Mais je sais que même les enfants sages font parfois des bêtises. D'accord ?

Il ouvrit la porte.

— Merci pour votre compréhension, dit maman en lui serrant la main.

— Pas de problème.

Il se pencha pour lui murmurer quelque chose. Il parla si bas que je n'entendis pas.

— Je sais, merci, opina de nouveau maman.

— Mon garçon, dit-il, ses mains posées sur mes épaules.

Pense à ce que tu as fait, d'accord ? Et passe de bonnes fêtes ! Joyeux Noël !

J'essuyai ma morve sur ma manche et me dirigeai vers la porte.

— Dis merci à M. Bocu, dit maman en me tapotant l'épaule.

Je m'arrêtai, me retournai, mais fus incapable de le regarder dans les yeux.

— Merci, monsieur Bocu.

— Au revoir, Jack, dit-il.

Puis je sortis de l'école.

Cartes de vœux

Par une curieuse coïncidence, quand on est rentrés à la maison et que maman a trié le courrier, on avait reçu une carte de vœux non seulement de la famille de Julian mais aussi de celle d'August. Celle de Julian était une photo de lui portant une cravate. Il avait l'air prêt à aller à l'opéra ou un truc dans le genre. Sur celle d'August, un vieux chien tout mignon portait des bois de renne, un nez rouge et des petites bottines assorties. Il y avait une bulle de BD au-dessus de sa tête où était écrit : « Ho-ho-ho ! » À l'intérieur, on pouvait lire :

Joyeuses fêtes à la famille Will
Et paix sur la terre !
Nate, Isabel, Olivia, August (et Daisy)

— Elle est chouette, cette carte, hein ? dis-je à maman qui avait gardé le silence depuis le collège.
Je crois qu'elle n'avait pas d'avis.
— Ça doit être leur chien, avançai-je.
— Est-ce que tu peux m'expliquer ce qui se passe dans ta tête, Jack ? répliqua maman très sérieusement.

— Je te parie qu'ils mettent une photo de leur chien sur leur carte de vœux chaque année, continuai-je.

Elle me prit la carte des mains et l'examina. Puis elle leva en même temps les sourcils et les épaules, et me rendit la carte.

— On a de la chance, Jack. Et on ne s'en rend même pas compte...

— Je sais.

Je voyais de quoi elle parlait sans qu'elle ait eu besoin de me le dire.

— Il paraît que la mère de Julian a utilisé Photoshop pour gommer le visage d'August de la photo de classe, et qu'elle l'a envoyée modifiée à plusieurs mamans.

— C'est terrible, dit maman. Les gens sont... Enfin, ce ne sont pas toujours des gens bien.

— Je sais.

— Est-ce que c'est pour ça que tu as frappé Julian ?

— Non.

C'est alors que je lui ai avoué la raison de mon acte. Je lui ai expliqué qu'August n'était plus mon ami. Et je lui ai raconté ce qui s'était passé à Halloween.

Lettres, mails, Facebook et SMS

Le 18 décembre

À monsieur le Directeur

Cher Monsieur,
Je suis sincèrement, très sincèrement désolé d'avoir frappé Julian. Je sais que ce n'était vraiment, mais vraiment pas gentil de ma part. Je lui écris aussi une lettre pour lui dire la même chose. Si possible, j'aimerais mieux ne pas expliquer mon geste, parce que de toute façon cela ne l'excuserait pas. De plus, je n'ai pas envie que Julian ait des ennuis pour avoir dit quelque chose qu'il n'aurait pas dû dire.
Avec mes sentiments les plus respectueux,

Jack Will

Le 18 décembre

Cher Julian,
Je suis vraiment, vraiment, vraiment désolé de t'avoir frappé. J'ai eu tort. J'espère que tu vas bien et que tes dents vont pousser vite. Les miennes poussent toujours rapidement.
Bien amicalement,

Jack Will

Le 26 décembre

Cher Jack,
Merci beaucoup pour ta lettre. Si j'ai appris une chose au cours de mes années au poste de directeur de collège, c'est qu'il y a toujours plus de deux côtés à une histoire. Même si j'ignore les détails, je me doute de ce qui a provoqué cette confrontation avec Julian.

Bien que rien ne justifie la violence envers un camarade – quoi qu'il arrive –, je sais aussi qu'il faut défendre ses amis. Cette année est difficile pour beaucoup d'élèves, la première année de collège l'est toujours.

Continue à travailler, et reste ce gentil garçon que nous apprécions tous.

Meilleurs vœux,

Lawrence Bocu,
Directeur du collège

À : lbocu@beecherschool.edu
CC : johnwill@phillipsacademy.edu ; amandawill@copper-beech.org
DE : melissa.albans@rmail.com
Objet : Jack Will

Cher Monsieur,
J'ai parlé hier à Amanda et John Will, et ils se sont excusés pour leur fils Jack, qui a donné un coup de poing au visage de notre fils Julian. Je vous écris pour vous dire que mon mari et moi sommes d'accord avec votre décision de laisser Jack revenir à l'école après une suspension de deux jours. Même si frapper un camarade peut être un motif de

renvoi dans d'autres établissements, je suis également d'avis que ces mesures n'ont pas à s'appliquer ici. Nous connaissons la famille Will depuis que nos enfants sont entrés à la maternelle, et nous sommes certains que tout sera fait pour qu'un événement aussi malencontreux ne se reproduise jamais.

À ce propos, je me demande si le geste inattendu de Jack n'a pas pour origine une position difficile qui lui a été imposée. Je parle de ce nouvel élève handicapé et du fait qu'on a demandé à Jack et à Julian d'être ses « amis ». Après avoir vu l'enfant en question à l'occasion de plusieurs événements scolaires ainsi que sur la photo de classe, à mon avis, c'était trop demander à nos enfants que de devoir gérer une telle situation. Lorsque Julian nous a avoué qu'il avait du mal à être « ami » avec ce garçon, bien sûr, on lui a dit qu'il n'était pas obligé de continuer. Nous pensons que l'entrée au collège est déjà assez dure pour nos enfants encore si jeunes sans qu'on y ajoute un tel fardeau. Je dois vous dire qu'en tant que membre du conseil d'éducation du collège, j'ai été étonnée que Beecher, qui n'est pas un établissement spécialisé, accepte cet enfant. Beaucoup de parents, dont moi-même, remettent en cause la décision d'intégrer cet enfant avec les nôtres. Par ailleurs, je suis troublée qu'il ait été dispensé de l'entretien préalable exigé normalement par la procédure d'admission.

Cordialement,

Melissa Perper Albans

À: melissa.albans@rmail.com
DE : lbocu@beecherschool.edu
CC : johnwill@phillipsacademy.edu ; amandawill@copper-beech.org
Objet : Rép : Jack Will

Chère Madame,
Merci de m'avoir fait part de vos inquiétudes. Si je n'étais pas convaincu que Jack regrette son geste et qu'il ne recommencera pas, je vous assure que je ne le laisserais pas revenir à Beecher.

Concernant vos interrogations à propos de notre nouvel élève, August, veuillez noter qu'il n'a besoin en rien d'une éducation spécialisée. Il n'est pas handicapé, n'a pas besoin d'assistance pour se déplacer et ne présente aucun retard mental d'aucune sorte. Ainsi, le fait que le collège Beecher ne propose pas de classe d'intégration scolaire n'entre pas en ligne de compte. En ce qui concerne la procédure d'admission, le responsable du service d'inscription et moi-même avons pensé que nous étions en droit de procéder à l'entretien en dehors des locaux, au domicile d'August, pour des raisons évidentes. Nous avons estimé que même si ce n'était pas conforme au protocole, cela ne remettait pas en cause les critères de sélection. August est un enfant très doué, et il s'est lié d'amitié avec des élèves brillants, dont Jack Will.

Lorsque j'ai demandé à plusieurs élèves de faire partie du « comité d'accueil » d'August, c'était dans l'intention de faciliter la transition de celui-ci dans le milieu scolaire. Je n'ai pensé en aucune manière que cela revenait à leur imposer un « fardeau ». Au contraire, il me semblait que cela leur apprendrait à développer leur sens de l'empathie, leur capacité à construire une amitié et leurs aptitudes à la loyauté.

Il s'avère que Jack Will n'avait pas besoin de cette leçon pour acquérir ces vertus, qu'il possédait déjà amplement.

Merci encore de votre message.

Bien à vous,

Lawrence Bocu

À: melissa.albans@rmail.com
DE : johnwill@phillipsacademy.edu
CC : lbocu@beecherschool.edu ; amandawill@copper-beech.org
Objet : Jack

Bonjour, Melissa,

Merci de votre compréhension concernant l'incident avec Jack. Comme vous le savez, il regrette amèrement son geste. J'espère que vous accepterez notre offre de régler les frais dentaires de Julian.

Nous sommes très touchés de vous savoir aussi inquiète à propos de l'amitié que Jack porte à August. Sachez que nous avons demandé à Jack s'il avait l'impression qu'on lui imposait quoi que ce soit et qu'il a répondu par un « non » catégorique. Il aime passer du temps avec August, qui est pour lui un véritable ami.

Très bonne année !

John et Amanda Will

Bonjour, August,
Jacklope Will souhaite vous ajouter à ses amis sur Facebook.

Jacklope Will
32 ami(e)s en commun
Merci,
L'équipe Facebook

À : auggiedoggiepullman@email.com
Objet : Désolé !!!!
Message :

Salut, August. C'est Jack Will. J'ai vu que je ne faisais plus partie de tes amis Facebook. J'espère que tu me rajouteras parce que je suis vraiment désolé. Je voulais juste te dire ça. Pardon. Je sais pkwa tu es fâché contre moi maintenant et je t'assure que je ne voulais pas dire ts ces trucs. Je suis un idiot. J'espère que tu me pardonneras.

En espérant qu'on pourra être à nv amis,

Jack

1 nouveau SMS
De : August
31 décembre 16 h 47

J'ai lu ton message. Tu sais maintenant pkwa je suis fâché ???? Summer t'a dit ?

1 nouveau SMS
De : JACKWILL
31 décembre 16 h 49

Elle m'a dit scream ensanglanté. Je pigeais pas au début puis je me suis souvenu du masque de scream dans la classe à Halloween. Je savais pas. Je croyais que tu venais en Boba Fett.

1 nouveau SMS
De : AUGUST
31 décembre 16 h 51

J'ai changé d'avis à la dernière minute. T'as vraiment frappé Julian ?

1 nouveau SMS
De : JACKWILL
31 décembre 16 h 54

Ouais je lui ai délogé 1 dent du fond. 1 dent de lait.

1 nouveau SMS
De : AUGUST
31 décembre 16 h 55

pkwa tu l'as frappé ?????????

1 nouveau SMS
De : JACKWILL
31 décembre 16 h 56

Ché pa

1 nouveau SMS
De : AUGUST
31 décembre 16 h 58

Menteur. Il a dit 1 truc sur moi c ça ?

1 nouveau SMS
De : JACKWILL
31 décembre 17 h 02

c un con. Mais moi aussi j'ai été con. Chui vraiment désolé pr cke j'ai dit mec, ok ? on peut ê amis à nv ?

1 nouveau SMS
De : AUGUST
31 décembre 17 h 03

ok

1 nouveau SMS
De : JACKWILL
31 décembre 17 h 04

coooool !!!

1 nouveau SMS
De : AUGUST
31 décembre 17 h 06

mais dis moi la vérité ok ?
tu voudrais vraiment te tuer si tt moi ???

1 nouveau SMS
De : JACKWILL
31 décembre 17 h 08

Nan !!!!
Jte jure sur ma vie. Mais mec je me tuerais si gt Julian ☺

1 nouveau SMS
De : AUGUST
31 décembre 17 h 10

lol
ouais on est amis

La rentrée de janvier

Malgré ce que M. Bocu avait dit, rien n'était plus comme avant quand je suis retourné à l'école après le Nouvel An. En fait, tout était super bizarre dès que je suis arrivé devant mon casier, qui est voisin de celui d'Amos. Amos a toujours été plutôt sympa, et je lui ai dit :

— Salut, ça va ?

Il a hoché la tête en me disant à peine bonjour puis a fermé son casier et s'est éloigné. Et j'ai pensé : tiens, c'est bizarre, ça.

Et quand j'ai dit à Henry : « Salut, comment ça va ? », sans même une ébauche de sourire, il a détourné la tête.

Bon, il se passait quelque chose. Deux personnes qui m'ignoraient en moins de cinq minutes. Non pas que je tienne les comptes. J'ai voulu essayer une fois encore, avec Tristan, mais paf, c'était pareil. Il avait même l'air d'avoir peur de moi.

C'était mon tour d'être le pestiféré. Ils vengeaient Julian...

Cela a continué toute la matinée. Personne ne m'adressait la parole. Non, attendez, ce n'est pas vrai : les filles se comportaient tout à fait normalement avec moi. Et, bien sûr, August aussi me parlait. Et les deux Max, qui m'ont dit bonjour. Alors, je me suis senti coupable de ne jamais, jamais avoir passé de temps avec eux pendant les cinq années où on a été dans la même classe.

J'espérais que la situation s'améliorerait à l'heure du déjeuner, mais non. Je me suis assis à ma table habituelle, en compagnie de Luca et d'Isaiah. Vu qu'ils étaient pas super populaires, je me suis dit qu'avec eux, ça irait. Mais c'est à peine s'ils ont répondu à mon salut. Puis, quand on a appelé notre table, ils sont partis et ils ne sont pas revenus. Je les ai vus aller s'asseoir à l'autre bout de la cantine. Ils n'étaient pas à la table de Julian, mais pas loin non plus, à la frontière du groupe le plus populaire. En tout cas, ils m'avaient laissé tomber. Ça arrivait souvent que les élèves changent soudain de table en sixième, mais je ne pensais pas que ça m'arriverait à moi.

Je me sentais super mal de me retrouver seul à ma table. J'avais l'impression que tout le monde m'observait. Comme si je n'avais pas d'amis. Décidant de me passer de repas, je me suis dirigé vers la bibliothèque.

La guerre

C'est Charlotte qui m'a dit pourquoi tout le monde m'ignorait. J'ai trouvé un mot dans mon casier à la fin de la journée.

Viens me voir en salle 301 après les cours. Seul ! Charlotte.

Elle était déjà là quand je suis arrivé.

— Comment ça va ? lui lançai-je.

— Salut.

Elle se dirigea vers la porte, regarda à droite et à gauche dans le couloir, puis elle verrouilla la salle de l'intérieur. Se tournant vers moi, elle se mit à se ronger les ongles.

— Écoute, je suis désolée de ce qui t'arrive et je voulais juste te dire ce que je sais. Promets-moi que tu diras à personne que je t'ai parlé.

— Promis.

— Pendant les vacances de Noël, Julian a organisé une super fête. Énorme, je te jure. Dans un endroit où un ami de ma sœur a fêté ses seize ans l'année dernière. Il y avait plus de deux cents personnes, une salle immense.

— Oui, et ?

— Et... plus ou moins tout le monde dans la classe y était.

— Pas tout le monde, plaisantai-je.

— Ben oui, pas tout le monde. Mais il y avait même des parents, tu vois. Les miens, par exemple. Tu sais que la mère de Julian est vice-présidente du conseil d'éducation, n'est-ce pas ? Alors elle connaît plein de gens. En tout cas, voilà, Julian s'est mis à raconter que tu lui as donné un coup de poing parce que t'as des problèmes psychologiques...

— Quoi ?!

— Et que t'aurais été renvoyé si ses parents n'avaient pas supplié de te laisser revenir...

— Quoi ?!

— Et que rien de tout cela ne se serait passé si Bocu ne t'avait pas forcé à être ami avec Auggie. Il dit que sa mère pense que tu as, entre guillemets, « craqué sous la pression »...

Je n'en croyais pas mes oreilles.

— Mais personne ne l'a cru, n'est-ce pas ? dis-je.

Elle haussa les épaules.

— La question n'est pas là. Le truc, c'est qu'il est super populaire. Et tu sais, ma mère a entendu dire que la mère de Julian est en train de faire des démarches pour que l'école réexamine l'admission d'Auggie à Beecher.

— Elle peut faire ça ?

— C'est parce que Beecher n'a pas de classe d'intégration scolaire. Ça veut dire que Beecher n'est pas une école qui accueille des élèves handicapés.

— Mais c'est débile. August n'est pas handicapé.

— Ouais, mais elle dit que si l'école change les programmes à cause de lui...

— Mais ils n'ont rien changé !

— Si ! Tu n'as pas remarqué ? Le thème de l'exposition d'arts plastiques. Ces cinq dernières années, on demandait aux élèves de peindre leur autoportrait, mais à nous, ils nous ont fait faire ces dessins débiles d'animaux, tu te souviens ?

— Et alors ?

— Écoute ! Je ne dis pas que je suis d'accord. C'est juste ce qu'elle raconte, elle.

— Je sais. C'est fou, toute cette histoire...

— Ouais. En tout cas, Julian prétend que c'est parce que tu es ami avec August que tu es en train de changer, et que, pour ton bien, tu ne devrais plus le fréquenter. Et que si tu perds tous tes anciens amis, alors tu te rendras compte de ton erreur. Bon, pour résumer, il va arrêter complètement d'être ton ami.

— Au cas où tu serais pas au courant, j'ai arrêté d'être son ami avant lui !

— Ouais, mais il a convaincu tous les garçons de ne plus te parler... pour ton bien. Voilà pourquoi personne te parle plus.

— Toi, tu me parles.

— Ouais, enfin, c'est surtout les garçons. Les filles restent neutres. Sauf le groupe de Savanna, parce qu'elles sortent avec des copains de Julian. Mais pour les autres, la guerre concerne que les garçons.

Je hochai la tête. Elle pencha la sienne de côté et fit une petite moue triste.

— J'aurais peut-être pas dû te dire tout ça ?

— Si, si ! Bien sûr ! Je me fiche de qui me parle ou pas, mentis-je. C'est débile, toute cette histoire.

Elle acquiesça.

— Tu crois qu'Auggie est au courant ?

— Bien sûr que non. Je lui ai rien dit.

— Et Summer ?

— Je crois pas. Écoute, il faut que j'y aille. Sache que ma mère pense que la mère de Julian est une idiote. Elle dit que les gens comme elles se préoccupent plus de la photo de classe de leur gosse que d'autre chose. Tu as entendu parler de cette histoire de Photoshop, non ?

— Ouais, ça me dégoûte vraiment.

— Je suis d'accord, mais, bon, faut que j'y aille. Je voulais juste que tu sois au courant.

— Merci, Charlotte.

— Je te préviendrai si j'entends d'autres trucs.

Avant de sortir, elle regarda des deux côtés du couloir. Elle avait beau être neutre, elle n'avait pas envie d'être vue avec moi.

Changement de table

Le lendemain, au déjeuner, idiot comme je suis, je me suis installé à la table de Tristan, Nino et Pablo. Je pensais que ça ne risquait rien, vu qu'ils ne sont pas non plus super populaires, même s'ils ne vont pas jusqu'à jouer à Donjons et Dragons à la récré. Ils se situent plus ou moins au milieu. Au début, je me suis dit que c'était bon, qu'ils étaient trop sympas pour m'ignorer. Quand je me suis approché, ils m'ont lancé un « Salut ! » mais je les ai vus échanger des regards. Et après, il s'est passé la même chose que la veille : notre table a été appelée, ils se sont levés pour chercher leurs plateaux puis se sont dirigés vers l'autre bout de la cantine.

Malheureusement, Mme G, qui surveillait la cantine ce jour-là, les a vus et leur a couru après.

— Vous ne pouvez pas faire ça, les enfants ! leur a-t-elle crié. On n'est pas dans ce genre d'école. Retournez à votre table.

Super. Voilà qui n'allait rien arranger. Sans leur laisser le temps de se rasseoir, je me levai avec mon plateau et m'éloignai rapidement. Mme G appela mon nom plusieurs fois, mais je fis semblant de ne rien entendre et me dirigeai à l'autre bout de la salle, de l'autre côté du comptoir.

— Viens t'asseoir avec nous, Jack.

C'était Summer. August et elle étaient assis à leur table et me faisaient signe de me joindre à eux.

Pourquoi je ne m'étais pas
assis à côté d'August

Bon, je ne suis qu'un hypocrite. Ce premier jour à l'école, j'avais pourtant bien vu August à la cantine. Il attirait sur lui tous les regards. À l'époque, comme personne n'était encore habitué à son visage ni même ne savait qu'il était entré à Beecher, tout le monde était choqué. La plupart des élèves avaient peur de l'approcher.

Et quand je l'avais vu entrer dans la cantine, j'avais tout de suite su que personne ne voudrait s'asseoir à sa table. Je venais de passer la plus grande partie de la matinée avec lui pour la seule raison qu'on avait beaucoup de cours ensemble, et je suppose que j'avais envie de me détendre un peu. Alors, quand je l'avais vu choisir une table, j'avais fait exprès d'en choisir une du côté opposé, aussi loin de lui que possible. Je m'étais assis avec Isaiah et Luca, même si je ne les connaissais pas du tout, et on avait parlé de foot pendant tout le repas, puis on avait joué au basket dans la cour. C'est comme ça qu'ils étaient devenus mes camarades de cantine.

J'avais vu que Summer s'était assise avec August. J'avais été surpris parce qu'elle ne faisait pas partie des élèves à qui

M. Bocu avait demandé d'être ami avec Auggie. Elle faisait ça juste pour être sympa, et c'était plutôt courageux de sa part, je dois reconnaître.

Pour en revenir à August et à Summer, aujourd'hui ils m'ont appelé à leur table. Ils ont été super gentils avec moi, comme toujours. Je leur ai raconté tout ce que Charlotte m'avait dit. Sauf ce que Julian pense : qu'à force de fréquenter Auggie, la pression a fini par me faire « péter un câble », et que, pour sa mère, Auggie est handicapé et devrait être renvoyé du collège.

En gros, tout ce que je leur appris, c'est que Julian avait organisé une grande fête pendant les vacances et avait réussi à retourner contre moi tous les élèves de sixième.

— C'est juste que ça me fait vraiment bizarre, ajoutai-je. Tous ces gens qui m'ignorent et qui font comme si je n'existais pas.

Auggie sourit et me dit, d'un air sarcastique.

— Sans déconner ? Bienvenue au club !

Quel camp ?

— Alors voici la liste officielle de qui est dans quel camp, annonça Summer le lendemain au déjeuner.

Elle déplia une feuille volante. Il y avait trois colonnes de noms.

Jack	Julian	Neutres
Jack	Miles	Malik
August	Henry	Remo
Reid	Amos	Jose
Max G	Simon	Leif
Max W	Tristan	Ram
	Pablo	Ivan
	Nino	Russell
	Isaiah	
	Luca	
	Jake	
	Toland	
	Roman	
	Ben	
	Emmanuel	
	Zeke	
	Tomaso	

— Où est-ce que t'as eu ça ? demanda Auggie en lisant par-dessus mon épaule.

— C'est Charlotte qui l'a faite, dit Summer. Elle m'a donné ça en cours. Elle a dit qu'elle pensait que tu voudrais savoir qui était dans ton camp, Jack.

— Ouais, ben, y a pas grand monde, ça, c'est sûr, admis-je.

— Mais il y a Reid, protesta-t-elle. Et les deux Max.

— Super, les losers sont dans mon camp.

— Sois pas méchant, dit Summer. Je crois que Charlotte t'aime bien, au fond.

— Ouais, je sais.

— Tu vas lui demander de sortir avec toi ?

— Tu déconnes ? Je peux pas, tout le monde se comporte comme si j'avais la Peste.

Je regrettai aussitôt mes paroles, j'aurais dû la fermer. Il y eut un moment de silence gêné. Je me tournai vers Auggie.

— Ça va, c'est bon. Je sais.

— Désolé, mec, lui dis-je.

— Je savais pas qu'ils appelaient ça la Peste, m'informa-t-il. Je pensais que c'était genre la « Marque du fromage ».

— Ah ouais, tu parles du truc dans *Journal d'un dégonflé*, dis-je en hochant la tête.

— La Peste, ça fait plus cool, plaisanta-t-il. Comme si quelqu'un pouvait attraper « la mort noire de la mocheté », ajouta-t-il en mimant les guillemets avec ses doigts.

— Moi, je pense que c'est horrible, commenta Summer.

Mais Auggie haussa les épaules et but une gorgée de jus de fruits.

— En tout cas, non, je vais pas demander à Charlotte de sortir avec moi.

— Ma mère pense qu'on est tous trop jeunes pour avoir des copains-copines, expliqua-t-elle.

— Et si Reid t'invitait à sortir ? interrogeai-je. Tu dirais oui ?

Je vis qu'elle était surprise.

— Non ! s'exclama-t-elle.

— Je te pose la question, c'est tout, dis-je en riant.

Elle secoua la tête et sourit.

— Pourquoi ? Qu'est-ce que t'as entendu ?

— Rien ! Je fais que te demander !

— Je suis d'accord avec ma mère, répondit-elle. Je pense qu'on est trop jeunes pour ça. Je veux dire, je vois pas pourquoi on devrait se presser.

— Ouais, je suis d'accord, dit August. C'est quand même dommage, non, avec toutes ces nanas qui se jettent sur moi et tout ?

Il avait dit ça d'un ton tellement drôle que le lait que j'étais en train de boire m'est ressorti par le nez, ce qui déclencha un fou rire général.

La maison d'August

C'était déjà la mi-janvier, et on n'avait toujours pas choisi notre sujet pour le concours de sciences. Je pense que je remettais toujours ça au lendemain parce que je n'avais pas envie de le faire. Puis, finalement, August a déclaré :

— Mec, faut qu'on s'y mette.

Alors on est allés chez lui après l'école.

J'avais un peu peur parce que je ne savais pas si August avait parlé à ses parents de ce qu'on appelait désormais « l'incident d'Halloween ». Son papa n'était même pas là et sa mère est vite sortie faire les courses. Mais rien qu'à son attitude super cool et accueillante, j'ai vu qu'August avait gardé le silence là-dessus.

En entrant dans la chambre, je m'exclamai :

— Waouh ! Auggie, t'es vraiment accro à *Star Wars*.

Il avait des étagères pleines de figurines des films et un énorme poster de *L'Empire contre-attaque*.

— Ouais, je sais ! dit-il en riant.

Il s'assit sur un fauteuil à roulettes près de son bureau et je m'écroulai sur un pouf dans le coin. C'est là que son chien est entré et s'est tout de suite dirigé vers moi.

— Il était sur ta carte de vœux ! dis-je en laissant l'animal renifler mes mains.

— Elle, me corrigea-t-il. C'est Daisy. Tu peux la caresser. Elle mord pas.

Je l'avais à peine touchée qu'elle se coucha sur le dos.

— Elle veut que tu lui caresses le ventre.

— Oh ! C'est le chien le plus adorable que j'aie jamais vu ! déclarai-je, et je lui frottai le ventre.

— Oui, c'est la meilleure chienne au monde ! N'est-ce pas, fifille ?

En entendant Auggie prononcer ces mots, Daisy agita la queue et se dirigea vers lui.

— C'est qui, ma fifille ? Qui c'est, ma fifille ? chantonnait Auggie alors qu'elle lui léchait le visage.

— J'aimerais bien avoir un chien. Mes parents pensent que notre appart est trop petit.

Pendant qu'il allumait l'ordinateur, j'observai tout ce qu'il y avait dans sa chambre.

— Eh ! T'as une X-Box. On peut jouer ?

— Mec, on est censés travailler sur le sujet de sciences.

— Tu as Halo ?

— Bien sûr que j'ai Halo.

— S'te plaît, on peut jouer ?

Il s'était connecté au site de Beecher et faisait défiler la liste des sujets pour le concours de sciences que Mme Rubin avait mise en ligne.

— Tu peux voir de là où t'es ?

En soupirant, j'allai m'asseoir sur un petit tabouret à côté du bureau.

— Il est cool, ton iMac.

— T'as quoi comme ordi, toi ?

— Mec, j'ai même pas ma chambre à moi, alors

234

mon propre ordi ! Mes parents ont un vieux Dell presque mort.

— Ah bon. Qu'est-ce que tu penses de ça ?

Il tourna l'écran vers moi. Je parcourus rapidement la liste avec l'impression que je voyais flou.

— Construire une horloge solaire, dit-il. Ça a l'air cool.

Je me reculai.

— On peut pas faire juste un volcan ?

— Tout le monde fabrique des volcans.

— Ben ouais, parce que c'est facile, dis-je en caressant Daisy.

— Et qu'est-ce que tu penses de ça ? Comment cristalliser du sulfate de magnésium.

— Ça a l'air chiant. Pourquoi tu l'as appelée Daisy ?

Il ne quittait pas l'écran des yeux.

— C'est ma sœur qui l'a appelée comme ça. Je voulais l'appeler Dark. En fait, techniquement, son nom, c'est Dark Daisy, mais on l'appelle jamais comme ça.

— Dark Daisy ! C'est trop drôle ! Hé, Dark Daisy ! lançai-je au chien qui se roula à nouveau sur le dos pour que je caresse son ventre.

— Ça y est, j'ai trouvé, dit August.

Il montrait du doigt une photo sur l'écran. Tout ce que je voyais, c'étaient des patates d'où dépassaient des fils électriques.

— Comment construire une batterie bio avec des pommes de terre. Ça, c'est cool. Il est écrit qu'on peut allumer une lampe avec. On pourrait l'appeler la Lampe-Patate ou quelque chose dans le genre. Qu'est-ce que t'en penses ?

— Mec, ça a vraiment l'air trop dur, protestai-je. Tu sais que je suis nul en sciences.

— Arrête de répéter ça, c'est pas vrai.

— Mais si ! J'ai eu 8 à mon dernier contrôle. Je suis nul !

— Non, c'est pas vrai ! Et c'était juste parce qu'on était fâchés et que je t'ai pas aidé. Je peux t'aider maintenant. C'est un bon sujet, Jack. Il faut qu'on le choisisse.

— D'accord. Comme tu veux, fis-je en haussant les épaules.

Quelqu'un frappa à la porte. Une ado aux longs cheveux bruns ondulés passa la tête dans l'entrebâillement. Elle ne s'attendait pas à me voir.

— Oh, salut !

— Salut, Via, dit August, toujours concentré sur son écran. Via, je te présente Jack. Jack, je te présente Via.

— Salut, dis-je en hochant la tête.

— Salut, répondit-elle en m'observant attentivement.

Dès qu'August a prononcé mon nom, j'ai su qu'il lui avait raconté ce que j'avais dit sur lui. Je l'ai deviné à sa manière de me regarder. Et sans savoir pourquoi, j'ai été sûr qu'elle m'avait reconnu, qu'elle savait que c'était moi, en ce jour lointain, devant le marchand de glaces de l'avenue Amesfort.

— Auggie, j'ai un ami que je veux te présenter. Il sera là dans quelques minutes.

— C'est ton petit ami ? la taquina August.

Via donna un coup dans la chaise de son frère.

— Sois gentil, lui lança-t-elle, et elle quitta la pièce.

— Mec, elle est canon, ta sœur, soufflai-je.

— Je sais.

— Elle me déteste, n'est-ce pas ? Tu lui as raconté l'incident d'Halloween ?

— Ouais.

— Ouais, elle me déteste, ou ouais, tu lui en as parlé ?

— Les deux.

Le petit ami

Deux minutes plus tard, sa sœur revint avec un mec appelé Justin. Il avait l'air plutôt sympa. Cheveux longs. Petites lunettes rondes. Il tenait à la main une longue boîte argentée de forme ovale pointue à un bout.

— Justin, je te présente mon petit frère, August, dit Via. Et lui, c'est Jack.

— Salut, les mecs ! dit Justin en nous serrant la main.

Il avait l'air nerveux. C'était sans doute parce qu'il rencontrait August pour la première fois. Parfois, j'oublie à quel point c'est choquant au début.

— Sympa, ta chambre.

— T'es le petit copain de Via ? demanda Auggie d'un ton espiègle.

Sa sœur lui rabattit sa casquette sur la figure.

— C'est quoi, ce que tu portes ? Une mitraillette ? dis-je.

— Ah ! répondit le petit ami. T'es trop drôle. Non, c'est heu... un violon.

— Justin est violoniste, dit Via. Il est dans un groupe de zydeco.

— Non mais c'est quoi, un groupe de zydeco ? dit Auggie en se tournant vers moi.

— C'est un genre de musique, l'informa Justin. Comme la musique créole.

— Créole ? répétai-je.

— Tu devrais dire à tout le monde que c'est une arme, fit remarquer Auggie. Personne ne t'embêterait jamais.

— Ouais, t'as raison, dit Justin, qui hocha la tête et ramena ses cheveux derrière ses oreilles.

— La musique créole, c'est ce qu'ils jouent en Louisiane, m'expliqua-t-il.

— Tu viens de là-bas ? demandai-je.

— Non, dit-il en remontant ses lunettes. Je suis de Brooklyn.

Je ne sais pas pourquoi, ça m'a donné envie de rire.

— Allez, viens, Justin, dit Via, qui le prit par la main. On va dans ma chambre.

— D'accord. Salut, les mecs ! À plus !

— Salut !

— Salut !

Dès qu'ils eurent quitté la pièce, Auggie se tourna vers moi avec un grand sourire.

— Je suis de Brooklyn, dis-je.

Et on a été tous les deux pris d'un fou rire.

Cinquième partie

JUSTIN

« Je me dis parfois que si ma tête est si grosse,
c'est parce qu'elle est pleine de rêves. » John Merrick.

Bernard Pomerance, *The Elephant Man*

Le frère d'Olivia

la première fois que je vois le petit frère d'olivia, je dois dire que je suis pris de court.

je ne devrais pas. olivia m'a parlé de son « syndrome ». elle me l'a même décrit. mais elle m'a aussi parlé de toutes les opérations qu'il a subies ces dernières années, alors je m'attendais à ce qu'il ait l'air plus normal. chez les enfants nés avec un bec-de-lièvre, une fois qu'ils sont opérés, on ne voit plus qu'une minuscule cicatrice. je pensais qu'il aurait seulement quelques traces par-ci, par-là. je ne m'attendais pas à ça. pas à voir ce gamin, là, avec sa casquette de base-ball vissée sur la tête, ce gamin qui me regarde.

en fait, ils sont deux : un petit blond aux cheveux bouclés appelé jack ; et l'autre, c'est auggie.

j'aime à penser que je suis pas mauvais pour masquer mes émotions. je fais de mon mieux. mais l'étonnement, c'est dur à cacher.

je lui serre la main. je serre la main de l'autre môme. je ne veux pas me concentrer sur son visage. je dis : sympa, ta chambre.

t'es le petit copain de via ? qu'il dit. je crois qu'il me sourit.

olivia lui enfonce sa casquette.

c'est une mitraillette ? me demande le blond, comme si je connaissais pas la blague. alors on parle de zydeco. puis via prend ma main et me tire hors de la chambre. dès qu'on a fermé la porte, je les entends rire.

je suis de brooklyn ! entonne l'un.

olivia lève les yeux au ciel et sourit. viens, on va dans ma chambre, dit-elle.

ça fait deux mois qu'on sort ensemble. j'ai tout de suite su, dès que je l'ai vue, à la seconde où elle s'est assise à notre table, qu'elle me plaisait. je ne pouvais plus poser mes yeux ailleurs. elle est magnifique. la peau mate et les yeux les plus bleus que j'aie jamais vus. au début, elle se comportait comme si elle voulait juste être mon amie. je crois que c'est un peu l'impression qu'elle dégage sans s'en rendre compte. pas touche. n'essaie même pas. elle ne flirte pas comme les autres filles. elle vous regarde droit dans les yeux quand elle vous parle, comme si elle vous lançait un défi. alors je l'ai regardée droit dans les yeux à mon tour, comme si moi aussi je la défiais. puis je lui ai demandé de sortir avec moi, et elle a dit oui, c'était fantastique.

c'est une fille géniale, j'adore passer du temps avec elle.

elle ne m'a pas parlé d'august avant notre troisième rendez-vous. je crois qu'elle a parlé d'« anormalité cranio-faciale » pour décrire son visage. ou peut-être que c'était « anomalie cranio-faciale ». je crois que le mot qu'elle n'a pas utilisé, c'est « difforme », parce que je me le serais rappelé.

alors, qu'est-ce que tu en penses ? demande-t-elle, tendue, dès qu'on entre dans sa chambre. tu es choqué ?

je mens : non.

elle me sourit et détourne le regard. si, tu es choqué.

non, je lui répète. il est comme t'as dit qu'il était.

elle secoue la tête et s'assoit sur son lit. c'est mignon, elle a encore plein de peluches sur son lit. sans réfléchir, elle en prend une, un ourson polaire, et la pose sur ses genoux.

je m'assois sur la chaise à roulettes à côté de son lit. sa chambre est parfaitement rangée.

quand j'étais petite, me raconte-t-elle, il y avait beaucoup d'enfants qui ne revenaient jamais jouer à la maison une seconde fois. et quand je dis beaucoup, c'est beaucoup. j'avais même des amies qui ne venaient pas à ma fête d'anniversaire parce qu'il serait là. personne ne me disait jamais rien en face, mais je l'entendais dire dans mon dos. il y a des gens qui ne savent pas comment se comporter avec auggie, tu sais ?

je fais oui de la tête.

ils ne se rendent pas compte qu'ils sont méchants, ajoute-t-elle. ils ont juste peur. enfin, je veux dire, c'est vrai que son visage fait un peu peur, pas vrai ?

peut-être, dis-je.

mais ça ne te dérange pas ? demande-t-elle gentiment. ça te fait pas trop flipper ? ça te fait pas peur ?

non, je n'ai pas peur. je souris.

elle secoue la tête et baisse les yeux sur l'ourson posé sur ses genoux. je n'arrive pas à savoir si elle me croit ou pas, puis elle fait un bisou sur le nez de sa peluche et me la lance avec un sourire. je crois que ça veut dire qu'elle me croit. ou, au moins, qu'elle a envie de me croire.

La Saint-Valentin

pour la saint-valentin, j'offre à olivia un pendentif en forme de cœur et elle m'offre une gibecière qu'elle a fabriquée avec des vieilles disquettes. c'est cool tous les trucs qu'elle fabrique. elle fait des boucles d'oreilles avec des vieux circuits électroniques. des robes avec des tee-shirts usés. des sacs avec des jeans délavés. elle est super créative. je lui dis qu'elle devrait devenir artiste, mais elle rêve d'être scientifique, généticienne, rien que ça. je pense qu'elle voudrait trouver un moyen de guérir les gens comme son frère.

elle va enfin me présenter ses parents. dans un restaurant mexicain sur l'avenue amesfort, pas loin de chez elle, samedi soir.

je suis à cran toute la journée. et quand je suis à cran, j'ai des tics. je veux dire, j'ai tout le temps des tics, mais plus autant que quand j'étais petit : seulement quelques clignements des yeux et des mouvements de tête de temps en temps. sauf quand je suis angoissé : c'est pire. et là je suis hyper nerveux de rencontrer ses parents.

ils sont déjà à l'intérieur quand j'arrive. le père se lève et me serre la main, la mère m'embrasse. je tape dans la main d'auggie et je dépose un baiser sur la joue de via avant de m'asseoir.

enchanté de te rencontrer, justin ! on a beaucoup entendu parler de toi !

ses parents ne pourraient pas être plus gentils. ils me mettent tout de suite à l'aise. quand le serveur nous apporte les menus, je vois son expression changer à la vue d'august. je fais semblant de ne pas m'en apercevoir. je pense que ce soir on fait tous semblant. august réduit ses tortillas en miettes sur la table avant de les fourrer dans sa bouche avec sa cuillère. je regarde olivia, elle me sourit. elle voit le visage du serveur. elle voit mes tics. olivia est une fille qui voit tout.

le repas se passe à parler et à rire. les parents d'olivia me posent des questions sur ma musique, et comment je me suis intéressé au violon, des trucs comme ça. je leur raconte qu'avant je jouais du classique puis je me suis intéressé à la musique folk des appalaches puis au zydeco. ils m'écoutent attentivement, comme s'ils avaient vraiment envie de savoir. ils me disent de leur faire signe quand mon groupe se produira la prochaine fois en concert pour qu'ils puissent venir me voir.

pour être honnête, je n'ai pas l'habitude d'avoir toute cette attention sur moi. mes parents ne savent absolument pas ce que je veux faire de ma vie. ils me demandent jamais. on en parle pas, voilà tout. je crois qu'ils ne savent même pas qu'il y a deux ans j'ai échangé mon violon baroque contre un violon d'hardanger à huit cordes.

après le dîner, on va chez olivia manger de la glace. leur chienne nous accueille à la porte. c'est une vieille chienne. super sympa. cela dit, elle a vomi dans tout le couloir. la mère d'olivia court chercher du sopalin, le père prend la chienne dans ses bras comme si c'était un bébé.

qu'est-ce qui t'arrive, ma vieille ? dit-il. l'animal est au paradis, la langue sortie, la queue qui s'agite, les pattes en l'air pliées bizarrement.

papa, raconte à justin comment t'as eu daisy, dit olivia.

ouais ! dit auggie.

le père sourit et s'assoit dans un fauteuil, la chienne toujours recroquevillée dans ses bras. ça se voit qu'il a raconté l'histoire plein de fois et qu'ils se lassent pas de l'écouter.

un jour, en rentrant à la maison, je sors du métro comme d'habitude, un clochard que j'ai jamais vu dans le quartier avance vers moi avec une poussette dans laquelle repose un chien aux oreilles qui pendent. il me dit : hé, monsieur, tu veux acheter mon chien ? alors, sans réfléchir, je lui dis oui, d'accord, combien tu veux ? il me dit dix dollars. alors je sors les vingt dollars que j'ai dans mon portefeuille et il me tend le chien. justin, je peux te dire, t'as jamais rien senti de pareil de toute ta vie ! elle puait tellement, je peux même pas le décrire ! j'ai foncé chez le vétérinaire au coin de la rue, puis je l'ai ramenée à la maison.

il m'a même pas appelée, d'ailleurs ! interrompt la mère en épongeant le sol. il m'a pas demandé s'il pouvait ramener chez nous un chien de clochard.

la chienne tourne la tête vers la mère, comme si elle comprenait qu'on parle d'elle. elle a l'air contente, elle a eu de la chance d'être recueillie par cette famille et elle le sait.

je la comprends. moi aussi j'aime la famille d'olivia. ils rient beaucoup.

ma famille à moi, elle est pas comme ça du tout. mes parents ont divorcé quand j'avais quatre ans, ils se détestent. j'ai grandi en passant la moitié de la semaine chez mon père dans le quartier de chelsea, et l'autre moitié du temps chez ma mère à brooklyn heights. j'ai un demi-frère qui a cinq ans de plus que moi et qui sait à peine que j'existe. j'ai toujours eu l'impression que mes parents avaient hâte que je sois capable de m'occuper de moi-même. « tu peux aller au magasin tout seul. » « voilà la clef de l'appartement. » c'est marrant, on peut dire des parents « surprotecteurs », mais on n'a pas de mots pour décrire le contraire. pour parler de parents qui ne vous protègent pas assez. « sous-protecteurs » ? négligents ? égoïstes ? nuls ? tout ça en même temps.

dans la famille d'olivia, ils se disent tout le temps qu'ils s'aiment.

je ne me souviens pas de la dernière fois où un membre de ma famille m'a dit « je t'aime ».

quand je rentre chez moi, mes tics ont totalement disparu.

Our Town

pour le spectacle de l'école qui se donne chaque printemps, cette année on prépare la pièce de thornton wilder,
notre petite ville[1]. olivia me défie d'auditionner pour le rôle
principal – celui du narrateur qui fournit les indications de
jeu entre les personnages – et voilà que, pour une raison ou
pour une autre, je le décroche. un gros coup de veine. je
n'avais jamais eu le rôle principal dans aucune pièce. je dis
à olivia qu'elle me porte chance. malheureusement, elle n'a
pas le rôle principal féminin, celui d'emily gibbs. c'est
miranda, la fille aux cheveux roses, qui l'obtient. olivia a
un rôle secondaire et elle est la doublure pour emily. je suis
plus déçu pour elle qu'elle ne l'est elle-même. elle a l'air
presque soulagée. je n'aime pas que les gens me regardent,
me confie-t-elle, ce qui est bizarre de la part d'une aussi
jolie fille. j'ai un peu l'impression qu'elle a fait exprès de
rater son audition.

le spectacle est fin avril. on est à la mi-mars là, je n'ai
que six semaines à peine pour apprendre mes répliques. et
on doit répéter. je dois aussi répéter avec mon groupe. en

---

1. Pièce de théâtre de 1938, devenue un classique aux États-Unis,
qui raconte la vie quotidienne d'un village du New Hampshire.

plus, c'est la période des contrôles. et en plus, je passe du temps avec olivia. ça va être quelques semaines pas faciles, c'est sûr. m. davenport, le prof de théâtre, est déjà en train de paniquer. il paraît qu'il avait l'intention de mettre en scène *elephant man*, mais qu'à la dernière minute il a changé pour *notre petite ville*, ce qui nous a privés d'une semaine de répét'.

je ne suis pas super enthousiaste à l'idée de ces prochaines semaines bien chargées.

Coccinelle

olivia et moi, on est assis sur les marches devant sa maison. elle m'aide à apprendre mes répliques. c'est une soirée chaude du mois de mars, presque comme l'été. le ciel est toujours tout bleu mais le soleil est bas et le trottoir zébré d'ombres qui s'étirent.

je récite : oui, le soleil s'est levé mille fois. les étés et les hivers ont érodé un peu plus les montagnes, les pluies ont charrié un peu plus de boue. des enfants qui n'étaient même pas encore venus au monde forment déjà des phrases complètes ; et certaines personnes qui se trouvaient jeunes et alertes se sont aperçues qu'elles ne peuvent plus bondir dans les escaliers comme autrefois sans entendre leur cœur palpiter...

je secoue la tête. je ne me rappelle plus la suite.

olivia m'aide en lisant le texte : tout ça peut se passer en mille jours.

ah oui, ah oui. je soupire. j'en peux plus, olivia, comment je vais apprendre toutes ces répliques ?

tu y arriveras, dit-elle avec conviction. elle étend les bras et attrape une coccinelle soudain surgie de nulle part. tu vois ? un signe de bon augure, et elle lève délicatement la main pour montrer la coccinelle qui se promène sur sa paume.

bon augure ou signe de beau temps, dis-je pour plaisanter.

mais non, c'est un bon augure, insiste-t-elle, tandis qu'elle regarde l'insecte avancer sur son poignet. il devrait y avoir une règle qui dit qu'on peut faire un vœu quand on voit une coccinelle. auggie et moi, on faisait ça avec les lucioles quand on était petits. elle ferme les mains sur la bestiole. allez, fais un vœu. ferme les yeux.

j'obéis et je ferme les yeux. après une longue seconde, je les ouvre à nouveau.

tu as fait un vœu ? demande-t-elle.

ouaip.

elle sourit, ouvre les mains, et sa coccinelle, juste à ce moment, déploie ses ailes miniatures et s'envole.

tu ne veux pas savoir ce que j'ai fait comme vœu ? dis-je en l'embrassant.

non, dit-elle, soudain timide, les yeux au ciel, qui est, à cet instant précis, de la même couleur que ses prunelles.

moi aussi j'ai fait un vœu, dit-elle mystérieusement, mais il y a tellement de choses qu'elle pourrait souhaiter que j'ignore totalement à quoi elle pense.

L'arrêt de bus

la mère d'olivia, auggie, jack et daisy descendent les marches du perron alors que je dis au revoir à olivia. je suis assez gêné, ils nous ont surpris en plein milieu d'un long baiser.

salut, les enfants, dit la mère, qui fait semblant de n'avoir rien vu. mais les deux garçons, eux, pouffent.

bonjour, madame pullman.

s'il te plaît, justin, isabel. c'est, genre, la troisième fois qu'elle me dit ça. faut vraiment que je m'habitue à l'appeler par son prénom.

je rentre chez moi, dis-je comme si ceci expliquait cela.

oh, tu vas prendre le métro ? elle suit le chien, un journal sous le bras. tu peux accompagner jack à son arrêt de bus ?

pas de problème.

ça te va, jack ? lui demande la mère. il hausse les épaules. justin, tu peux rester avec lui jusqu'à ce que le bus arrive ?

bien sûr !

on se dit tous au revoir. olivia me fait un clin d'œil.

t'as pas besoin de rester avec moi, dit jack alors qu'on s'éloigne de la maison. je prends le bus seul tout le temps. la mère d'auggie est vachement surprotectrice.

il a une voix grave et un peu rauque, celle d'un môme endurci. un peu le look d'une petite racaille dans un vieux film en noir et blanc. je le verrais bien avec une casquette et un short.

on arrive à l'arrêt de bus et, d'après les horaires affichés, le bus devrait arriver dans les huit minutes. j'attends avec toi, lui dis-je.

comme tu veux. il hausse les épaules. tu me prêtes un dollar ? pour acheter des chewing-gums.

je tire un billet d'un dollar du fond de ma poche, et je le regarde traverser l'avenue et entrer dans l'épicerie au coin de la rue. il a l'air bien trop petit pour se balader seul. pourtant, moi, à son âge, je prenais le métro tout seul. beaucoup trop jeune. moi, plus tard, je serai un père super protecteur. mes enfants sauront à quel point ils comptent pour moi.

je suis là depuis deux ou trois minutes quand je remarque trois mômes qui passent devant l'épicerie. l'un d'eux regarde à l'intérieur et fait signe aux deux autres. ils reviennent sur leurs pas. sûr qu'ils préparent un mauvais coup, à se pousser du coude comme ça en se marrant. l'un d'eux est petit comme jack, mais les deux autres sont plus grands, plus comme des ados. ils se planquent derrière l'étalage de fruits et légumes devant le magasin et, quand jack sort, ils le suivent en faisant des bruits de vomissements. jack se retourne pour voir ce que c'est. alors ils partent en courant et se tapent dans les mains, morts de rire. bande d'imbéciles.

jack traverse la rue comme si de rien n'était et se plante à côté de moi à l'arrêt de bus en faisant une grosse bulle.

des amis à toi ? je dis après un moment.

il essaie de sourire mais je vois bien qu'il est contrarié.

c'est que des idiots de mon collège, me répond-il. un mec qui s'appelle julian et ses deux gorilles, henry et miles.

ils t'embêtent souvent ?

nan, ils ont jamais fait ça avant. ils feraient jamais ça à l'école parce qu'ils se feraient renvoyer. julian habite à deux pas d'ici, alors j'ai juste pas eu de chance de le croiser.

oh, d'accord. je fais oui de la tête.

c'est rien, m'assure-t-il.

on scrute tous les deux l'autre bout de l'avenue amesfort pour voir si le bus arrive.

c'est un peu la guerre, dit-il, comme si ça expliquait tout. puis il sort un bout de papier tout chiffonné de la poche de son jean et me le passe. je le déplie. une liste de noms répartis sur trois colonnes. il a retourné tous les sixièmes contre moi, dit jack.

pas tout le monde, quand même, lui fais-je observer pendant que je lis la liste.

il me laisse des mots dans mon casier avec des trucs du genre : tout le monde te hait.

tu devrais en parler à un prof.

jack me regarde comme si j'étais le dernier des idiots et secoue la tête.

tu as tous ces « neutres ». je lui montre la liste du doigt. si t'arrives à les faire passer de ton côté, alors ça rééquilibrera un peu les choses.

ouais, c'est sûr, ça risque vachement d'arriver, réplique-t-il d'un ton sarcastique.

pourquoi pas ?

il me lance un autre regard. Genre que je suis le type le plus stupide de la planète.

ben quoi ? dis-je.

il secoue la tête d'un air exaspéré.

on va dire que, pour faire court, je suis ami avec quelqu'un qui est pas très populaire à l'école.

et puis là, je comprends tout : august. tout ça, c'est parce qu'il est l'ami d'august. il veut pas me l'avouer parce que je suis le petit copain de sa sœur. ouais, bien sûr, c'est clair.

le bus descend l'avenue amesfort.

eh bien, perds pas courage, lui dis-je, et je lui rends sa liste. le collège, c'est ce qu'il y a de plus dur. après, ça va mieux. tout s'arrange.

il hausse les épaules et fourre le papier dans sa poche.

il me salue de la main et monte dans le bus, je le regarde partir.

je marche vers le métro qui se trouve à deux rues et je vois les mêmes trois mômes qui traînent devant une boulangerie à côté. ils sont encore en train de se marrer et de faire des grimaces de dégoût. ils se prennent pour une bande de petits caïds. des gosses de riches en jean moulant qui jouent les racailles.

je ne sais pas ce qui me prend, mais je retire mes lunettes, les mets dans ma poche, glisse mon violon sous mon bras, bout pointu vers l'avant. je marche vers eux, le visage contracté, l'air méchant. ils me regardent, leurs rires s'évanouissent, leurs boules de glace manquent de s'écraser par terre.

les mecs, laissez jack tranquille, dis-je lentement entre mes dents avec une voix à la clint eastwood. si vous l'embêtez encore, vous allez vraiment le regretter. je tapote la caisse de mon violon pour appuyer mes paroles.

pigé ?

ils agitent tous la tête, la glace fondue dégoulinant sur leurs doigts.

bien. je hoche la tête en prenant un air mystérieux puis dévale les marches du métro.

Les répétitions

la pièce me prend de plus en plus de temps. la représentation approche. j'ai plein de répliques à mémoriser. de longs monologues où il y a que moi qui parle. olivia a eu une super bonne idée, cela dit, et ça marche. j'ai mon violon avec moi sur scène et je joue un peu pendant que je parle. ce n'est pas écrit comme ça, mais m. davenport pense que ça ajoute une touche folk, que le narrateur tripote un violon. pour moi, c'est génial parce que dès que j'ai besoin d'un instant pour me souvenir d'une réplique, je me mets à jouer une mélodie à un rythme endiablé et les paroles me reviennent toutes seules.

j'ai appris à mieux connaître les autres membres de la troupe, surtout la fille aux cheveux roses qui joue emily. elle est beaucoup moins coincée que je le pensais, étant donné le genre de gens avec qui elle est. son copain est dans le style super-musclé-super-populaire, un des sportifs du lycée. pas du tout comme moi, alors ça m'a étonné de voir que miranda est une fille plutôt sympa.

un jour, on est assis par terre dans les coulisses en attendant qu'un des mecs de l'équipe technique installe le gros projecteur.

alors ça fait combien de temps que tu sors avec via ? me demande-t-elle tout à coup.

à peu près quatre mois.

tu as rencontré son frère ? dit-elle d'un ton léger.

je ne m'y attends tellement pas que je ne peux pas cacher ma surprise.

tu connais le frère d'olivia ?

via t'a pas dit ? s'exclame-t-elle. on était super amies avant. je connais auggie depuis sa naissance.

ah ouais, je crois qu'elle me l'a dit.

je ne veux pas qu'elle sache qu'olivia ne m'a jamais parlé d'elle. je ne veux pas lui dire que je suis super étonné qu'elle l'appelle via. personne d'autre que la famille d'olivia ne l'appelle comme ça, et là, cette fille aux cheveux roses, qui est pour moi une inconnue...

miranda se met à rire et secoue la tête sans rien ajouter. il y a un silence gêné, puis elle commence à fouiller dans son sac et sort son portefeuille. elle en tire quelques photos puis m'en tend une. c'est celle d'un petit garçon. il fait beau. il porte un short et un tee-shirt – et il a un casque d'astronaute sur la tête.

il faisait vraiment super chaud ce jour-là, dit-elle. elle sourit en regardant la photo. mais il ne voulait retirer son casque sous aucun prétexte. il l'a porté pendant presque deux ans, hiver comme été, même à la plage. c'était dingue.

ouais, j'ai vu des photos chez olivia.

c'est moi qui lui ai offert ce casque, dit-elle. elle a l'air fière en disant ça. elle reprend la photo et la remet délicatement dans son portefeuille.

cool, dis-je.

ça ne te dérange pas ? me demande-t-elle en se tournant
vers moi.

je la regarde sans comprendre.

de quoi ?

elle lève les sourcils comme si elle ne me croyait pas.

tu sais de quoi je parle, dit-elle, et elle prend sa bouteille
en plastique et avale une grosse gorgée d'eau. avoue, continue-
t-elle, l'univers a pas été très tendre avec auggie pullman.

Un oiseau

pourquoi tu ne m'as pas dit que toi et miranda navas vous étiez amies avant ?

je suis un peu énervé qu'olivia ne m'ait rien dit.

c'est pas important, répond-elle, sur la défensive. elle me regarde comme si je me comportais bizarrement.

mais si. j'ai eu l'air de quoi ! pourquoi tu ne me l'as pas dit ? tu fais toujours comme si tu ne la connaissais pas.

mais je ne la connais pas, proteste-t-elle un peu trop vite. je ne connais pas cette pom-pom girl aux cheveux roses. la fille que je connaissais, c'était une fille ringarde qui collectionnait les poupées.

olivia, ne dis pas ça.

arrête !

tu aurais pu me le dire à un moment ou à un autre, dis-je calmement en ignorant la grosse larme qui roule sur sa joue.

elle hausse les épaules, lutte pour ne pas éclater en sanglots.

ce n'est pas grave, je ne suis pas fâché, dis-je, croyant qu'elle pleure à cause de moi.

je m'en fiche complètement que tu sois fâché ou pas, réplique-t-elle méchamment.

ouh la.

elle ne dit rien. elle a les yeux remplis de larmes.

olivia, qu'est-ce qui ne va pas ?

elle secoue la tête pour me signifier qu'elle n'a pas envie d'en parler, puis, soudain, elle se met à pleurer à chaudes larmes.

je suis désolée, ce n'est pas ta faute, justin. ce n'est pas à cause de toi que je pleure, dit-elle entre deux sanglots.

alors pourquoi ?

parce que je suis horrible.

mais de quoi tu parles ?

le visage détourné, elle essuie ses larmes avec la paume de sa main.

je n'ai pas parlé du spectacle à mes parents, débite-t-elle d'un souffle.

je ne vois pas de quoi elle parle. ce n'est pas grave, lui dis-je. ce n'est pas trop tard, il y a encore des tickets de disponibles...

je ne veux pas qu'ils viennent, justin, m'interrompt-elle brutalement. tu ne comprends pas ce que je suis en train de dire ? je ne veux pas qu'ils viennent ! s'ils viennent, auggie va venir, et je ne veux pas...

une nouvelle vague de larmes l'empêche de finir sa phrase.

je passe mon bras autour de ses épaules.

je suis horrible ! hoquette-t-elle entre deux sanglots.

mais non.

mais si ! tu vois, c'est agréable d'être dans une école où personne ne le connaît. personne n'en parle dans mon dos. c'est tellement agréable, justin. mais s'il vient voir le spectacle, alors tout le monde sera au courant, tout le monde

parlera... je ne sais pas pourquoi je me sens comme ça...
je te jure, je n'avais pas ce sentiment, avant.

je sais, je sais, dis-je pour la consoler. tu as le droit, olivia.
tu as été forcée de subir ça toute ta vie.

des fois, olivia me fait penser à un oiseau : ses plumes se
hérissent quand elle est en colère. et quand elle est fragile
comme maintenant, elle ressemble à un oiseau perdu qui
cherche son nid.

alors je lui offre mon aile pour refuge.

L'univers

ce soir, impossible de dormir. j'ai dans la tête des tas de pensées qui refusent d'arrêter de tourner. mes répliques pour la pièce. des listes du tableau périodique des éléments que je dois apprendre par cœur. des théorèmes. olivia. auggie.

les paroles de miranda me reviennent sans cesse : l'univers n'a pas été très tendre avec auggie pullman.

cela donne à réfléchir. elle a raison. l'univers n'a pas été tendre avec auggie pullman. qu'est-ce que ce môme a fait pour mériter ça ? et ses parents ? et olivia ? elle m'a dit un jour que les médecins avaient déclaré à ses parents que les chances pour que quelqu'un possède la même combinaison de syndromes étaient d'une sur quatre millions. alors, l'univers est-il un loto géant ? vous achetez un ticket à la naissance. et que vous ayez un bon ticket ou pas, c'est juste une question de hasard.

à force, la tête me tourne, puis d'autres pensées surgissent et m'apaisent, comme pour arranger les choses. non, non, tout n'est pas la faute au hasard. si c'était le cas, l'univers nous abandonnerait complètement. alors qu'il prend soin de ses créations les plus précieuses par des moyens invisibles à nos yeux. comme des parents qui vous aiment aveuglément.

une grande sœur qui se sent coupable de chercher à vivre en dehors de vous. un gamin à la voix rauque qui a renoncé à ses amis pour être votre ami. même une fille aux cheveux roses qui garde une photo de vous dans son portefeuille. peut-être que c'est une grande loterie, mais l'univers, en fin de compte, se charge de rétablir l'équilibre. l'univers prend soin de tous ses oisillons.

Sixième partie

AUGUST

« Quel chef-d'œuvre que l'homme !
Qu'il est noble dans sa raison ! Qu'il est infini dans ses facultés !
Dans sa force et dans ses mouvements, comme il est
expressif et admirable ! Par l'action, semblable à un ange !
Par la pensée, semblable à un dieu !
C'est la merveille du monde !... »

William Shakespeare, *Hamlet*

Le pôle Nord

La Lampe-Patate connut un grand succès au concours de sciences. Jack et moi, on a eu 19. C'était la première fois de l'année que Jack avait une aussi bonne note, alors il était super content.

Toutes les œuvres scientifiques étaient exposées sur des tables dans le gymnase. C'était la même disposition que pour le Musée égyptien en décembre, sauf que cette fois il y avait des volcans et des dioramas de molécules au lieu de pyramides et de pharaons. Et on ne devait pas guider nos parents : chaque élève devait rester à sa table alors que les parents se promenaient de stand en stand et venaient nous voir un par un.

Voilà le calcul : il y a soixante élèves de sixième, ce qui donne soixante couples de parents – et je ne parle même pas des grands-parents. Ce jour-là, il y avait plus de cent vingt paires d'yeux qui ont pu me voir. Des yeux qui, contrairement à ceux de leurs enfants, ne sont pas habitués à moi. On peut les comparer à l'aiguille d'une boussole qui, peu importe dans quel sens vous la tenez, pointe toujours vers le nord. Tous ces yeux, c'était comme des boussoles, et moi, j'étais le pôle Nord.

C'est pour ça que je n'aime toujours pas les événements scolaires où les parents sont invités. C'est mieux qu'au début de l'année. Par exemple, la journée de partage de Thanksgiving, je crois que c'était la pire pour moi. C'était la première fois que tous les parents étaient là en même temps. Le Musée égyptien, c'était après, mais ce n'était pas trop dur parce que j'ai pu m'habiller en momie et que personne ne m'a remarqué. Puis il y a eu le concert, cet hiver, que j'ai détesté parce que j'ai été obligé de chanter dans la chorale. Non seulement je ne sais absolument pas chanter mais, en plus, j'avais l'impression d'être dans une vitrine. L'exposition d'arts plastiques du Nouvel An n'a pas été aussi éprouvante, mais c'était quand même chiant. Ils avaient accroché nos œuvres dans tous les couloirs de l'école et les parents sont venus les voir. J'avais l'impression que c'était à nouveau mon premier jour : des adultes qui sursautaient en me croisant dans l'escalier.

Enfin, ce n'est pas que ça me dérange tant de voir la réaction des gens. Je vous l'ai déjà dit un milliard de fois : je suis habitué maintenant. Je ne les laisse pas me perturber. C'est comme quand vous sortez et qu'il pleuvote. Vous n'enfilez pas des bottes pour si peu. Vous n'ouvrez même pas votre parapluie. Vous traversez l'averse en vous rendant à peine compte que vos cheveux sont mouillés.

Mais quand on parle d'un gymnase plein de parents, là, cette petite pluie se transforme en tempête. Chaque regard vous frappe comme une bourrasque.

Ma mère et mon père sont restés la plupart du temps à ma table, avec les parents de Jack. C'est marrant de voir comme les parents finissent toujours par former un groupe d'amis similaire à celui de leurs enfants. Mes parents, ceux de Jack et ceux de Summer s'entendent aussi bien que nous. Et je vois que les parents de Julian apprécient la compagnie de ceux d'Henry et de Miles. Même les parents des deux Max s'entendent bien. C'est trop marrant.

J'en ai parlé à mon père et à ma mère un peu plus tard, sur le chemin du retour, et ils m'ont dit qu'en effet c'était drôle.

— Qui se ressemble s'assemble, opina maman.

L'Auggie Doll

Pendant un temps, il ne fut question que de la « guerre ». En février, c'était terrible. Presque personne ne nous parlait, et Julian avait commencé à nous glisser des messages écrits dans nos casiers. Ceux destinés à Jack étaient idiots : *Espèce de gros fromage puant !* Ou : *Tout le monde te déteste maintenant !*

Et moi, j'avais le droit à : *Monstre !* Un autre mot disait : *Casse-toi de notre école, tête d'orque !*

Summer disait qu'on aurait dû montrer ces mots à Mme Rubin, qui était la CPE du collège, ou même à M. Bocu, mais on n'avait pas envie de rapporter. Nous aussi, on avait déposé des mots dans des casiers, même si les nôtres n'avaient vraiment rien de méchant. Plutôt drôles et sarcastiques.

L'un disait : *Tu es beau, Julian ! Je t'aime. Est-ce que tu veux m'épouser ? Bisous, Berka.*

Un autre : *J'adore tes cheveux ! Bisous. Berka.*

Et un autre encore : *Tu es adorable. Viens me chatouiller les pieds. Bisous. Berka.*

Berka, c'était un personnage qu'on avait inventé, Jack et moi. Elle faisait des trucs vraiment dégueulasses. Par exemple, elle mangeait la glu verte entre ses orteils et elle suçait son poing. On s'était dit qu'elle aurait forcément un faible pour Julian, puisqu'il se comportait comme les mômes dans les publicités débiles.

Une ou deux fois, en février, Julian, Miles et Henry ont joué de sales tours à Jack. Ils n'ont pas osé avec moi, car si jamais on les avait surpris à me faire des misères, ils auraient été dans un sacré pétrin. Jack était pour eux une cible plus facile. Un jour, ils lui ont piqué son short de sport dans les vestiaires. Ils se le lançaient par-dessus sa tête, avec lui au milieu qui essayait en vain de l'attraper. Une autre fois, Miles, qui était assis à côté de Jack pendant la première heure, s'est emparé de sa feuille, en a fait une boule et l'a jetée à Julian à travers la classe. Ce ne serait pas arrivé si Mlle Mimosa avait été là, bien sûr, mais ce jour-là, c'était un remplaçant, et ceux-là, ils ne savent jamais trop comment réagir. Jack n'a pas pris ça trop mal. Il ne leur a jamais montré que cela l'affectait, même si je pense que c'était pas facile pour lui.

Les autres élèves de sixième étaient au courant de la « guerre ». À l'exception du groupe de Savanna, les filles restèrent neutres au départ. Mais, fin mars, elles commençaient à en avoir marre. Certains garçons aussi étaient restés en dehors. Une fois, Julian était en train de vider son taille-crayon dans le sac de Jack, quand Amos, qui était en général de son côté, a arraché le sac à dos des mains de Julian et l'a rendu à Jack. On avait l'impression que les garçons en avaient assez de Julian.

Il y a quelques semaines, Julian s'est mis à répandre une rumeur ridicule : Jack aurait lancé un « tueur à gages » après Miles, Henry et lui. Ce mensonge était tellement pathétique que les élèves se sont carrément mis à se moquer de Julian dans son dos. Les garçons qui étaient dans son camp jusque-là ont adopté la neutralité. Ainsi, fin mars, seuls Miles et Henry étaient toujours du côté de Julian – et je crois que même eux, à la fin, en avaient assez de jouer à cette « guerre ».

Je suis presque sûr que tout le monde a aussi arrêté de jouer à la Peste derrière mon dos. Ils ne reculent plus d'un bond lorsque je les bouscule par inadvertance et certains m'empruntent des crayons sans faire comme s'ils étaient recouverts de microbes super contagieux.

Il arrive même à des élèves de rire avec moi. Par exemple, l'autre jour, Maya a écrit un mot à Ellie sur un bout d'étiquette d'Uglydoll, qui veut dire « poupée moche ». J'ai pas pu m'empêcher de lancer une blague :

— Tu savais que le mec s'est inspiré de moi pour créer ces peluches ?

Maya a d'abord ouvert de grands yeux. Puis elle a trouvé que c'était la blague la plus drôle du monde.

— Tu me fais trop rire, August !

Elle a ensuite répété la blague à Ellie et à d'autres filles, qui ont elles aussi trouvé ça super marrant. Genre, au début, elles étaient choquées, mais quand elles ont vu que je riais, elles se sont lâchées. Le lendemain, j'ai trouvé un porte-clefs Uglydoll sur ma chaise avec un petit mot de Maya : *Pour le plus sympa des Auggie Doll au monde ! Bisous. Maya.*

Il y a six mois, un truc pareil, c'était impensable, mais maintenant, ça arrive de plus en plus souvent.

Et puis les gens ont été drôlement sympas quand ils ont vu que je portais un appareil auditif.

Lobot

Depuis que je suis petit, les médecins ont répété à mes parents qu'un jour il faudrait que je porte des prothèses auditives. Je ne sais pas pourquoi, mais ça m'a toujours fait flipper. Sans doute parce que je suis sensible à tout ce qui se rapporte à mes oreilles.

Mes problèmes d'audition avaient empiré, mais je n'en avais parlé à personne. Le bruit de l'océan qui résonnait dans ma tête était de plus en plus fort. Il couvrait le son des voix, comme si je me trouvais sous l'eau. Je n'entendais plus les profs quand j'étais au fond de la salle. Mais je savais que si j'en parlais à ma mère ou à mon père, je serais obligé de porter un appareil — j'espérais pouvoir finir mon année de sixième sans.

Lors de mon check-up annuel en octobre, je n'ai pas réussi l'audiotest et le médecin a décrété :

— Mon coco, c'est le moment.

Il m'a envoyé voir un spécialiste des prothèses auditives, qui a fait un moule de mes oreilles.

De toutes mes difformités, celle que je déteste le plus, ce sont mes oreilles. Elles ressemblent à des tout petits poings fermés sur les deux côtés de ma tête. Elles sont bien trop basses pour des oreilles. Des petits morceaux de pâte à pizza logés en haut de mon cou. Bon, d'accord, peut-être que j'exagère un peu. Mais vraiment, je les hais.

Quand l'oto-rhino a sorti les prothèses auditives pour nous les montrer, à maman et à moi, j'ai laissé échapper un gémissement.

— Je ne veux pas porter ça ! ai-je déclaré en croisant les bras sur la poitrine.

— Je sais qu'elles te paraissent sans doute un peu imposantes, a rétorqué le médecin, mais il faut les attacher avec un bandeau, sinon elles ne tiendront jamais dans tes oreilles.

Vous voyez, normalement, les prothèses auditives s'attachent autour de l'oreille externe. Mais dans mon cas, vu que mes oreilles n'ont pas de rebord, ils ont été forcés d'accrocher les prothèses à un bandeau super solide qui s'attache sur l'arrière de ma tête.

— Je ne peux pas porter ça, maman, couinai-je.

— Tu ne les sentiras même pas, me dit-elle pour me rassurer. On dirait des écouteurs.

— Des écouteurs ! Non, mais regarde ça ! dis-je, en colère. Je vais avoir l'air de Lobot !

— C'est lequel, Lobot ? me demanda-t-elle calmement.

— Lobot ?

L'oto-rhino sourit en ajustant le casque.

— *L'Empire contre-attaque* ? Le type chauve avec les transmetteurs radiobioniques super cool qui forment une bande à l'arrière de son crâne ?

— Je sèche, là, dit ma mère.

— Vous connaissez *Star Wars* ? demandai-je au médecin.

— Si je connais *Star Wars* ? s'exclama-t-il en passant l'engin autour de mon crâne. J'ai pratiquement inventé *Star Wars* !

Il se recula sur sa chaise pour voir si le bandeau m'allait, puis me l'enleva.

— Auggie, maintenant, je vais t'expliquer ce que c'est tout ça, dit-il en montrant du doigt une des prothèses. Cette partie en plastique courbée est connectée au moule de ton oreille. C'est pour cela qu'on a dû relever la forme de tes oreilles en décembre, comme ça, la partie qui se trouve dans ton oreille est bien adaptée et reste bien en place. Et ça, c'est ce qui permet de fixer l'appareil à ton oreille, tu comprends ? Ce machin-là, on l'a ajouté spécialement pour l'attacher au bandeau.

— Le truc de Lobot, dis-je d'un ton triste.

— Eh ! Il est cool, Lobot, répliqua l'oto-rhino. C'est pas comme si on allait te transformer en Jar Jar Bins, n'est-ce pas ? Ça, ce serait pas cool.

Il glissa à nouveau l'engin délicatement sur ma tête.

— Et voilà, August. Comment tu te sens ?

— C'est pas confortable du tout !

— Tu t'habitueras très vite.

Je me tournai vers le miroir. J'avais les larmes aux yeux. Tout ce que je voyais, c'étaient ces espèces de tubes qui semblaient sortir des deux côtés de ma tête, on aurait dit des antennes.

— Est-ce qu'il faut vraiment que je porte ça, maman ? m'enquis-je en ravalant mes larmes. Je les déteste ! Et ça ne change absolument rien !

— Attends une seconde, mon petit, m'encouragea le

médecin. Je ne les ai pas encore allumées. Une fois que tu auras constaté la différence, tu ne pourras plus t'en passer.

— C'est pas vrai !

Puis il les a mises en marche.

Entendre distinctement

Comment décrire ce que j'ai entendu quand le médecin a mis en marche mes prothèses auditives ? Ou plutôt, qu'est-ce que j'ai arrêté d'entendre ? C'est dur de trouver les mots. L'océan avait déménagé et ne vivait plus dans ma tête. Il était parti. J'entendais les sons, telles des petites lumières brillantes éclairant mon cerveau. Un peu comme si vous étiez dans une pièce où une des ampoules du plafonnier est morte, et que vous ne vous rendiez pas compte à quel point il fait sombre jusqu'à ce que quelqu'un se décide à la changer. Et là, vous vous dites : oh ! il fait super clair ici ! Je ne sais pas si on peut utiliser le terme « lumineux » quand on parle de sons, mais j'aimerais connaître un mot équivalent, parce que mon audition était « lumineuse ».

— Alors tu entends comment, Auggie ? me demanda l'oto-rhino. Tu m'entends bien, là, mon petit ?

Je me tournai vers lui en souriant, sans répondre.

— Mon chéri, tu entends différemment ? enchérit maman.

— T'as pas besoin de crier, maman, lui répondis-je en hochant la tête, ravi.

— Tu entends mieux ? insista le médecin.

279

— Je n'entends plus ce bruit. C'est le silence dans mes oreilles.

Il hocha la tête d'un air satisfait.

— Les acouphènes ont disparu, dit-il.

Il me fit un clin d'œil.

— Je t'avais dit que tu apprécierais la différence, August.

Il ajusta un peu la prothèse gauche.

— Là, tu entends mieux ? interrogea maman.

— Oui. C'est plus… léger.

— C'est parce que maintenant tu as des oreilles bioniques, déclara l'oto-rhino en ajustant le côté droit. Mets ton doigt ici, m'indiqua-t-il en plaçant ma main derrière l'appareil. Tu sens ça ? C'est le volume. Tu dois trouver ce qui te convient le mieux. C'est la prochaine étape. Alors, qu'est-ce que tu en penses ?

Il leva un petit miroir derrière ma tête afin que je puisse voir l'arrière de mon crâne. Mes cheveux recouvraient presque le bandeau. La seule chose qui dépassait, c'étaient les tubes.

— Ton nouvel appareil auditif bionique à la Lobot te plaît ? s'enquit le médecin en me regardant dans le miroir.

— Ouais. Merci.

— Merci infiniment, docteur James, dit maman.

Le premier jour où je me suis pointé à l'école avec mes appareils, je pensais que les autres élèves en feraient toute une histoire. Eh bien, pas du tout. Summer était contente que j'entende mieux, et Jack déclara que je ressemblais à un agent du FBI ou un truc dans le genre. C'est tout. M. Browne m'a posé des questions en cours d'anglais, mais au lieu de sortir, genre : « Qu'est-ce que c'est que ce machin sur ta tête ?! », il a dit :

— Si tu as besoin que je répète quelque chose, Auggie, n'hésite pas à me demander, d'accord ? Aujourd'hui, avec le recul, je me demande bien pourquoi tout ça me faisait aussi peur. Marrant, comme on a le chic pour se ronger les sangs à propos de quelque chose, et, au bout du compte, s'apercevoir que ce n'était rien.

Le secret de Via

Quelques jours après les vacances de Pâques, ma mère a découvert que Via ne lui avait pas parlé d'un spectacle qui se donnait à son lycée la semaine suivante. Elle était furieuse. Pourtant elle ne s'énerve pas souvent (mon père ne serait pas d'accord sur ce point), mais, là, elle était vraiment fâchée. Il y a eu une violente dispute entre elle et ma sœur. Des hurlements sortaient de la chambre de Via. Mes oreilles bioniques de Lobot entendirent ma mère crier :

— Mais qu'est-ce qui ne va pas avec toi depuis quelque temps ? Tu es de mauvaise humeur, réservée, cachottière...

— C'est pas un drame, je t'ai juste pas parlé de cette stupide pièce de théâtre. Je n'ai même pas une seule réplique !

— Mais ton petit ami, si. Tu ne veux pas qu'on vienne le voir ?

— Non ! En fait, je ne veux pas !

— Arrête de hurler !

— C'est toi qui as commencé ! Fiche-moi la paix, d'accord ? Jusque-là, tu m'as laissée me débrouiller toute seule dans ma vie, alors, pourquoi, tout à coup, alors que je suis au lycée, tu t'intéresses soudain à ce que je fais. Ça me dépasse...

Je ne sais pas ce que ma mère a répondu, mais il y a eu un grand silence. Même mes oreilles bioniques de Lobot ne recevaient plus aucun signal.

Ma grotte

À l'heure du dîner, elles semblaient s'être réconciliées. Papa travaillait tard. Daisy dormait. Un peu plus tôt dans la journée, Daisy avait beaucoup vomi. Ma mère avait pris rendez-vous chez le vétérinaire pour le lendemain matin.

On était assis tous les trois, personne ne pipait mot.

Je finis par dire :

— On va aller voir Justin jouer dans la pièce ?

En guise de réponse, Via baissa les yeux sur son assiette.

— Tu sais, Auggie, dit doucement maman, je ne m'étais pas aperçue de quel type de pièce il s'agissait, pas du tout intéressante pour les enfants de ton âge.

— Je suis pas invité ? questionnai-je en me tournant vers Via.

— Je n'ai pas dit ça, répondit maman à sa place. Je ne pense pas que cette pièce-là te plairait.

— Tu t'ennuierais grave, enchérit Via d'un ton bizarre, comme si elle m'accusait de quelque chose.

— Toi et papa, vous y allez ?

— Papa va y aller, m'informa ma mère. Moi, je resterai à la maison avec toi.

— Quoi ?! s'écria Via en se tournant vers maman. C'est

sympa. Pour me punir d'être honnête, tu as décidé de ne pas venir ?

— Tu ne voulais pas qu'on vienne, à la base, tu te rappelles ? dit maman.

— Mais maintenant que tu sais, bien sûr que je veux que tu viennes ! protesta Via.

— Via, on doit prendre en compte les sentiments de tout le monde, lui rappela maman.

— Mais de quoi vous parlez ? hurlai-je.

— De rien ! firent-elles en chœur.

— C'est un truc avec l'école de Via, ça n'a rien à voir avec toi, m'affirma maman.

— Tu mens !

— Pardon ? fit ma mère, choquée.

Même Via avait l'air surprise.

— J'ai dit : tu mens ! Et toi aussi tu mens ! lançai-je à Via en me levant. Vous êtes des menteuses ! Vous me mentez comme si j'étais un imbécile !

Maman m'attrapa par le bras.

— Assieds-toi, Auggie ! m'ordonna-t-elle.

Je me libérai pour montrer Via du doigt.

— Tu crois que je ne vois pas ce qui se passe ? Tu ne veux pas que tes nouveaux amis de ton lycée de luxe sachent que ton frère est un monstre !

— Auggie ! glapit ma mère. Ce n'est pas vrai !

— Arrête de me mentir, maman ! Arrête de me traiter comme un bébé ! Je ne suis pas un attardé mental ! Je sais très bien ce qui se passe !

Je me ruai dans ma chambre et fis claquer la porte derrière moi, si fort que j'entendis des petits morceaux de mur s'effriter autour de l'encadrement. Je me glissai aussitôt sous les couvertures, plaçai mes oreillers sur mon affreux visage puis arrangeai mes peluches au-dessus, de manière à former une espèce de grotte. S'il était possible de se déplacer tout le temps avec un oreiller sur la figure, ce serait génial.

Je ne sais même pas pourquoi j'étais tellement en colère. Au moment où on s'était mis à table, je n'étais pas vraiment fâché. Je n'étais même pas triste. Ça m'a pris tout à coup, j'ai explosé. Via ne voulait pas que j'aille voir sa pièce de théâtre débile. Je savais pourquoi.

Je pensais que maman monterait me voir dans ma chambre. Je voulais qu'elle me trouve dans ma grotte de peluches. Au bout de dix minutes, elle n'était toujours pas là. J'étais étonné. Quand je suis triste ou énervé, elle vient toujours me consoler.

J'imaginais maman et Via parlant de moi dans la cuisine. Via devait se sentir vraiment mal. Maman, vraiment coupable. En rentrant, papa allait être en colère contre elle.

Je fis un petit trou dans la pile de coussins et de peluches pour jeter un coup d'œil à l'horloge sur le mur. Cela faisait déjà une demi-heure que j'attendais. Je tendis l'oreille. Étaient-elles encore en train de dîner ? Que se passait-il ?

Et puis la porte s'ouvrit, enfin. Via. Ce n'était pas une visite prudente à pas de loup, non, pas du tout. On peut dire qu'elle se précipita dans ma chambre.

Les adieux

— Auggie ! fit Via. Viens vite ! Maman a besoin de te parler.

— Je ne m'excuserai pas.

— Ça n'a rien à voir avec toi ! Le monde ne tourne pas autour de toi, Auggie ! Dépêche-toi ! Daisy est malade. Maman va l'emmener à la clinique vétérinaire. Viens lui dire au revoir.

Je sortis la tête de sous mon oreiller. Oui, elle pleurait.

— Comment ça, « lui dire au revoir » ?

— Viens ! insista-t-elle en me tendant la main.

Je me laissai entraîner jusqu'à la cuisine. Daisy était couchée sur le flanc contre le carrelage, les pattes étirées devant elle. Elle haletait comme si elle venait de courir dans le parc. Maman, assise sur ses talons près d'elle, lui caressait la tête.

— Qu'est-ce qui s'est passé ?

— Elle s'est mise à pousser des gémissements, m'informa Via en s'agenouillant à côté de maman.

Je regardai maman. Elle aussi pleurait.

— Je vais l'emmener à la clinique du centre-ville, dit-elle. Le taxi arrive.

— Le vétérinaire va la guérir ?

Maman se tourna vers moi.

— Je l'espère, mon chéri, dit-elle doucement. Mais ce n'est pas sûr.

— Mais si ! m'écriai-je.

— Daisy est très malade depuis quelque temps, Auggie. Elle est vieille...

— Mais ils peuvent la guérir, m'obstinai-je en me tournant vers Via pour qu'elle confirme mon espoir.

Via évita mon regard.

Maman avait les lèvres qui tremblaient.

— Je crois qu'il est temps de faire nos adieux à Daisy, Auggie. Je suis désolée.

— Non !

— On ne veut pas qu'elle souffre, Auggie, me fit-elle remarquer.

Le téléphone sonna. Via répondit.

— D'accord. Merci.

Elle raccrocha.

— Le taxi est dehors, précisa-t-elle en essuyant ses larmes du dos de la main.

— Bien. Auggie, tu peux aller m'ouvrir la porte, mon chéri ? me demanda maman, qui prenait Daisy dans ses bras comme si c'était un gros bébé.

— S'il te plaît, mon chéri, répéta maman. Elle est très lourde.

— Et papa ?

— Il me rejoint à la clinique. Lui non plus ne veut pas que Daisy souffre, Auggie.

Via me bouscula pour ouvrir la porte d'entrée et laisser le passage à maman.

— J'ai mon portable, si tu as besoin de quoi que ce soit, rappela maman à Via. Peux-tu remonter la couverture sur elle ?

Prise de gros sanglots, Via fit oui de la tête.

— Dites au revoir à Daisy, les enfants, murmura maman, des larmes lui ruisselant sur les joues.

— Je t'aime, Daisy, chuchota Via en l'embrassant sur la truffe. Je t'aime tellement !

— Au revoir, petite fifille…, lui soufflai-je à l'oreille. Je t'aime…

Maman porta Daisy au bas de l'escalier. Le chauffeur de taxi lui tint la portière. Elle s'engouffra avec notre chienne dans la voiture. Avant que la portière ne se referme, maman se tourna vers le perron où nous nous tenions, Via et moi, et nous fit au revoir de la main. Je crois que je ne l'avais jamais vue aussi triste.

— Je t'aime, maman ! cria Via.

— Je t'aime, maman ! criai-je à mon tour. Je suis désolé !

Elle nous envoya un baiser et fit claquer la portière. La voiture s'éloigna, Via ferma la porte. Elle me regarda pendant une seconde puis me serra dans ses bras, très très fort, alors que des milliers de larmes jaillissaient de nos yeux.

Les jouets de Daisy

Quand Justin est arrivé, une demi-heure plus tard, il m'a serré très fort.

— Je suis désolé, Auggie.

On s'est tous les trois assis dans le salon, en silence. Pour une raison ou pour une autre, Via et moi, on avait rassemblé tous les jouets que Daisy laissait traîner dans les coins et on les avait empilés sur la table du salon. Maintenant, on ne pouvait plus en détacher nos yeux.

— C'est vraiment le plus gentil chien au monde, murmura Via.

— Je sais, compatit Justin en lui caressant le dos.

— Elle s'est juste mise à gémir, tout à coup ? interrogeai-je.

Via hocha la tête.

— Juste quelques secondes après que tu as quitté la table, me précisa-t-elle. Maman allait te courir après quand Daisy a commencé à gémir.

— Comment ?

— Je sais pas, elle gémissait, répondit Via.

— Comme si elle était en train de crier ? insistai-je.

— Auggie, elle gémissait ! dit-elle, exaspérée. Elle s'est

mise à se plaindre comme si quelque chose lui faisait vraiment mal. Et elle haletait super vite. Puis elle s'est écroulée, maman s'est approchée pour la ramasser, Daisy avait visiblement très mal. Elle a mordu maman.

— Quoi ! m'exclamai-je.

— Quand maman a essayé de toucher son ventre, Daisy lui a mordu la main, m'expliqua Via.

— Mais Daisy n'a jamais mordu personne ! protestai-je.

— Elle ne savait plus ce qu'elle faisait, intervint Justin. Elle avait sûrement très mal.

— Papa a raison, fit observer Via. On n'aurait pas dû laisser sa maladie empirer.

— Qu'est-ce que tu veux dire ? Il savait qu'elle était malade ?

— Auggie, maman l'a emmenée chez le vétérinaire au moins trois fois en deux mois. Elle vomissait partout. Tu n'as pas remarqué ?

— Mais je ne savais pas qu'elle était malade !

Via passa son bras autour de mes épaules et me serra contre elle. Je me remis à pleurer.

— Je suis désolée, Auggie, dit-elle d'une voix toute tendre. Je suis désolée pour tout, d'accord ? Tu me pardonnes ? Tu sais à quel point je t'aime, n'est-ce pas ?

Je hochai la tête. Cette dispute n'avait plus d'importance.

— Maman a saigné ?

— C'est juste une petite morsure, me répondit Via. Là.

Elle me désigna la base de son pouce pour me montrer où Daisy avait mordu maman.

— Elle a mal ?

— Maman va bien, Auggie. T'inquiète pas.

Maman et papa sont revenus deux heures plus tard. Dès qu'ils ont franchi la porte sans Daisy, on a su qu'elle n'était plus de ce monde. On s'est tous assis dans le salon autour de la pile de jouets. Papa nous a raconté ce qui s'était passé chez le vétérinaire. Ils avaient fait passer des radios et des tests sanguins à Daisy, et lui avaient découvert une grosse boule dans l'estomac. Elle arrivait à peine à respirer. Maman et papa ne voulaient pas qu'elle souffre, alors papa l'a prise dans ses bras comme il l'a toujours fait, avec ses pattes en l'air. Maman et lui l'ont embrassée, ils lui ont fait leurs adieux pendant que le vétérinaire lui piquait la patte. Quelques secondes plus tard, elle est morte dans les bras de papa. Elle n'a pas eu mal. C'était comme si elle s'était endormie. Plusieurs fois pendant qu'il racontait l'histoire, la voix de papa s'est mise à chevroter et il a été obligé de se racler la gorge.

Ce soir-là, j'ai vu pour la première fois mon père pleurer. C'était un peu plus tard, quand je suis entré dans la chambre de mes parents pour demander à maman de venir me border dans mon lit. Papa était assis au bord du lit, en train d'enlever ses chaussettes. Comme il avait le dos tourné, il ne m'a pas vu entrer. Au début, j'ai cru qu'il riait, parce que ses épaules se soulevaient, puis il a mis ses mains sur ses yeux, et j'ai su. Je ne m'étais jamais douté que des pleurs pouvaient être aussi silencieux. Comme un soupir. Je me retins d'aller à lui. S'il sanglotait si bas, c'était peut-être qu'il n'avait pas envie que les autres le sachent. Je suis allé dans la chambre de Via. Maman était allongée sur le lit auprès d'elle et lui murmurait quelque chose à l'oreille. Via était en larmes.

Je suis parti dans ma chambre, j'ai enfilé mon pyjama sans que personne ne me dise de le faire, j'ai allumé la veilleuse et éteint la lampe, et me suis glissé sous la pile de peluches abandonnée plus tôt. J'avais l'impression qu'il s'était écoulé des milliers d'années depuis. J'ai retiré mon appareil auditif et tiré les couvertures au-dessus de mes oreilles, en imaginant Daisy serrée contre moi, avec sa grosse langue humide qui me léchait la figure comme si c'était son visage préféré au monde. Et c'est comme ça que je me suis endormi.

Au paradis

Je me suis réveillé alors qu'il faisait encore noir. Sur la pointe des pieds, je me suis dirigé vers la chambre de papa et maman.

— Maman, murmurai-je.

Comme il faisait complètement noir, je ne pouvais pas voir si ses yeux étaient ouverts.

— Maman ?

— Tu vas bien, mon chéri ? me demanda-t-elle d'une voix ensommeillée.

— Je peux dormir avec toi ?

Maman se rapprocha de papa dans le lit et je me blottis contre elle. Elle me fit un bisou dans les cheveux.

— Est-ce que ta main va bien ? soufflai-je. Via m'a dit que Daisy t'avait mordue.

— C'est juste une morsure de rien du tout, me chuchota-t-elle à l'oreille.

— Maman..., dis-je en commençant à pleurer. Je suis désolé pour ce que j'ai dit.

— Chhhh... Tu n'as pas à t'excuser pour ça, dit-elle si doucement que je pouvais à peine l'entendre.

Elle frotta son visage contre le mien.

— Est-ce que Via a honte de moi ?

— Non, mon chéri, non. Tu sais bien que non. Elle a juste besoin de s'adapter à sa nouvelle école. Ce n'est pas facile.

— Je sais.

— Je sais que tu sais.

— Je suis désolé de t'avoir traitée de menteuse.

— Dors, mon petit... Je t'aime infiniment.

— Moi aussi je t'aime, maman.

— Bonne nuit, mon chéri, dit-elle tendrement.

— Maman, est-ce que Daisy est avec Grand-mère maintenant ?

— Je pense que oui.

— Est-ce qu'elles sont au paradis ?

— Oui.

— Tu crois que les gens ont la même apparence au paradis ?

— Je ne sais pas. Je ne pense pas.

— Alors comment les gens se reconnaissent entre eux ?

— Je ne sais pas, mon ange.

Elle avait l'air fatiguée.

— Ils le sentent, c'est tout. Tu n'as pas besoin d'yeux pour aimer, tu sais. Tu le sens en toi. C'est comme ça au paradis. Tout n'est qu'amour, et personne n'oublie les êtres qui lui sont chers.

Elle m'embrassa à nouveau.

— Maintenant dors, il est tard. Je suis très fatiguée.

Mais je ne pouvais pas dormir, même après qu'elle se fut rendormie. Papa dormait aussi, et je pouvais presque entendre la respiration de Via, assoupie dans sa chambre au bout du couloir. Et je me demandais si Daisy était en train

de dormir au paradis. Si elle dormait, de quoi rêvait-elle ?
Je me demandais ce que cela ferait d'être au paradis un jour,
au paradis où mon visage ne dérangerait plus personne. Tout
comme il n'avait jamais dérangé Daisy.

La doublure

Via, quelques jours après la mort de Daisy, est revenue du lycée avec trois billets pour la pièce de théâtre. On n'a plus jamais parlé de la dispute. Le jour de la représentation, alors qu'elle et Justin se rendaient au lycée un peu plus tôt, elle m'a serré fort dans ses bras et m'a dit qu'elle m'aimait et qu'elle était fière d'être ma grande sœur.

C'était la première fois que je visitais le nouveau lycée de Via. Beaucoup plus grand que son collège, et mille fois plus que le mien. Les élèves avaient plus de place pour bouger, c'est sûr. Au fait, le seul côté vraiment négatif de mon appareil bionique de Lobot, c'est que je ne peux plus porter de casquette. Dans des situations comme celle-ci, les casquettes, c'est super pratique. Des fois, j'aimerais encore pouvoir me coiffer d'un casque d'astronaute, comme quand j'étais petit. Croyez ce que vous voulez, les gens trouvent moins bizarre un gosse avec un casque d'astronaute que moi avec mon visage. En tout cas, j'ai gardé la tête baissée en marchant derrière ma mère le long du couloir inondé de lumière.

Après avoir suivi la foule jusqu'à la porte de la salle de spectacle où des élèves distribuaient les programmes, on a trouvé des sièges au cinquième rang, à peu près au milieu. On ne s'était pas plus tôt assis que ma mère se mit à fouiller dans son sac à main.

— J'arrive pas à croire que j'aie oublié mes lunettes ! s'écria-t-elle.

Mon père secoua la tête. Ma mère oubliait toujours quelque chose : ses lunettes, ses clefs... Elle était tête en l'air.

— Tu veux qu'on se rapproche ? demanda papa.

Maman plissa les yeux en direction de la scène.

— Non ça va, je vois.

— Parle maintenant ou tais-toi à jamais, dit papa.

— Ça va, dit maman.

— Regarde, c'est Justin, fis-je observer à papa en montrant sa photo dans le programme.

Il hocha la tête.

— C'est une jolie photo de lui, répliqua-t-il.

— Pourquoi est-ce qu'il n'y a pas de photo de Via ? m'étonnai-je.

— Elle n'est que la doublure, me précisa maman. Regarde : elle a son nom inscrit.

— Pourquoi ils appellent ça une doublure ? questionnai-je.

— Waouh ! Regarde la photo de Miranda, s'écria ma mère en tournant le programme vers mon père. Je ne pense pas que je l'aurais reconnue.

— Pourquoi ils appellent ça une doublure ? répétai-je.

— C'est comme ça qu'on appelle quelqu'un qui est prêt à remplacer un acteur ou une actrice au cas où, pour une raison ou pour une autre, ils ne pourraient pas monter sur scène, m'informa maman.

— Tu sais que Martin se remarie ? demanda mon père à ma mère.

— Tu rigoles ! s'exclama maman, stupéfaite.

— C'est qui Martin ? demandai-je.

— Le père de Miranda, dit maman.

Elle se tourna vers papa.

— Qui t'a dit ça ?

— J'ai croisé la mère de Miranda dans le métro. Elle n'a pas l'air contente. La fiancée de Martin est enceinte et tout.

— Oh ! souffla maman en secouant la tête.

— De quoi vous parlez ? intervins-je.

— De rien, répliqua papa.

— Mais pourquoi ils appellent ça une doublure ? insistai-je.

— Je ne sais pas, Auggie Doggie, dit papa. Peut-être parce qu'ils sont une sorte de double, qu'ils répètent ensemble ? Je ne sais vraiment pas.

J'allais ajouter quelque chose, mais les lumières s'éteignirent. Le public devint soudain très silencieux.

— Papa, tu pourrais arrêter de m'appeler Auggie Doggie ? lui chuchotai-je à l'oreille.

Papa hocha la tête en souriant et leva le pouce pour me montrer que c'était d'accord.

Le spectacle commença. Le rideau s'ouvrit. La scène était complètement vide à l'exception de Justin, assis sur une vieille chaise branlante, qui accordait son violon. Il portait un costard rétro et un chapeau de paille.

— La pièce que nous allons vous interpréter s'intitule *Notre petite ville*, annonça-t-il à l'audience. C'est une pièce de Thornton Wilder. Elle est produite et mise en scène par Philip Davenport... La ville en question s'appelle Grover's

Corners, elle est située dans le New Hampshire, à la frontière du Massachusetts. Latitude : 42 degrés et 40 minutes. Longitude : 70 degrés et 37 minutes. Le premier acte raconte une journée dans cette ville. Nous sommes le 7 mai 1901. Juste avant l'aube.

J'ai su tout de suite que j'allais aimer la pièce. Ça n'avait rien à voir avec les autres spectacles que j'avais vus à l'école, comme *Le Magicien d'Oz* ou *Tempête de boulettes géantes*. Non, c'était un truc pour les grands, et je me sentais super intelligent, assis dans le public.

Un peu plus tard dans la pièce, un personnage nommé Mme Webb appelle Emily, qui est sa fille. Comme j'avais lu le programme, je savais que c'était le rôle de Miranda. Je me suis penché pour mieux la voir.

— C'est Miranda, me chuchota maman en plissant les yeux alors qu'Emily arrivait. Elle a tellement changé…

— Ce n'est pas Miranda, lui soufflai-je. C'est Via.

— Ce n'est pas vrai ! dit-elle plus fort en s'avançant brutalement dans son siège.

— Chut ! dit papa.

— C'est Via, lui murmura maman.

— Je sais, dit papa avec un sourire. Chut !

Le final

La pièce était fantastique. Je ne vais pas vous dévoiler la fin, mais c'est le genre de fin qui fait pleurer le public. Maman ne put retenir ses larmes quand Emily *alias* Via déclama :

— Au revoir ! Au revoir, ô monde ! Au revoir, Grover's Corners... Maman et papa. Le tic-tac des horloges et les tournesols de maman. Au revoir, les bons petits plats et le café brûlant. Les robes fraîchement repassées et les bains chauds... La plongée dans le sommeil et l'éveil. Ô terre, tu es bien trop merveilleuse pour que l'on s'aperçoive de ta grandeur !

Via pleurait pour de bon. Des vraies larmes roulaient sur ses joues. C'était génial.

Quand le rideau se ferma, le public applaudit. Puis les acteurs vinrent saluer les uns après les autres. Via et Justin furent les derniers à émerger des coulisses. Dès qu'il les vit, le public se leva.

— Bravo ! cria papa, les mains en porte-voix autour de la bouche.

— Pourquoi tout le monde se lève ? demandai-je.

— C'est une ovation, me répondit maman.

Alors moi aussi je me suis levé, et j'ai applaudi, et applaudi. J'ai applaudi jusqu'à en avoir mal aux mains. Pendant une seconde, je me suis imaginé à quel point ce serait super d'être à la place de Via et Justin en cet instant, d'avoir tous ces gens qui vous acclamaient debout. Il devrait y avoir une loi donnant à chacun le droit à une telle ovation au moins une fois dans sa vie.

Au bout de longues minutes, la rangée d'acteurs s'est reculée sur la scène et le rideau s'est baissé. Les applaudissements ont cessé, les lumières se sont allumées. Le public a commencé à quitter la salle.

Maman, papa et moi, on s'est faufilés dans les coulisses. Une foule de personnes félicitaient les acteurs, les entouraient, leur tapaient dans le dos. Via et Justin, au milieu de cette cohue, souriaient à tous.

— Via ! hurla papa en gesticulant.

On s'est rapprochés. Il l'a prise dans ses bras et l'a soulevée légèrement en l'air.

— Tu as été incroyable, ma chérie !

— Mon Dieu, Via ! soupira maman avec enthousiasme. J'arrive pas à y croire !

Elle serrait Via si fort que j'avais l'impression qu'elle allait l'étouffer, mais Via se contentait de rire.

— Tu étais géniale ! enchérit papa.

— Oui, fantastique ! approuva maman avec des mouvements de tête.

— Et toi aussi, Justin, dit papa en serrant la main de Justin et en le prenant dans ses bras en même temps, toi aussi tu as été incroyable.

— Incroyable ! répéta maman.

Elle était tellement excitée qu'elle pouvait à peine parler.

— C'était un choc de te voir sur scène, Via ! lui dit papa.

— Maman t'a même pas reconnue au début ! révélai-je.

— C'est vrai, je ne t'ai pas reconnue ! avoua maman en se couvrant la bouche.

— Miranda est tombée malade juste avant le début du spectacle, nous apprit Via, le souffle court. On n'a pas eu le temps de l'annoncer.

Moi, je lui avais trouvé l'air bizarre avec tout ce maquillage. Pour un peu je ne l'aurais pas reconnue.

— Et tu es montée sur scène à la dernière minute ? s'exclama papa. Impressionnant !

— Elle a été incroyable, non ? roucoula Justin en passant son bras autour d'elle.

— Aucun spectateur n'a gardé les yeux secs, confirma papa.

— Est-ce que Miranda va bien maintenant ? m'enquis-je.

Mais personne ne m'entendait.

À ce moment-là, un homme qui devait être leur professeur s'avança vers Justin et Via en tapant dans ses mains.

— Bravo ! Bravo ! Olivia et Justin !

Il embrassa Via sur les deux joues.

— Je me suis trompée dans une ou deux répliques, protesta Via en secouant la tête.

— Mais tu ne t'es pas laissé abattre, rétorqua l'homme, le sourire jusqu'aux oreilles.

— Monsieur Davenport, je vous présente mes parents, dit Via.

— Vous devez être fiers de votre fille ! dit-il en leur serrant à chacun la main dans les siennes.

— Oui !

— Et voici mon petit frère, August, dit Via.

Il ouvrit la bouche et la referma aussitôt en me voyant.

— Monsieur Davenport, dit Justin en le tirant par la manche. Venez, que je vous présente ma mère.

Via se tourna vers moi pour me dire quelque chose, mais elle fut interrompue par une autre personne qui déboulait pour la féliciter. D'un seul coup je me suis retrouvé seul, noyé dans la foule. Je veux dire, je savais où se trouvaient mes parents, mais il y avait tellement de gens autour de nous qui n'arrêtaient pas de me bousculer en me faisant tourner comme une toupie – quand ils ne me glissaient pas ces coups d'œil que je connais si bien – que j'ai eu le tournis. Peut-être faisait-il trop chaud. Les visages devinrent flous. Les voix étaient si fortes qu'elles me vrillaient le crâne. Je tentai de réduire le volume de mes oreilles de Lobot, mais je me trompai et l'augmentai. Carrément sonné, je levai le nez et constatai que je ne voyais plus nulle part ni maman, ni papa, ni Via.

— Via ? m'écriai-je.

Je me frayai un chemin dans la foule à la recherche de ma mère.

— Maman !

Je ne voyais rien d'autre autour de moi que des ventres et des cravates.

— Maman !

Tout à coup, quelqu'un derrière moi me souleva de terre.

— Regarde qui est là ! dit une voix familière en me serrant fort.

Au début, je croyais que c'était Via, mais quand je me retournai, quelle ne fut pas ma stupéfaction !

— Salut, Major Tom ! s'exclama-t-elle.

— Miranda ! dis-je en la serrant à mon tour de toutes mes forces.

Septième partie

MIRANDA

« J'ai oublié que je pourrais découvrir
Tant de choses magnifiques,
J'ai oublié que je pourrais avoir besoin
De découvrir ce que la vie a à offrir. »

Andain, *Beautiful Things*

Mensonges de colo

Mes parents ont divorcé pendant l'été, avant la rentrée au lycée. Mon père a tout de suite trouvé quelqu'un d'autre. En fait, même si ma mère ne m'a rien dit, je pense que c'est pour ça qu'ils ont divorcé.

Après le divorce, je voyais à peine mon père. Et ma mère se comportait encore plus bizarrement que d'habitude. Pas hystérique ou quoi que ce soit, mais distante. Elle s'isolait. Ma mère, c'est le genre qui a des sourires à revendre, mais quand elle rentre à la maison, il en reste peu pour moi. Elle ne m'a jamais beaucoup parlé : elle ne s'est jamais confiée à moi, elle ne m'a jamais raconté sa vie. Je ne sais pas trop comment elle était à mon âge. Je ne sais pas ce qu'elle aimait ou pas. Les seules fois où elle m'a parlé de ses parents, que je n'ai jamais vus, c'était pour me dire à quel point elle avait été impatiente de grandir pour pouvoir les quitter. Elle ne m'a jamais expliqué pour quelle raison. Je lui ai demandé plusieurs fois, mais elle a toujours fait semblant de ne pas m'entendre.

Je ne voulais pas aller en colo cet été. Je voulais rester avec elle, pour l'aider à traverser cette épreuve. Mais elle a insisté pour que je parte. Je me suis dit qu'elle avait besoin de temps pour elle, alors j'y suis allée.

C'était horrible. J'ai détesté. Je pensais que ce serait mieux maintenant que j'étais monitrice, mais je me trompais. Aucune des filles de l'année précédente n'était revenue. Je ne connaissais personne. Personne. Alors, je ne sais pas pourquoi, j'ai commencé à m'inventer une vie auprès des autres. Les enfants me posaient des questions, j'inventais les réponses : mes parents sont en Europe, par exemple. J'habite une grande maison du plus beau quartier de North River Heights. J'ai une chienne qui s'appelle Daisy.

Puis, un jour, je leur ai dit que j'avais un petit frère difforme. Encore une fois, je ne sais pas pourquoi. Ça me paraissait un truc intéressant à raconter. Bien sûr, ces gamines, elles en ont fait tout un drame. C'est pas vrai ? Je suis désolée ! Ça doit pas être facile, etc. J'ai regretté ce mensonge dès qu'il est sorti de ma bouche : c'était purement et simplement de l'escroquerie ! Si Via m'avait entendue, elle m'aurait prise pour une barjo. D'ailleurs, je me sentais pas mal cinglée. D'un autre côté, j'avais d'une certaine manière l'impression d'être dans mon bon droit. Je connais Auggie depuis que j'ai six ans. Je l'ai vu grandir. J'ai joué avec lui. J'ai regardé les six épisodes de *Star Wars* pour lui, pour qu'on puisse discuter des extraterrestres et des chasseurs de têtes et tout ça. C'est moi qui lui ai donné le casque d'astronaute qu'il n'a pas quitté pendant deux ans. Je veux dire, j'ai bien mérité de le considérer comme mon frère.

Et le plus bizarre, avec tous ces mensonges, c'est que ça m'a rendue super populaire. Les autres moniteurs en ont eu vent par les plus jeunes, et bientôt tout le monde parlait de moi. Je n'avais jamais été considérée comme « populaire », mais pendant cette colo, pour une fois, j'étais celle avec qui tout le monde voulait être vu. Même les filles du bungalow

32 m'adoraient. Et elles, c'étaient les stars de la colo. Elles ont dit qu'elles aimaient mes cheveux (même si elles m'ont recoiffée). Elles ont dit qu'elles aimaient mon maquillage (mais ça aussi, elles l'ont changé). Elles m'ont montré comment transformer mes tee-shirts en débardeurs. On a fumé. On a fait le mur et on a coupé à travers bois pour aller voir les garçons dans leur camp. On a traîné avec eux la nuit.

À mon retour, j'ai téléphoné tout de suite à Ella pour qu'on se voie. Je ne sais pas pourquoi je n'ai pas appelé Via. Je pense que je n'avais rien à lui dire. Elle m'aurait posé des questions sur mes parents, elle m'aurait demandé comment était la colo. Ella ne pose jamais de questions. Être amie avec elle est plus facile, dans un sens. Elle n'est pas aussi sérieuse que Via. Elle a un bon sens de l'humour. Elle a trouvé que c'était une super idée de me teindre les cheveux en rose. Elle voulait que je lui raconte toutes nos aventures dans les bois au milieu de la nuit.

Le lycée

J'ai à peine vu Via à l'école cette année, et les rares fois où je l'ai croisée, il y a eu un malaise. J'avais l'impression qu'elle me jugeait. Elle n'approuvait pas mon nouveau look. Elle n'aimait pas non plus mon nouveau groupe d'amis. De mon côté, je n'aimais pas beaucoup le sien. On ne s'est jamais vraiment disputées. On s'est bornées à aller chacune de son côté. Ella et moi, on a dit des trucs dans son dos : elle est coincée, elle est ceci, elle est cela, et patati et patata… C'était méchant, je sais, mais c'était plus facile de nous séparer d'elle en prétendant qu'elle nous avait fait quelque chose de mal. La vérité, c'est qu'elle n'avait pas changé, c'est nous qui n'étions plus les mêmes. Nous étions devenues de toutes nouvelles jeunes filles, et elle était toujours pareille. Cela m'insupportait, et je ne comprenais pas pourquoi.

De temps en temps, je la cherchais des yeux à la cantine, ou je regardais son emploi du temps pour voir quelles options elle avait choisies. Mais à part quelques signes de tête dans les couloirs et un timide « Salut ! » de temps en temps, on ne s'est pas vraiment parlé.

J'ai remarqué Justin vers le milieu de l'année. Jusque-là, je n'avais pas vraiment fait attention à ce mec tout maigre avec des lunettes aux verres épais, des cheveux plus ou moins longs, et qui trimbalait son violon partout avec lui. Et puis, un jour, je l'ai vu devant l'école avec son bras autour de Via.

— Via a un petit ami ! ai-je lancé à Ella d'un ton moqueur.

J'ignore pourquoi, ça m'a surprise qu'elle ait un copain. De nous trois, c'était elle la plus belle : des yeux super bleus, de longs cheveux noirs ondulés. Mais elle n'avait jamais montré aucun intérêt pour les garçons. Elle se comportait comme si elle était au-dessus de ce genre de préoccupation.

Moi aussi, j'avais un petit ami : un mec du nom de Zack. Quand je lui ai dit que j'avais choisi l'option théâtre, il a hoché la tête.

— Fais gaffe de pas devenir une théâtreuse.

C'est pas le mec le plus sympa de la terre, mais il est super mignon. En plus, il est très populaire. C'est un athlète de première classe.

Je n'avais pas prévu de faire du théâtre, au début. Quand j'ai vu que Via s'était inscrite, j'ai ajouté mon nom à la liste, sans réfléchir. On a réussi à s'éviter pendant presque tout le trimestre. C'était comme si on ne se connaissait plus. Un jour, je suis arrivée en cours un peu en avance, et M. Davenport m'a demandé de faire quelques copies supplémentaires de la pièce qu'on allait préparer pour ce printemps : *The Elephant Man*. J'en avais entendu parler, mais je ne savais pas vraiment de quoi ça parlait. Je me suis mise à feuilleter le texte devant la photocopieuse. L'histoire de John Merrick, un être horriblement difforme qui a vécu au milieu du XIXe siècle à Londres.

— On ne peut pas jouer ça, monsieur D, ai-je protesté après le cours.

Et je lui ai expliqué pourquoi : mon petit frère avait un défaut de naissance et son visage était difforme. C'était un sujet plutôt délicat.

Il a eu l'air énervé et pas très compatissant, mais j'ai ajouté que mes parents ne seraient vraiment pas contents si on montait cette pièce. Du coup, il a changé pour *Notre petite ville*.

Je crois que j'ai auditionné pour le rôle d'Emily Gibbs pour faire comme Via. Je ne pensais pas que j'aurais le rôle à sa place.

Ce qui me manque le plus

Une des choses qui me manquent le plus, maintenant que je ne suis plus amie avec Via, c'est sa famille. Ils m'ont toujours accueillie avec tellement de gentillesse, ils ont toujours été tellement sympas avec moi. Ils aiment leurs enfants plus que tout au monde. Je me suis toujours sentie en sécurité avec eux. Plus en sécurité que n'importe où ailleurs. C'est plutôt pathétique : je me sentais plus chez moi dans la famille d'une autre. Et, bien sûr, j'aime énormément Auggie. Je n'ai jamais eu peur de lui, même quand j'étais petite. J'avais des amies qui ne comprenaient pas que je puisse aller chez Via. Elles disaient des trucs comme :

— Son visage me fait une peur bleue.

Alors je leur rétorquais :

— Vous êtes des imbéciles !

Et c'est vrai, quand on est habitué, la figure d'Auggie n'est pas si horrible que ça.

Un jour, j'ai téléphoné chez les parents de Via rien que pour parler à Auggie. Peut-être que j'espérais au fond de moi que ce serait Via qui décrocherait. Mais c'est lui qui m'a répondu.

— Salut, Major Tom !

C'est le surnom que je lui avais donné.

— Miranda !

Il avait l'air tellement content d'entendre ma voix, ça m'a plutôt étonnée.

— Je vais à l'école maintenant ! m'a-t-il déclaré d'un ton enthousiaste.

Ça m'a choquée, mais je me suis quand même exclamée :

— Vraiment ? C'est super !

Je ne pensais pas qu'il pourrait fréquenter un jour une école normale. Ses parents l'ont toujours surprotégé. Je le voyais encore comme ce petit garçon avec son casque d'astronaute, celui que je lui avais donné. En lui parlant, je compris qu'il ignorait la situation entre sa sœur et moi.

— C'est différent au lycée, lui ai-je expliqué. On parle à beaucoup plus de gens.

— J'ai des amis dans ma nouvelle école. Un garçon qui s'appelle Jack et une fille qui s'appelle Summer.

— C'est super, Auggie ! Tu me manques et j'espère que ça se passe bien pour toi cette année. Je voulais juste te le dire. Tu peux m'appeler quand tu veux, Auggie, d'accord ? Tu sais que je t'aime !

— Je t'aime aussi, Miranda !

— Dis bonjour à Via de ma part. Dis-lui qu'elle me manque.

— Je lui dirai, salut !

— Salut !

Fantastique ! Mais personne n'est là pour le voir

Ni ma mère ni mon père ne pouvaient assister à la représentation : ma mère avait quelque chose au boulot, et la nouvelle femme de mon père devait accoucher d'une minute à l'autre... alors il était obligé de rester avec elle.

Zack non plus ne pouvait pas être là. Il avait un match de volley contre les Collegiate et il n'était pas question qu'il le rate. À vrai dire, il aurait bien voulu que moi, je rate la première et que j'aille l'encourager. Mes « amies » devaient toutes aller voir le match, parce que leurs petits amis jouaient. Même Ella. Mise au pied du mur, elle a choisi la bande plutôt que moi.

Du coup, ce soir-là, aucun de mes proches ne s'était annoncé pour me voir sur scène. Pourtant, au bout de trois ou quatre répétitions, je m'étais aperçue que j'étais plutôt une bonne actrice. J'étais vraiment entrée dans le rôle. Les mots que je prononçais me paraissaient lourds de sens. Je disais mes répliques comme si elles jaillissaient d'au-dedans de moi, de mon cœur. Et le soir de la première, je me sentais au meilleur de ma forme : j'allais être fantastique. Seulement personne ne serait là pour me voir.

On était tous dans les coulisses à répéter nerveusement nos répliques. J'ai passé la tête derrière le rideau pour voir le public entrer dans la salle. C'est là que j'ai vu Auggie s'avancer dans l'allée entre Isabel et Nate. Ils se sont assis au cinquième rang, presque au milieu. Auggie portait un nœud papillon et regardait autour de lui, l'air super content. Il avait un peu grandi depuis la dernière fois que je l'avais vu, il y avait presque un an. Ses cheveux étaient plus courts, et il portait une sorte d'appareil auditif. Son visage n'avait pas changé du tout.

Davenport procédait à quelques changements de dernière minute avec le décorateur. Je vis Justin qui faisait les cent pas et murmurait ses répliques.

— Monsieur Davenport, m'entendis-je annoncer, je suis désolée, je ne peux pas jouer ce soir.

Notre professeur se tourna lentement vers moi.

— Quoi ?

— Je suis désolée.

— C'est une plaisanterie ?

— C'est que…, bredouillai-je en baissant les yeux. Je ne me sens pas bien. Je suis désolée. J'ai l'impression que je vais vomir, mentis-je.

— C'est juste le trac…

— Non ! Je ne peux pas ! C'est vrai !

Soudain, il eut l'air furieux.

— Miranda, c'est scandaleux.

— Je suis désolée !

Davenport respira un grand coup. Il était sur le point d'exploser. Son front est devenu rouge vif.

— Miranda, je ne le tolérerai pas ! Calme-toi, respire à fond, je ne sais pas…

— Je n'irai pas sur scène !

Les larmes me montèrent aux yeux – c'est pas dur de pleurer.

— Bon, d'accord ! cria-t-il.

Il se tourna alors vers David, un de ceux qui s'occupaient du décor.

— Va me chercher Olivia, elle est à la console d'éclairage ! Dis-lui qu'elle remplace Miranda ce soir !

— Quoi ? fit David, qui n'est pas le garçon le plus rapide du monde.

— Vas-y ! hurla Davenport. Tout de suite !

Les autres élèves commençaient à s'attrouper.

— Qu'est-ce qui se passe ? demanda Justin.

— Changement de dernière minute, annonça Davenport. Miranda ne se sent pas bien.

— Je suis malade, soufflai-je.

— Alors qu'est-ce que tu fais là ? me jeta Davenport, furieux. Arrête de parler, enlève ton costume et passe-le à Olivia, s'il te plaît ! Allez, tout le monde ! On y va ! Allez, allez, allez !

Je courus en direction des vestiaires et commençai à retirer mes vêtements. Deux secondes plus tard, j'entendis quelqu'un frapper. Via entrouvrit la porte.

— Qu'est-ce qui se passe ?

— Dépêche-toi. Enfile ça ! lui dis-je en lui tendant ma robe.

— Tu es malade ?

— Oui ! Dépêche-toi !

Via, interloquée, retira son tee-shirt et son jean, et passa la longue robe par-dessus sa tête. Je la fis descendre sur son corps, puis la lui fermai dans le dos. Heureusement, Emily

Webb n'entrait en scène que dix minutes après le début, et la fille qui s'occupait de la coiffure et du maquillage eut le temps de lui faire un chignon et de la maquiller. Je n'avais jamais vu Via avec autant de maquillage : elle était aussi belle qu'un mannequin.

— Je suis pas sûre que je vais me souvenir de toutes les répliques, dit Via en se regardant dans le miroir. *Tes* répliques.

— Tu t'en sortiras très bien, dis-je.

Elle me regarda dans la glace.

— Pourquoi tu fais ça, Miranda ?

— Olivia !

C'était Davenport, derrière la porte.

— Tu entres en scène dans deux minutes. C'est maintenant ou jamais !

Via sortit des vestiaires et le suivit. Je n'avais pas eu le temps de répondre à sa question. Qu'est-ce que j'aurais dit, de toute façon ? Je ne savais pas trop moi-même pourquoi j'avais agi ainsi.

La représentation

J'ai regardé depuis les coulisses, debout à côté de Davenport. Justin a été incroyable, et Via, dans la dernière scène, époustouflante. Il y eut à un moment une réplique où elle hésita, mais Justin lui vint en aide, et personne dans le public ne le remarqua. J'entendis Davenport souffler entre ses dents :
— Bien, bien, bien.

Il avait l'air plus anxieux que tous les élèves réunis, que ce soient les acteurs, ceux qui s'occupaient du décor, de l'éclairage ou des rideaux. Davenport n'était plus qu'une boule de nerfs.

Le seul moment où j'ai eu des regrets, si on peut appeler ça des regrets, c'est à la fin, quand les acteurs se sont avancés pour saluer le public. Lorsque Via et Justin se sont présentés, en dernier, le public s'est levé et les a acclamés. Bon, ça, c'était un peu dur à avaler. Mais quelques minutes plus tard, j'ai vu Nate, Isabel et Auggie se diriger vers les coulisses, et ils avaient l'air si heureux ! On félicitait les acteurs, on leur tapait dans le dos. Quelle pagaille, les comédiens en sueur, euphoriques, au milieu de la foule idolâtre. J'ai aperçu Auggie, un Auggie perdu. Je me suis frayé un passage et me suis approchée de lui par-derrière.
— Salut, Major Tom !

Après le spectacle

Je ne comprends pas pourquoi j'étais aussi contente de voir August après si longtemps, ni pourquoi je me suis sentie si bien quand je l'ai pris dans mes bras.

— C'est incroyable comme t'as grandi !

— Je croyais que tu allais jouer dans la pièce !

— Je ne me sentais pas bien, mentis-je. Mais Via a été fantastique, tu trouves pas ?

Il hocha la tête. Deux secondes plus tard, Isabel nous avait rejoints.

— Miranda ! s'écria-t-elle joyeusement en m'embrassant sur la joue.

Elle se tourna vers August.

— Ne disparais jamais plus comme ça !

— C'est toi qui as disparu, rétorqua Auggie.

— Comment tu te sens ? me demanda Isabel. Via nous a dit que tu étais malade...

— Je me sens beaucoup mieux.

— Ta mère est là ? s'enquit Isabel.

— Non, elle avait quelque chose au boulot, alors ce n'est pas très grave pour moi. (Là, je ne mentais pas.) Il y a deux autres représentations, de toute façon. Cela dit, je ne sais pas si je serai une Emily aussi parfaite que Via ce soir.

Nate est arrivé et on a eu pratiquement la même conversation. Puis Isabel a ajouté :

— Écoute, on va aller dîner. Même s'il est tard, il faut marquer le coup. Tu te sens assez bien pour te joindre à nous ? Ça nous ferait très plaisir.

— Oh non...

— S'il te plaaaaaaaît ! me supplia Auggie.

— Il faut que je rentre.

— Nous insistons, dit Nate.

Via, Justin et la mère de Justin venaient de nous rejoindre. Via passa son bras autour de moi.

— Tu dois absolument, dit-elle en me souriant avec son sourire d'autrefois.

Ils m'ont entraînée hors de la foule et je dois avouer que, pour la première fois depuis très, très longtemps, je me suis vraiment sentie heureuse.

Huitième partie

AUGUST

« Tu atteindras le ciel.
Vole… mon merveilleux enfant. »

Eurythmics, *Beautiful Child*

La classe verte des sixièmes

Chaque année, au printemps, les sixièmes de Beecher partent en week-end pendant trois jours, dans un endroit appelé la Réserve naturelle de Broarwood, en Pennsylvanie. C'est à quatre heures de bus d'ici. Les élèves dorment dans des cabanes avec des lits superposés. On y fait un feu de camp au-dessus duquel on fait griller des chamallows et on part en randonnée dans les bois. Comme les profs nous en parlent depuis le début de l'année, tous les élèves sont surexcités. Tous sauf moi. Pas parce que je ne suis pas content d'y aller. C'est juste que… je n'ai jamais vraiment dormi ailleurs qu'à la maison auparavant, alors je suis un peu anxieux.

La plupart des autres enfants dorment quelquefois chez leurs copains. Beaucoup sont partis en colo ou sont allés rendre visite à leurs grands-parents, par exemple. Pas moi. Enfin, c'est sans compter les nuits à l'hôpital, mais même à ce moment-là, ma mère et mon père sont toujours restés avec moi. Je n'ai jamais dormi chez Grannie et Granpa, ou chez tante Kate et oncle Paul. Quand j'étais plus petit, c'était surtout à cause de tous mes problèmes médicaux. Il fallait nettoyer toutes les heures le tube qui me permettait de respirer, ou réinsérer mon tube d'alimentation qui avait tendance à partir. Puis, en grandissant, je n'ai jamais eu envie de passer la nuit ailleurs. Une fois, j'ai dormi à moitié chez Christopher. On avait huit ans. À l'époque, il était mon meilleur ami. Ma famille était allée rendre visite à la sienne, et moi et Christopher, on s'amusait tellement à jouer aux legos *Star Wars* qu'au moment de rentrer, je n'ai pas voulu partir. On les a suppliés :

— S'il vous plaît, s'il vous plaît, on veut dormir ensemble.

Nos parents ont fini par dire oui, et ma mère, mon père et Via sont rentrés à la maison. Christopher et moi, on est restés debout à jouer jusqu'à minuit, puis Lisa, sa mère, a déclaré :

— Maintenant, les enfants, c'est l'heure d'aller se coucher.

Et... c'est là que j'ai commencé à paniquer. Lisa a essayé de m'aider à m'endormir, mais je me suis mis à pleurer. Je voulais rentrer chez moi. À une heure du matin, Lisa a appelé maman et papa, et papa est venu me chercher à Bridgeport. Nous ne sommes pas rentrés avant trois heures du matin. Bref, ma seule nuit hors de la maison a été un désastre. C'est pour ça que je suis un peu anxieux à l'idée de la classe verte.

D'un autre côté, je suis quand même impatient.

Les étiquettes

J'ai demandé à maman de m'acheter un nouveau sac de sport parce que le vieux avait dessus des autocollants de *Star Wars*, et il n'était pas question que j'amène ça en classe de nature. J'adore ce film, mais je ne veux pas être catalogué comme un « fan de *Star Wars* ». Tout le monde au collège se fait mettre dans des cases de ce genre. Par exemple, on sait que Reid adore les trucs maritimes et les machins océaniques et tout ça. Amos, lui, c'est le super bon joueur de base-ball. Charlotte, elle, a joué dans des pubs à la télé quand elle avait six ans. Quant à Ximena, c'est l'intello.

Là où je veux en venir, c'est qu'au collège, on vous colle facilement une étiquette, et qu'il faut se méfier de ce genre de piège. Max G et Max W ne se débarrasseront jamais de leur réputation de fans de jeux de rôle, ils resteront à jamais obsédés par Donjons et Dragons.

Voilà pourquoi j'essayais de me restreindre question *Star Wars*. Pour moi, ce sera toujours quelque chose qui me tient à cœur, tout comme ça l'est pour le médecin qui a ajusté mon appareil auditif. C'est juste que je ne veux pas être le fan de *Star Wars* » du collège. Je ne sais pas trop par quoi je veux qu'on me définisse, mais pas par ça.

Bon, ce n'est pas tout à fait vrai : je sais bien ce que je suis à l'école. Mais là, je n'y peux rien. Par contre il est en mon pouvoir de ne pas débarquer avec un sac *Star Wars*.

Faire ses bagages

Maman m'a aidé à préparer mon sac avant le grand départ. On a étalé les vêtements que j'allais emporter sur mon lit, elle a tout bien plié puis elle a mis ça dans mon sac pendant que je la regardais faire. C'était un sac bleu marine sans rien dessus, au cas où vous vous poseriez la question : aucune inscription, aucune image.

— Et si je n'arrive pas à dormir ?

— Emporte un livre. Et si tu ne trouves pas le sommeil, sors ta lampe de poche et lis jusqu'à ce que tes yeux se ferment.

Je hochai la tête.

— Et si je fais un cauchemar ?

— Tes professeurs seront là, mon chéri. Et il y aura Jack. Et tes amis.

— Je peux emmener Baboo.

C'était mon doudou quand j'étais petit. Un petit ours brun tout doux, avec un museau noir.

— Tu ne dors plus avec, si ?

— Non, mais je le garde dans mon placard au cas où je me réveillerais au milieu de la nuit et où je n'arriverais pas à me rendormir. Je pourrais le cacher dans mon sac. Personne ne le saura.

— Bon, alors c'est ce qu'on va faire.

Maman sortit Baboo de mon placard.

— J'aimerais bien qu'ils nous permettent d'emporter nos téléphones portables.

— Oui, moi aussi ! approuva-t-elle. Mais tu vas bien t'amuser, Auggie. Tu es sûr que tu veux emmener Baboo ?

— Ouais, mais cache-le bien au fond, il faut que personne le voie.

Elle l'enfonça profondément et empila le reste de mes tee-shirts par-dessus.

— Ça fait beaucoup de vêtements pour deux jours !

— Trois jours et deux nuits, rectifiai-je.

— Oui, dit-elle en souriant. Trois jours et deux nuits.

Elle ferma la fermeture éclair et souleva le sac.

— J'espère qu'il n'est pas trop lourd. Essaie voir !

Je le soulevai à mon tour.

— Ça va, dis-je en haussant les épaules.

Elle s'assit au bord du lit.

— Eh ! Mais qu'est-ce qui est arrivé à ton poster de *L'Empire contre-attaque* ?

— Oh, je l'ai enlevé il y a longtemps.

— C'est curieux, je n'avais pas remarqué.

— J'essaie de changer un peu mon image, lui expliquai-je.

— D'accord.

Elle sourit en agitant la tête comme si elle comprenait en effet.

— En tout cas, mon ange, tu dois me promettre que tu n'oublieras pas de mettre de l'antimoustiques. Sur les jambes, surtout pendant vos promenades dans les bois. Il est là, dans la pochette avant.

— Ouais, ouais.

— Et mets-toi de la crème solaire. Tu ne veux pas attraper un coup de soleil. Et, je te le répète, n'oublie pas d'enlever ton appareil auditif si tu vas te baigner.

— Est-ce que je pourrais m'électrocuter ?

Elle éclata de rire.

— Non, mais tu aurais des problèmes avec papa parce que ces choses-là coûtent une fortune ! Ton poncho est lui aussi dans la poche de devant. C'est pareil s'il pleut, compris, Auggie ? Fais bien attention à couvrir les prothèses avec ta capuche.

— Oui, mon général ! et je fis un salut.

Elle sourit et m'attira près d'elle.

— C'est incroyable comme tu as grandi cette année, Auggie, dit-elle tendrement en posant ses mains sur mes joues.

— J'ai l'air plus grand ?

— Ça, c'est sûr.

— Je suis toujours le plus petit des sixièmes.

— Je ne parle pas vraiment de ta taille.

— Et si je déteste ce voyage ?

— Tu vas bien t'amuser, Auggie.

Elle se leva et me donna un petit baiser sur le front.

— Bon, c'est l'heure d'aller au lit maintenant.

— Mais il est que neuf heures !

— Ton bus part à six heures demain matin. Tu ne voudrais pas être en retard ? Allez. Au lit. Tu t'es brossé les dents ?

Je fis oui de la tête et grimpai dans mon lit. Elle s'allongea à côté de moi.

— Tu n'as pas besoin de me border ce soir, maman. Je vais lire tout seul jusqu'à ce que je m'endorme.

— Tu es sûr ?

Elle eut l'air impressionnée. Elle me prit la main tendrement et y posa un baiser.

— Bon, alors bonne nuit, mon chéri. Fais de beaux rêves.

— Toi aussi.

Elle alluma la lampe de chevet avant de quitter la pièce.

— Je vous écrirai des lettres, promis-je. Même si je serai revenu avant qu'elles arrivent.

— On pourra les lire ensemble, répondit-elle en m'envoyant encore un baiser.

Quand elle fut partie, je saisis mon exemplaire de *Narnia, Le lion, la sorcière blanche et l'armoire magique* qui était à côté de mon lit et me mis à lire jusqu'à ce que mes yeux se ferment.

« … La sorcière connaissait la puissante magie. Mais il existe une magie plus puissante encore, qu'elle ne connaît pas. Le savoir de la sorcière remonte seulement à la nuit des temps. Mais si elle avait pu voir un peu plus loin, dans le silence et l'obscurité qui précédèrent la nuit des temps, elle aurait lu là une incantation différente. »

Le lever du jour

Le lendemain, je me suis réveillé super tôt. Il faisait encore sombre dans la chambre, et encore plus noir dehors, le jour allait bientôt se lever. Je me suis tourné sur le côté, mais je n'avais plus sommeil. C'est là que j'ai vu Daisy à côté de mon lit. Enfin, ce n'était pas Daisy bien sûr. N'empêche que pendant une seconde j'ai vu une ombre qui lui ressemblait. Sur le moment je n'ai pas pensé que c'était peut-être un rêve. Maintenant, quand j'y pense, ça devait en être un. Cela ne m'a pas attristé de la voir, pas du tout. Au contraire, cela m'a réchauffé le cœur. Elle ne m'est apparue que pendant une seconde. Ensuite, je ne la vis plus dans la pénombre.

La chambre s'est illuminée peu à peu. J'ai attrapé le bandeau de mon appareil auditif et je l'ai l'enfilé. Le monde s'est réveillé pour de bon. J'entendais à présent le camion-poubelle qui descendait la rue, les oiseaux qui pépiaient dans notre jardin à l'arrière de la maison. Au bout du couloir, le réveil de maman sonna. Le fantôme de Daisy m'avait donné du courage : où que je sois, elle serait avec moi.

Je me suis levé pour aller à mon bureau et j'ai écrit un mot à maman. Puis je suis allé dans le salon où mon sac était posé à côté de la porte. Je l'ai ouvert et j'ai fouillé jusqu'à trouver ce que je cherchais.

J'ai rapporté Baboo dans ma chambre, je l'ai allongé sur mon lit et j'ai scotché le mot pour maman sur sa poitrine. Puis je l'ai caché sous ma couverture pour que maman ne le découvre qu'après mon départ. Le mot disait :

Chère maman, je ne vais pas avoir besoin de Baboo, mais si je te manque, tu pourras lui faire un câlin. Bisous. Auggie.

Jour 1

Le trajet en car est passé vite. J'étais assis à la fenêtre, à côté de Jack. Summer et Maya étaient devant nous. Tout le monde était de bonne humeur. On faisait du bruit, on riait sans arrêt. J'ai tout de suite remarqué que Julian ne se trouvait pas dans notre car, alors qu'Henry et Miles, si. Je me suis dit que Julian devait être dans l'autre. Puis j'ai entendu Miles dire à Amos que Julian n'était pas venu parce qu'il estimait que camper dans la nature, c'était, entre guillemets, ringard. J'étais super content. La présence permanente de Julian pendant ces trois jours et deux nuits m'avait rempli d'angoisse. Maintenant, je pouvais me détendre et arrêter de m'inquiéter.

On est arrivés vers midi à la Réserve. Pour commencer, on a déposé nos sacs dans les cabanes. Il y avait trois lits superposés dans chaque chambre. Jack et moi on a joué à pierre-papier-ciseaux pour voir qui dormirait dans celui du dessus, et j'ai gagné. Ouais ! Reid et Tristan, et Pablo et Nino occupaient les autres lits.

Après avoir déjeuné dans le bâtiment principal, nous sommes partis avec un guide pour une randonnée dans les bois. Pas des bois comme à Central Park : c'était une vraie forêt. Des arbres géants cachaient presque le soleil. Il y avait des tas de feuilles par terre, des branches mortes et des troncs écroulés. On entendait des hiboux, des écureuils et des cris perçants d'oiseaux. Il y avait du brouillard, une pâle fumée bleue nous entourait. C'était génial. Notre guide nous apprenait le nom des arbres, des insectes logés dans les souches mortes, des animaux qui avaient laissé leurs empreintes sur le sol, des oiseaux qui gazouillaient. Il nous expliquait comment s'y prendre pour les apercevoir. Je me suis rendu compte que mes oreilles de Lobot m'aidaient à entendre mieux que la plupart des gens, car j'étais généralement le premier à remarquer leurs pépiements.

Alors qu'on retournait au camping, il s'est mis à pleuvoir. J'ai sorti mon poncho imperméable et j'ai rabattu la capuche sur ma tête pour protéger mes prothèses, mais le temps d'arriver à notre cabane, mon jean et mes chaussures étaient trempés. Tout le monde l'était. Malgré cela, on s'est bien amusés. On a fait des batailles de chaussettes mouillées.

Vu qu'il a plu le reste de la journée, on est restés dans la salle de jeu. Il y avait une table de ping-pong et des jeux vidéo à l'ancienne, comme *Pac-Man* et *Super Mario Bros*. On a joué jusqu'à l'heure du dîner. Heureusement, la pluie avait cessé et on a pu manger autour d'un vrai feu de camp. Les bancs placés autour du feu étaient encore un peu humides, mais on s'est assis sur nos manteaux, et on a fait griller des chamallows et les meilleurs hot dogs que j'ai jamais mangés de ma vie. Maman avait raison à propos des moustiques : il y en avait des tonnes. Heureusement, je m'étais bien aspergé avant de sortir de la chambre, alors je n'ai pas été dévoré comme certains autres élèves.

J'ai adoré rester autour du feu après le coucher du soleil. J'aimais les étincelles qui s'élevaient dans les airs pour disparaître dans la nuit. Les flammes qui venaient éclairer le visage des gens. J'aimais le crépitement aussi. Et la forêt si sombre qu'on ne pouvait rien voir autour de soi. Quand on levait la tête, on apercevait des millions d'étoiles. Le ciel n'est jamais comme ça en ville. J'avais déjà vu un ciel aussi beau lors de nos vacances à Montauk, on aurait cru que quelqu'un avait répandu du sel sur une table noire luisante.

J'étais tellement fatigué quand on est retournés dans notre chambre que je n'ai pas eu besoin de sortir mon livre pour m'endormir. Je me suis assoupi dès que j'ai posé la tête sur l'oreiller. Et peut-être que j'ai rêvé des étoiles. Je ne sais pas.

Cinéma en plein air

Le lendemain s'est déroulé tout aussi merveilleusement. Le matin, on s'est baladés à cheval, et l'après-midi, on a fait de l'accrobranche sur des arbres géants sous la surveillance des guides. De retour au campement pour le dîner, on était déjà super fatigués. Après le repas, on a eu droit à une heure de repos. Puis on a pris le car pour aller voir un film en plein air dans un champ, à un quart d'heure de route.

J'en ai profité pour écrire ma lettre à maman, papa et Via. Je leur ai raconté tout ce qu'on avait fait ce jour-là et la veille. Je m'imaginais la leur lisant à voix haute, puisqu'ils ne la recevraient sûrement pas avant mon retour.

Quand on est arrivés, le soleil était sur le point de se coucher. Il était sept heures et demie. Les ombres s'allongeaient sur l'herbe et les nuages se teintaient de rose et d'orange. On aurait dit que quelqu'un avait barbouillé le ciel avec de la craie avant d'estomper les couleurs avec ses doigts. Ce n'est pas comme si je n'avais jamais vu de coucher de soleil en ville. J'en ai vu des tas, des morceaux entiers de couchers de soleil entre les immeubles. Mais je n'étais pas habitué à voir autant de ciel dans toutes les directions. Là, dans ce grand espace vert dégagé, je comprenais pourquoi les peuples d'autrefois pensaient que la terre était plate et que le ciel était un dôme qui la recouvrait. C'était cette impression qu'on avait, au milieu de ce grand champ.

Étant les premiers arrivés, en attendant les élèves des autres écoles, on a eu le droit de courir tant qu'on voulait jusqu'à ce que les profs nous disent d'étaler nos sacs de couchage sur l'herbe, à l'endroit où on serait le mieux placés pour voir. On a déplié nos sacs et on les a disposés comme pour un pique-nique devant l'immense écran au milieu du terrain. Après ça, on s'est dirigés vers les stands de nourriture qui se trouvaient à côté pour faire un stock de bonbons, gâteaux, sodas... Il y avait des étalages comme au marché, où ils vendaient des cacahouètes grillées et de la barbe à papa. Un peu plus loin étaient alignés des stands comme dans les fêtes foraines où on peut gagner des peluches si on arrive à mettre la balle dans le panier. Jack et moi on a essayé, sans résultat, mais j'ai entendu dire qu'Amos avait gagné un hippopotame jaune et l'avait donné à Ximena. C'était la grande rumeur qui circulait : l'athlète et l'intello.

Depuis les stands, on voyait le maïs derrière l'écran. Ses grandes tiges recouvraient environ le tiers du champ. Le reste était entouré par la forêt. Alors que le soleil sombrait, les grands arbres à l'entrée des bois prirent une couleur bleutée.

Quand les autres cars sont arrivés dans le parking, nous étions retournés sur nos sacs de couchage, devant, juste en face de l'écran : les meilleures places. Tout le monde faisait circuler des trucs à grignoter, on s'amusait énormément. Jack, Summer, Reid, Maya et moi, on jouait au Pictionary. Alors que les autres écoles débarquaient, des cris et des rires d'enfants nous parvenaient des deux côtés du champ, mais on ne les distinguait pas vraiment. Même si le ciel était encore éclairé, le soleil, lui, avait disparu, et le paysage autour de nous était devenu violet. Les nuages n'étaient plus que des ombres. On avait même du mal à discerner les cartes du Pictionary étalées devant nous.

À ce moment-là, sans crier gare, les projecteurs à l'extrémité du champ se sont allumés d'un coup. Le genre de lumière super forte qu'il y a dans les stades. Ça m'a rappelé *Rencontres du troisième type*, quand le vaisseau spatial atterrit et qu'on entend cette musique : « nah-ni-na-no-nah ». Les élèves se sont mis à applaudir joyeusement comme si quelque chose d'extraordinaire venait de se passer.

Respectons la nature

À travers les immenses haut-parleurs situés à côté des projecteurs, une voix annonça :

— Bienvenue à tous ! Bienvenue à la vingt-troisième Nuit annuelle du film à la Réserve naturelle de Broarwood. Bienvenue aux élèves et aux professeurs de... MS 342 : l'école William Heath...

On entendit des applaudissements et des exclamations de joie provenant du côté gauche du terrain.

— Bienvenue aux élèves et aux professeurs de Glover Academy...

À nouveau des cris s'élevèrent, du côté droit cette fois.

— Et bienvenue aux élèves et aux professeurs de... Beecher !

On a tous hurlé et tapé dans nos mains aussi fort qu'on le pouvait.

— Nous sommes ravis de vous accueillir ce soir, et heureux que la météo nous soit favorable. Vous ne trouvez pas que c'est une magnifique soirée ?

De nouveau, les applaudissements éclatèrent.

— Pendant qu'on installe le film, veuillez écouter attentivement cette importante annonce. La Réserve naturelle de

Broarwood, comme vous le savez, a pour rôle de préserver nos ressources naturelles et notre environnement. Nous vous demandons de ne laisser aucun déchet derrière vous. Ramassez tout ce qui vous appartient. Respectez la nature et elle vous le rendra. Gardez cela en tête lorsque vous vous promenez dans la Réserve. Ne vous aventurez pas au-delà des cônes orange qui se situent à l'extrémité du terrain. N'allez pas dans le champ de maïs ni dans les bois. Évitez de trop vous déplacer. Même si vous n'avez pas envie de voir le film, vos camarades ne sont peut-être pas du même avis, alors soyez courtois : ne parlez pas, ne jouez pas de la musique et ne courez pas partout. Les toilettes sont situées à l'opposé des stands de loisirs. Lorsque le film sera terminé, il fera plutôt sombre, ne vous éloignez pas du groupe de votre école en vous dirigeant vers vos cars respectifs. Chers professeurs, il y en a toujours un qui se perd lors de la nuit du cinéma en plein air à Broarwood : soyez vigilants ! Le film de ce soir est... *La Mélodie du bonheur* !

J'ai tout de suite applaudi, même si j'avais déjà vu le film plusieurs fois, parce que c'était le film préféré de Via. J'ai été sidéré de voir que pas mal d'élèves (qui n'étaient pas de Beecher) huaient et sifflaient le film en riant. Un enfant, sur notre droite, alla même jusqu'à jeter une canette de soda contre l'écran, un geste qui laissa M. Bocu perplexe. Il se leva aussitôt pour tenter de localiser le coupable, mais dans la pénombre il ne voyait pas grand-chose.

Le film a commencé tout de suite. Les lumières ont baissé. Maria, la future religieuse, en haut de la montagne, tournait sur elle-même telle une toupie. Comme il faisait soudain plus frais, j'enfilai mon sweat à capuche jaune de Montauk, ajustai le volume de mon appareil auditif et m'appuyai confortablement sur mon sac à dos pour regarder le film.

« Collines que j'aime, vous chantez au monde... »

Les bois que j'aime pas...

On en était au passage ennuyeux où le mec qui s'appelle Rolf et la sœur la plus âgée sont en train de chanter *Tu as seize ans et bientôt dix-sept ans*, quand Jack m'a secoué par le bras.

— Mec, il faut que j'aille pisser, me dit-il.

On s'est tous les deux levés et on a enjambé des élèves qui étaient assis ou allongés sur leurs sacs de couchage. Summer nous a fait un signe. Je lui ai rendu son salut.

Autour des stands de nourriture pas mal d'élèves des autres écoles s'éclataient dans les attractions ou simplement discutaient.

Il y avait une queue énorme aux toilettes.

— Laisse tomber, a soupiré Jack. Je vais trouver un arbre.

— C'est dégoûtant, Jack, on peut attendre.

Mais il s'est dirigé vers la rangée d'arbres au bord du champ, derrière les cônes orange qu'on n'avait pas le droit de dépasser. Bien sûr, je l'ai suivi. Et, bien sûr, on n'avait pas nos lampes de poche parce qu'on les avait oubliées. Il faisait tellement sombre qu'on ne voyait pas à un mètre devant nous dans la forêt. Le film éclairait quand même un peu, on a aperçu un faisceau de lampe qui avançait vers nous. On a tout de suite su qui c'était. Henry, Miles et

Amos. Eux non plus n'avaient sans doute pas voulu attendre pour aller aux toilettes.

Miles et Henry ne parlaient toujours pas à Jack. Amos, lui, ça faisait déjà longtemps qu'il avait abandonné cette histoire de guerre. En nous dépassant, il nous salua de la tête.

— Attention aux ours ! hurla Henry avant de détaler avec Miles plié en deux de rire.

Amos nous fit un signe, comme pour nous dire de ne pas les écouter.

Jack et moi, on s'est enfoncés un peu plus dans les bois pour bien se cacher. Puis Jack s'est mis à la recherche de l'arbre idéal et, finalement, il s'est soulagé. J'ai eu l'impression que ça lui prenait des heures.

On entendait des sons étranges, des oiseaux, des craquements, pareils à un mur sonore s'élevant des bois. Puis il y a eu des crépitements, on aurait presque dit des coups de pistolet à billes. En tout cas ce n'étaient pas des insectes. Et en arrière-fond, comme provenant d'un autre monde, résonnait la chanson de Julie Andrews, *C'est là un peu de mes joies quotidiennes.*

— Ah, je me sens mieux, soupira Jack en refermant sa braguette.

— Maintenant, c'est mon tour, déclarai-je en urinant sur l'arbre le plus proche – je n'avais aucune envie de m'aventurer plus loin.

— Tu sens ça ? Ça pue les pétards.

— Ah oui, en effet, opinai-je en remontant ma braguette. C'est bizarre.

— Viens, on y va.

L'alien

On est retournés sur nos pas, en direction de l'écran géant. C'est là qu'on a croisé un groupe d'élèves qu'on ne connaissait pas. Ils venaient juste de sortir des bois où ils avaient sûrement fait des trucs qu'ils n'auraient pas voulu que leurs professeurs sachent. L'air sentait la poudre et le tabac. Ils ont pointé leur lampe de poche dans notre direction. Ils étaient six : quatre garçons et deux filles. Plus âgés que nous.

— Vous êtes de quelle école ? nous demanda un des garçons.

— Beecher ! l'informa Jack.

Et, tout à coup, une des filles se mit à hurler.

— Ahhhh ! criait-elle, les mains plaquées sur ses yeux comme si elle pleurait.

Je crus qu'un insecte ou je ne sais quoi s'était posé sur son visage.

— C'est pas possible ! cria un des garçons, et il commença à agiter sa main en l'air comme s'il venait de toucher quelque chose de brûlant.

Puis il plaqua la main sur sa bouche.

— C'est pas possible ! Non, mais c'est pas possible !

À moitié morts de rire, ils se donnaient des coups de coude en regardant à travers leurs doigts écartés.

— Mais c'est quoi, ce machin ? s'exclama un des garçons en pointant la lampe de poche vers nous.

Je me suis aperçu alors que le faisceau lumineux était pointé sur mon visage, et que ce dont il parlait – ce qui leur arrachait ces cris et ces rires nerveux – c'était moi.

— Viens, on s'en va, dit Jack doucement, et il me tira par la manche de mon pull.

— Attendez, attendez ! s'écria le mec à la lampe de poche.

Il nous coupa la route et pointa la lampe sur mon visage une fois de plus. Il n'était plus qu'à un ou deux pas devant nous.

— Non, mais…, dit-il en secouant la tête, la bouche grande ouverte. Qu'est-ce qui est arrivé à ton visage ?

— Arrête, Eddie, intervint une des filles.

— Je ne savais pas qu'on aurait droit aussi au *Seigneur des anneaux* ! ajouta Eddie. Regardez, les mecs, c'est Gollum !

Cela fit s'esclaffer la petite bande.

Eddie refusa de nous laisser passer. Il faisait au moins une tête de plus que Jack, qui fait au moins une tête de plus que moi. Un type immense, quoi.

— Non, mec, c'est un alien ! commenta un autre garçon.

— Mais non, mais non, c'est un orque ! dit Eddie en se marrant, et en braquant la lampe sur moi.

À cet instant, il y en a un qui a jeté un pétard à nos pieds.

Jack tenta de passer, mais Eddie posa ses mains sur ses épaules et le poussa violèmment. Jack tomba à la renverse.

— Eddie ! hurla une des filles.

— Écoutez, dis-je en me mettant devant Jack et en levant

les mains en l'air comme un agent de la circulation. On est beaucoup plus petits que vous, les mecs…

— Tu sais à qui tu parles, dis, Freddy Krueger ? Je pense pas que t'aies envie d'avoir affaire à moi, sale monstre, me lança Eddie.

J'aurais dû m'enfuir à toutes jambes, mais Jack était toujours à terre et je ne voulais pas l'abandonner.

— Hé ! dit une voix derrière nous. Qu'est-ce qui se passe ?

Eddie pointa sa lampe dans la direction d'où venait la voix. Je n'en crus pas mes yeux.

— Laisse-les tranquilles, mec, dit Amos.

Miles et Henry se tenaient juste derrière lui.

— Et pourquoi on t'écouterait ? rétorqua un gars de la bande d'Eddie.

— Laisse-les tranquilles, je te dis, répéta Amos calmement.

— Toi aussi, t'es un monstre ? se moqua Eddie.

— C'est tous des erreurs de la nature ! s'exclama l'un de ses amis.

Amos, sans leur répondre, se tourna vers nous.

— Allez, les mecs, on y va. M. Bocu nous attend.

C'était un mensonge, mais j'ai aidé Jack à se relever et on s'est dirigés vers Amos. Et puis, soudain, celui qui s'appelait Eddie m'a attrapé par la capuche et m'a violemment tiré en arrière. Je suis tombé sur le dos. C'était une sale chute, et je me suis cogné le coude contre une pierre. Amos a foncé sur Eddie comme un TGV et ils sont tous les deux tombés à côté de moi.

Dans la confusion, quelqu'un m'a tiré par la manche et a hurlé : « Cours ! » Puis une autre voix a crié :

« Attrapez-les ! » Et pendant un instant, on m'a tiré par les manches dans des directions opposées. J'ai entendu les deux garçons jurer, jusqu'à ce que mon pull se déchire. Le premier gars m'a entraîné derrière lui en courant. Je suivais le plus rapidement que je pouvais. J'entendais des piétinements derrière nous. On nous pourchassait. Des filles criaient. Mais il faisait si sombre que je ne savais pas qui disait quoi. Tout ce que je savais, c'est que j'entendais comme si j'étais sous l'eau. On courait comme des fous, il faisait complètement noir et, chaque fois que je ralentissais, celui qui tenait mon bras hurlait : « T'arrête pas ! »

Des voix dans la nuit

Après une course interminable, une voix dit enfin :

— Je crois qu'on les a semés.

— Amos ?

— Je suis là !

C'était Amos, à quelques pas derrière nous.

— Il faut pas s'arrêter ! déclara Miles un peu plus loin.

— Jack, criai-je.

— Je suis là ! répondit Jack.

— Je ne vois rien !

— Tu es sûr qu'on les a semés ? demanda Henry en lâchant mon bras.

C'est là que je compris que c'était lui qui m'entraînait dans cette course.

— Ouais.

— Chut ! Écoutez !

Nous étions à l'affût de bruits de pas dans la nuit.

Mais il n'y avait que les criquets, les grenouilles et le bruit de nos respirations. On était tellement à bout de souffle qu'on se tenait penchés en avant.

— On les a semés, constata Henry.

— Eh ben, quelle histoire !

— Elle est où, la lampe de poche ?

— Je l'ai fait tomber !

— Comment vous avez su, les mecs ? demanda Jack.

— On les a vus avant vous.

— Ils avaient des gueules de petits cons.

— Comment tu lui as foncé dedans ! dis-je à Amos.

— Ouais, je sais, opina-t-il en riant.

— Il l'a même pas vu venir ! commenta Miles.

— Il a dit « Toi aussi t'es un monstre ? » et puis toi, BOUM ! fit Jack.

— Boum ! dit Amos en lançant un coup de poing dans les airs. Mais une fois qu'il a été par terre, je me suis dit : « Amos, il est dix fois plus grand que toi ! » Alors je me suis mis à courir aussi vite que j'ai pu.

On a tous explosé de rire.

— J'ai attrapé Auggie, et j'ai dit « Cours ! », raconta Henry.

— Je ne savais même pas qui était en train de me tirer, fis-je remarquer.

— C'était un truc de ouf ! s'exclama Amos en secouant la tête.

— Carrément.

— T'as la lèvre qui saigne, mec.

— Je me suis pris quelques coups de poing, acquiesça Amos en s'essuyant la bouche.

— Je crois que c'était des quatrièmes.

— Ils étaient immenses.

— Pauvres cons ! cria Henry à tue-tête.

Mais on lui a tous dit d'arrêter.

On a gardé le silence un moment pour être sûrs que personne ne l'avait entendu.

— Mais on est où, là ? dit Amos. Je ne vois même pas l'écran.

— Je crois qu'on est dans le champ de maïs, répondit Henry.

— Ouais, mec, on est dans le champ de maïs, approuva Miles en pointant une tige vers lui.

— Ça y est, je sais exactement où on est, dit Amos. On doit retourner par là. Et on arrivera de l'autre côté du champ.

— Yo, les mecs ! s'écria Jack en levant la main en l'air. C'était vraiment cool de votre part de nous venir en aide. Vraiment. Merci.

— De rien, dit Amos en tapant dans la main de Jack.

Puis Miles et Henry se tapèrent aussi dans la main.

— Ouais, merci, les mecs, dis-je, et je levai à mon tour le bras comme Jack l'avait fait, même si je n'étais pas certain du résultat.

Amos me regarda en hochant la tête et frappa dans ma main.

— J'ai bien aimé comment tu t'es pas laissé faire.

— Ouais, Auggie, dit Miles en me tapant à son tour dans la main. T'étais, genre, « on est beaucoup plus petits que vous, les mecs »…

Je rigolai.

— Je savais pas quoi dire d'autre !

— Super cool, tope là ! dit Henry. Désolé d'avoir déchiré ton pull.

Je baissai la tête et m'aperçus que mon sweat était déchiré en plein milieu. Une manche avait disparu et l'autre pendait à mes genoux.

— Tu saignes du coude, mec, observa Jack.

— Ouais, dis-je en haussant les épaules.

Cela commençait à me faire vraiment mal.

— Ça va ? dit Jack en voyant la tête que je faisais.

Tout à coup, j'eus envie de pleurer.

— Attends, ton appareil auditif, il est plus là ! dit Jack.

— Quoi ! m'écriai-je en touchant mes oreilles.

Il avait effectivement disparu. C'était pour ça que j'avais l'impression d'être sous l'eau !

— Oh non ! soufflai-je.

Et là, je n'ai plus pu me retenir. Ça m'a frappé d'un seul coup, j'ai éclaté en sanglots. Et ce n'étaient pas des petites larmes, c'était ce que maman appelle « les fontaines ». J'étais tellement gêné que j'ai enfoui mon visage au creux de mon bras.

Les mecs ont été super sympas. Ils m'ont donné des petites tapes dans le dos.

— Tout va bien, mec. T'inquiète.

— T'es un garçon super courageux, tu sais ça ? me dit Amos en passant un bras autour de mes épaules.

Et comme je n'arrêtais pas de pleurer, il m'a pris dans ses bras comme mon père l'aurait fait et m'a laissé sangloter.

La garde impériale

On est revenus sur nos pas à travers le champ et on a cherché mon appareil auditif pendant dix bonnes minutes, mais il faisait trop sombre pour voir quoi que ce soit. On devait marcher en file indienne en se tenant par les tee-shirts pour ne pas trébucher les uns sur les autres. C'était comme si on avait versé de l'encre noire partout autour de nous.

— C'est sans espoir, soupira Henry. Il peut être n'importe où.

— On pourrait revenir avec une lampe de poche ? suggéra Amos.

— Non, ça va, dis-je. On a qu'à retourner avec notre groupe. Merci quand même.

On a avancé jusqu'à atteindre l'écran géant. Comme on arrivait par-derrière, aucune lumière ne nous éclairait. Il nous a fallu passer de nouveau par le bois pour ensuite déboucher sur l'espace ouvert où, enfin, nous y avons vu un peu plus clair.

Il n'y avait aucun signe des quatrièmes.

— Ils sont partis où ? demanda Jack.

— Vers les stands de bouffe, suggéra Amos. Ils pensent qu'on va aller raconter aux profs ce qui s'est passé.

— Et qu'est-ce qu'on fait ? interrogea Henry.

Ils se tournèrent tous vers moi. Je fis non de la tête.

— Bon, dit Amos. Mais, petit mec, te promène plus tout seul, hein ? Si t'as besoin d'aller quelque part, dis-le-nous et on viendra avec toi.

— D'accord.

Tandis qu'on se rapprochait de l'écran, j'entendis *Le gardien de chèvres solitaire*, tout en respirant l'odeur sucrée de la barbe à papa qui s'échappait d'un stand près des attractions. Il y avait pas mal d'élèves réunis dans cette zone, alors j'ai mis ce qui restait de ma capuche, j'ai baissé la tête et enfoncé mes mains dans mes poches avant de fendre la foule. Cela faisait longtemps que je n'avais pas circulé sans mon appareil auditif, et j'avais l'impression d'être à mille lieues sous terre. Ou plutôt dans cette chanson que Miranda me chantait souvent : *Ground Control to Major Tom, your circuit's dead, there's something wrong...*[1]

Je m'aperçus qu'Amos se tenait à ma droite. Jack était à ma gauche. Miles était devant, et Henry fermait la marche. Ils m'entouraient pour traverser la foule. C'était comme si j'avais ma propre garde impériale.

---

1. Extrait de la chanson *Space Oddity* de David Bowie. « Tour de contrôle à Major Tom, votre circuit est mort, quelque chose ne va pas. »

Sommeil

« Ils sortirent alors de la vallée étroite et elle comprit tout de suite ce qui se passait. Peter, Edmund et tout le reste de l'armée d'Aslan combattaient désespérément contre la foule des êtres horribles qu'elle avait vus la nuit précédente ; mais à présent, dans la lumière du jour, ils avaient l'air encore plus inquiétants, plus néfastes et plus difformes. »

C'est là que je me suis arrêté. Cela faisait plus d'une heure que je lisais, mais je n'avais toujours pas sommeil. Il était presque deux heures du matin. Tout le monde dormait. J'avais allumé ma lampe de poche à l'intérieur de mon sac de couchage. C'était peut-être la lumière qui m'empêchait de dormir, mais j'avais trop peur pour l'éteindre. Le voir me terrifiait.

Quand on est revenus à notre place devant l'écran, personne n'avait remarqué notre absence. M. Bocu, Mme Rubin, Summer et tous les élèves regardaient le film. Ils n'avaient aucune idée de ce qui avait failli nous arriver, à Jack et à moi. C'est tellement bizarre de penser que vous pouvez passer le pire moment de votre vie, alors que, pour les autres, ce n'est qu'une soirée banale. Quand je serais rentré chez moi, je marquerais ce jour sur mon calendrier comme le plus horrible de toute ma vie. Avec celui de la mort de Daisy. Mais pour le reste du monde, ce n'était qu'un jour comme un autre. Ou peut-être même une bonne journée. Quelqu'un avait peut-être gagné au loto.

Amos, Miles et Henry nous ont raccompagnés, Jack et moi, à notre place, à côté de Summer, Maya et Reid, et puis ils sont retournés auprès de Ximena, Savanna et leur groupe. Apparemment, tout était comme on l'avait quitté avant d'aller aux toilettes. Le ciel était inchangé. Le film était le même. Tout le monde avait le même visage qu'avant. Moi y compris.

Pourtant rien n'était pareil.

Je vis Amos, Miles et Henry raconter à leur groupe ce qui s'était passé. Ils en parlaient parce qu'ils n'arrêtaient pas de se tourner vers moi. Même si le film n'était pas terminé, tout le monde chuchotait dans le noir. Les nouvelles de ce genre, ça se répand vite.

Les bavardages ont continué dans le car qui nous reconduisait à nos cabanes. Toutes les filles, même celles que je connaissais à peine, sont venues me demander comment j'allais. Les garçons imaginaient des représailles contre ce groupe de quatrièmes et essayaient d'identifier l'école dont ils venaient.

Je n'avais pas l'intention de rapporter, mais les profs l'ont quand même appris. Peut-être à cause de mon pull déchiré et de mon coude en sang. Ou c'est peut-être que les profs entendent toujours tout.

Quand on est retournés au campement, M. Bocu m'a accompagné à l'infirmerie. Pendant que l'infirmière nettoyait ma plaie et l'entourait d'un bandage, M. Bocu a discuté avec Amos, Jack, Henry et Miles dans la pièce voisine afin d'obtenir une description de nos agresseurs. Quand il m'a posé la question un peu plus tard, je lui ai répondu que je ne me souvenais pas de leurs visages. Je mentais.

C'étaient leurs figures que je voyais chaque fois que je fermais les yeux pour m'endormir. L'expression d'horreur sur le visage de la fille quand elle m'avait aperçu. La manière dont Eddie, celui avec la lampe de poche, m'avait regardé et parlé, comme s'il me haïssait.

« Comme un agneau à l'abattoir. » Je me souvins de la remarque de mon père et ce soir-là je compris ce qu'il voulait dire.

Conséquences

Maman m'attendait devant l'école avec les autres parents. Dans le car M. Bocu m'avait prévenu qu'il avait téléphoné à mes parents pour leur dire qu'il s'était produit un « incident » mais que tout le monde allait bien. Le directeur du camping et quelques moniteurs étaient partis à la recherche de mon appareil auditif le matin pendant qu'on se baignait dans le lac, mais ils n'avaient rien trouvé. Broarwood allait nous le rembourser. Ils n'étaient pas fiers.

Je me demandais si Eddie avait emporté mon appareil avec lui, en souvenir. Quelque chose qui lui rappellerait « l'orque ».

Maman m'a serré contre elle à ma descente du car, mais elle ne m'a pas bombardé de questions, ce qui m'a étonné. J'étais si heureux de la revoir, je ne me suis pas dérobé sous ses baisers, contrairement à d'autres.

Le chauffeur du car s'est mis à décharger nos sacs. Je suis allé chercher le mien pendant que maman discutait avec M. Bocu et Mme Rubin. Alors que je traînais mon sac pour les rejoindre, des élèves qui d'habitude ne m'adressaient jamais la parole m'ont salué ou m'ont donné des petites tapes dans le dos.

— Tu es prêt ? me demanda maman.

Elle a pris mon sac. Je n'ai pas essayé de la retenir. Elle pouvait le porter, cela ne me dérangeait pas. À vrai dire, si elle avait voulu me hisser sur ses épaules, je n'aurais pas refusé non plus.

Avant qu'on s'éloigne, M. Bocu m'a serré fort dans ses bras en silence.

À la maison

Maman et moi n'avons pas vraiment parlé sur le chemin du retour. Sur le perron, j'ai regardé machinalement par la grande fenêtre du salon. J'avais oublié un instant que Daisy ne m'attendrait pas perchée sur le sofa avec ses deux pattes sur le rebord de la fenêtre. Du coup, j'étais un peu triste. Maman a lâché mon sac, m'a pris dans ses bras et m'a embrassé sur la tête et partout sur le visage.

— Ça va, maman, je vais bien, dis-je en souriant.

Elle a mis ses mains en coupe autour de mes joues. Elle avait les yeux qui brillaient.

— Je sais, mon chéri. Tu m'as tellement manqué, Auggie.

— Toi aussi, tu m'as manqué.

Je voyais bien qu'elle se retenait de me dire tout ce qu'elle avait sur le cœur.

— Tu as faim ?

— Je crève de faim. Je peux avoir un sandwich au fromage ?

— Bien sûr.

Je retirai ma veste et m'assis dans la cuisine pendant qu'elle me préparait un sandwich.

— Elle est où, Via ?

— Elle rentre avec papa, aujourd'hui. Tu lui as beaucoup manqué, à elle aussi.

— Ah ouais ? Elle aurait bien aimé cette Réserve. Tu sais quel film ils ont passé ? *La Mélodie du bonheur.*

— Il faut que tu lui racontes.

Au bout de quelques minutes de silence, le coude sur le bar et le menton dans la main, je lui lançai :

— Alors, tu veux que je te raconte les bonnes ou les mauvaises choses en premier ?

— Comme tu voudras.

— Eh bien, à part ce qui s'est passé hier, je me suis vraiment bien amusé. C'était génial. C'est pour ça que je suis si déçu. J'ai l'impression qu'ils ont tout gâché.

— Mon chéri, ne les laisse pas te faire tant de misères. Tu as été là-bas pendant trois jours et ce mauvais moment n'a duré qu'une heure. Ne les laisse pas te reprendre tout ça, d'accord ?

— Je sais. Est-ce que M. Bocu t'a parlé de mon appareil auditif ?

— Oui, il nous a appelés ce matin.

— Est-ce que papa était fâché, à cause de l'appareil ?

— Mon Dieu, non, Auggie. Il voulait juste savoir si tu allais bien. C'est tout ce qui nous importe. Et on ne veut pas que ces... sales brutes... te gâchent ton week-end.

Je me suis mis à rire en l'entendant dire « sales brutes ».

— Quoi ?

— *Sales brutes*, plaisantai-je. C'est un peu démodé, tu trouves pas ?

— D'accord, des cons. Des imbéciles. Des idiots, dit-elle en retournant mon sandwich dans la poêle. *Cretinos*, aurait

364

dit ma mère. Tu les appelles comme tu veux... Si je les voyais dans la rue, je...

Elle secoua la tête.

— Ils étaient super grands. Des quatrièmes, je crois.

— Des quatrièmes ? M. Bocu ne nous a pas dit ça. Ce n'est pas possible !

— Est-ce qu'il t'a dit que Jack m'a défendu ? Et que Amos... Boum ! il a foncé dans leur chef ? Ils se sont tous les deux battus pour de bon ! Les lèvres d'Amos étaient en sang et tout.

— Il nous a dit qu'il y avait eu une bagarre, mais...

Elle haussa les sourcils avant de poursuivre :

— Je... je suis soulagée que toi, Amos et Jack, vous n'ayez rien. Quand je pense à ce qui aurait pu se passer...

Elle se retourna vers la poêle.

— Mon sweat à capuche de Montauk est déchiré.

— On en rachètera un.

Elle souleva le sandwich et le posa sur une assiette devant moi sur le comptoir.

— Du lait ou du jus de raisin ?

— Un chocolat au lait, s'il te plaît.

J'entrepris de dévorer mon repas.

— Tu peux en faire un spécial comme j'aime, avec de la mousse ?

— Pourquoi vous étiez dans la forêt, toi et Jack ? me demanda-t-elle en versant le lait dans un grand verre.

Je répondis la bouche pleine.

— Jack avait envie de faire pipi.

Elle versa une cuillère de chocolat en poudre puis agita un fouet dans le verre en le faisant rouler très vite entre les paumes de ses mains.

— Il y avait la queue aux toilettes, et lui, il ne voulait pas attendre.

Elle continua à mixer mon chocolat au lait sans rien dire. Je sais qu'elle était en train de penser qu'on n'aurait jamais dû faire ça. Il y avait un centimètre de mousse au-dessus du lait.

— Ça a l'air bon, maman, merci.

Elle posa le verre devant moi.

— Et après, qu'est-ce qui s'est passé ?

Je bus une grande gorgée.

— Je n'ai pas trop envie d'en parler tout de suite.

— D'accord, d'accord.

— Je te promets que je te raconterai plus tard, quand papa et Via seront là. Je vous dirai tout en détail. Je préfère le raconter qu'une fois.

— Je comprends.

Je terminai mon repas en quelques bouchées et engloutis le reste de mon chocolat.

— Dis donc, c'est comme si tu avais aspiré ton sandwich. Tu en veux un autre ?

Je fis non de la tête en m'essuyant la bouche du revers de la main.

— Maman, est-ce que ce sera toujours comme ça ? Est-ce que je vais devoir me méfier des bandes d'idiots toute ma vie ? Quand je serai grand, ce sera toujours pareil ?

En guise de réponse, elle a pris mon assiette et mon verre pour les déposer dans l'évier et les rincer.

— Il y aura toujours des imbéciles dans ce monde, Auggie, dit-elle enfin en se tournant vers moi. Mais je crois vraiment, et papa le croit aussi, qu'il y a davantage de bonnes personnes dans ce monde que de mauvaises, et ceux qui ont du cœur s'entraident, tout comme Jack avec toi. Et Amos. Et ces autres enfants.

— Ah ouais, Miles et Henry. Ils ont été super. C'est bizarre, parce que, tous les deux, ils n'ont pas vraiment été sympas avec moi cette année.

— Parfois, les gens nous surprennent, dit-elle en me caressant la tête.

— C'est sûr.

— Tu veux un autre chocolat ?

— Non, ça va. Merci, maman. Je suis un peu fatigué. J'ai pas très bien dormi cette nuit.

— Tu devrais aller faire une sieste. Merci de m'avoir laissé Baboo, au fait.

— Tu as eu mon message ?

Elle sourit.

— Je l'ai gardé avec moi pendant ces deux nuits.

Elle était sur le point d'ajouter quelque chose quand la sonnerie de son portable retentit. Elle répondit. Son visage s'éclaira.

— Oh, vraiment ? Quel genre ? s'exclama-t-elle, toute contente. Oui, il est là. Il allait faire une sieste. Tu veux lui dire bonjour ? Ah, d'accord, alors à tout de suite.

Elle raccrocha.

— C'était papa, dit-elle joyeusement. Lui et Via arrivent.

— Il n'était pas au travail ?

— Il rentre plus tôt parce qu'il est impatient de te voir. Alors attends un peu avant de te coucher.

Cinq secondes plus tard, papa et Via entraient. Je me suis jeté dans les bras de papa. Il m'a soulevé et m'a embrassé. Il ne m'a pas lâché pendant plus d'une minute, jusqu'à ce que je dise :

— Papa, tout va bien.

Et puis, ça a été le tour de Via. Elle m'a fait des bises partout comme quand on était petits.

C'est seulement quand elle a arrêté que j'ai remarqué la grande boîte en carton blanche qu'ils avaient apportée.

— Qu'est-ce que c'est ?

— Ouvre, me dit papa avec un sourire.

Lui et maman échangèrent un regard complice.

— Ouvre, Auggie ! s'impatienta Via.

J'ai ouvert la boîte. À l'intérieur, je découvris le plus petit chiot que j'avais jamais vu de ma vie. Il était noir et plein de poils, avec un petit nez pointu, de grands yeux noirs brillants et des petites oreilles rabattues.

Ours

On a appelé notre chiot Ours parce que quand maman l'a vu, elle a dit qu'il ressemblait à un ourson.

— Ours ! C'est super ! me suis-je exclamé.

On est tous tombés d'accord, c'était un nom parfait.

Le lendemain, je ne suis pas allé à l'école. Pas à cause de mon coude (pourtant il me faisait mal), mais pour que je puisse jouer avec Ours. Maman a permis à Via de rester à la maison avec moi, comme ça, on a pu le câliner chacun notre tour. On a joué à lui faire tirer sur une corde. On a ressorti tous les jouets de Daisy pour voir ceux qu'il aimait le plus.

C'était sympa de passer la journée avec Via, juste nous deux. C'était comme avant, quand je n'allais pas encore à l'école. En ce temps-là, j'étais toujours impatient qu'elle rentre à la maison pour qu'elle joue avec moi avant d'aller faire ses devoirs. Maintenant qu'on avait grandi, que j'allais au collège et que j'avais mes propres amis, c'était fini.

Alors c'était vraiment agréable de passer du temps avec elle, à jouer et à rire. Je crois que ça lui a plu, à elle aussi.

Un gros changement

Le lendemain, à l'école, j'ai remarqué que les choses avaient changé. Énormément changé. Comme après un tremblement de terre. Peut-être même comme après un déplacement des planètes. Quoi qu'il en soit, c'était énorme. Tout le monde – et je ne parle pas seulement des sixièmes – savait ce qui s'était passé entre nous et la bande de quatrièmes. Soudain, on ne me voyait plus avec les mêmes yeux qu'avant. Et l'histoire grossissait un peu plus chaque fois qu'elle était racontée. Deux jours plus tard, non seulement Amos s'était battu, mais aussi Miles, Henry et Jack. Notre course à travers champs était devenue un long périple à travers une forêt noire. La version de Jack était sans doute la meilleure, parce qu'il sait trop bien nous faire rire, mais dans toutes il y avait quelque chose de constant : on m'avait agressé à cause de mon visage, Jack m'avait défendu en premier, imité par les autres – Amos, Henry et Miles. Maintenant qu'ils étaient venus à mon secours, ils me voyaient d'un autre œil. J'étais des leurs. Ils m'appelaient tous « petit mec », même les types super populaires. Ces grands costauds que je ne connaissais pas avant me tapaient dans la main pour me dire bonjour dans le couloir le matin.

Un des résultats de cette histoire fut qu'Amos devint super populaire et que Julian, parce qu'il avait tout raté, était complètement en dehors du coup. Miles et Henry passaient tout leur temps avec Amos, maintenant, comme s'ils avaient changé de meilleur ami. J'aimerais pouvoir dire que Julian se montrait plus sympa avec moi, mais ce ne serait pas vrai. Il me lançait toujours des regards noirs à travers la classe. Il ne nous parlait pas, ni à Jack ni à moi. Mais à présent il était le seul de son espèce. Et Jack et moi, on s'en fichait royalement.

Canards

L'avant-dernier jour de classe, M. Bocu m'a convoqué dans son bureau pour m'informer qu'ils avaient identifié les quatrièmes qui m'avaient agressé. Il m'a lu une liste de noms qui ne me disaient rien. Le dernier était Edward Johnson.

J'ai opiné.

— Tu reconnais ce nom ?

— Ils l'appelaient Eddie.

— Bon. Eh bien, ils ont trouvé ça dans le casier d'Edward.

Il me tendit les restes de ce qui avait été mon appareil auditif. La partie droite manquait et la partie gauche était complètement lacérée. Le bandeau qui connectait les deux — la partie à la Lobot — était tordue au milieu.

— Son école veut savoir si tu veux porter plainte, ajouta M. Bocu.

Je jetai un deuxième coup d'œil à mon appareil.

— Non, je ne crois pas. On m'en a commandé un nouveau.

— Hum… Tu devrais en parler avec tes parents. Je téléphonerai à ta maman demain pour lui en parler moi aussi.

— Est-ce qu'ils iraient en prison, si je portais plainte ?

— Non, non, pas en prison. Mais ils devraient sûrement passer devant un tribunal correctionnel pour mineurs. Ils en tireraient peut-être une leçon.

— Croyez-moi, cet Eddie n'est pas près de retenir une leçon, lançai-je pour rire.

M. Bocu s'assit à son bureau.

— Auggie, tu veux bien t'asseoir un moment ?

Je lui obéis. Les objets sur son bureau n'avaient pas changé depuis l'été précédent : le même Rubik's Cube en miroir, le même petit globe terrestre qui semblait suspendu en l'air. Ils me parurent appartenir à une époque lointaine.

— On a du mal à croire que l'année soit presque finie, n'est-ce pas ? me dit-il comme s'il avait lu dans mes pensées.

— Oui.

— Ç'a été une bonne année pour toi, Auggie ? Tu es content ?

— Oui, c'était bien.

— Je sais que tu as eu de très bons bulletins. Tu es l'un de nos meilleurs élèves. Bravo pour les Félicitations.

— Merci. Oui, c'est cool.

— Je sais aussi que ça n'a pas toujours été facile, dit-il en haussant les sourcils. Cette nuit à la Réserve n'a pas dû être une partie de plaisir.

— Non. Mais c'était quand même bien aussi.

— Comment ça ?

— Ben, vous savez, les autres sont venus à mon secours et tout ça.

— C'était plutôt sympa, dit-il en souriant.

— Ouais.

— Je sais qu'ici, au collège, les choses ne se sont pas toujours bien passées avec Julian.

Cette remarque me fit sursauter.

— Vous êtes au courant ? m'exclamai-je, très étonné.

— Les directeurs de collège savent beaucoup de choses.

— Il y a des caméras de sécurité dans les couloirs ? plaisantai-je.

— Et des micros partout, ajouta-t-il en riant.

— Non, sérieux ?

Il rit à nouveau.

— Non.

— Ah !

— Mais les professeurs en savent plus long que les élèves ne veulent bien le croire, Auggie. J'aurais aimé que toi et Jack veniez me voir à propos de ces mots inadmissibles dans vos casiers.

— Comment vous savez ça ?

— Je te dis : les directeurs de collège savent *tout*.

— C'était pas très grave. Et puis nous aussi, on a écrit des mots.

— Je ne sais pas si la nouvelle s'est déjà répandue, dit-il avec un sourire, mais vous serez tous bientôt au courant : Julian Albans ne revient pas à Beecher l'année prochaine.

— Quoi ?!

— Ses parents pensent que Beecher n'est pas assez bien pour lui, ironisa M. Bocu en haussant les épaules.

— Oh ! C'est une grande nouvelle !

— Oui, je me suis dit que tu serais content de le savoir.

Tout à coup, en levant les yeux, je me suis rendu compte que le portrait-citrouille qui était derrière son bureau avait été remplacé par mon *Autoportrait en tant qu'animal* que j'avais dessiné pour l'exposition du nouvel an.

— Eh ! Mais c'est mon dessin ! m'écriai-je en montrant du doigt mon œuvre bien encadrée.

M. Bocu se retourna comme s'il ignorait de quoi je parlais.

— Ah oui, c'est vrai ! dit-il en se frappant le front. Ça fait des mois que je veux te le montrer.

— Mon portrait en canard !

— Je l'aime beaucoup, Auggie. Quand ton professeur d'arts plastiques me l'a montré, je lui ai demandé si je pouvais le garder pour l'accrocher dans mon bureau. J'espère que ça ne te dérange pas.

— Oh non ! Bien sûr que non ! Qu'est-ce qui est arrivé au portrait-citrouille ?

— Il est derrière toi.

— Ah ouais, c'est sympa.

— Je voulais te demander depuis que j'ai accroché ce dessin..., ajouta M. Bocu, toujours tourné vers le mur derrière lui. Pourquoi as-tu choisi de te dessiner en canard ?

— Comment ça ? C'est ce qu'on nous avait demandé de faire.

— Oui, mais un canard ? Est-ce qu'on peut dire que c'était à cause de l'histoire de... du vilain petit canard qui se transforme en cygne ?

Cette idée me fit rire.

— Non. C'est parce que je trouve que je ressemble à un canard.

— Oh ! fit M. Bocu en se tournant vers moi et en écarquillant les yeux.

Il se mit à rire bruyamment.

— Vraiment ? Et moi qui cherchais une signification symbolique... Parfois un canard... c'est juste un canard.

— Ouais, ça doit être ça, approuvai-je en me demandant ce qu'il y avait de si drôle.

Son fou rire dura près d'une minute.

— En tout cas, Auggie, merci d'être venu me parler. Je voulais te dire que c'est un plaisir de t'avoir à Beecher. Je suis impatient d'être à l'année prochaine.

Il se leva et je lui serrai la main.

— À demain, pour le dernier jour de classe.

— À demain, monsieur Bocu.

Le dernier précepte

Quand on est arrivés en cours d'anglais, voilà ce qui était écrit sur le tableau de M. Browne :

Le précepte de juin de M. Browne :

SUIS LE JOUR ET CHERCHE À ATTEINDRE LE SOLEIL !

The Polyphonic Spree

Sixièmes 5B, passez de très bonnes vacances !

Une bonne année se termine, vous avez été une classe merveilleuse.

S'il vous plaît, cet été, envoyez-moi VOTRE précepte. Il peut être de vous ou ce peut être quelque chose que vous avez lu et qui signifie quelque chose pour vous. (Dans ce cas, n'oubliez pas de préciser qui vous citez !) Je suis impatient de vous lire !

Tom Browne
563 Sebastian Place
Bronx, NY 10053

Le dernier jour de classe

La cérémonie de remise des diplômes de fin d'année avait lieu dans une salle de spectacle de l'annexe de Beecher, à seulement un quart d'heure à pied de chez nous, ce qui n'a pas empêché papa de m'y accompagner en voiture. Je portais un costume et des chaussures noires brillantes et toutes neuves. Je ne voulais pas avoir mal aux pieds. Les élèves devaient arriver une heure avant la cérémonie, mais comme on était en avance, on est restés dans la voiture et on a attendu. Papa a mis un CD avec notre chanson préférée. On a tous les deux souri en hochant la tête au rythme de la musique.

Papa chantait : « *Andy would bicycle across town in the rain to bring you candy*[1]. »

— Ma cravate est bien droite ? m'inquiétai-je.

Il s'est tourné vers moi et l'a redressée tout en continuant à chanter : « *And John would buy the gown for you to wear to the prom...*[2]. »

---

1. Extrait de la chanson *The Luckiest Guy on the Lower East Side* de The Magnetic Fields. « Andy traverserait la ville à vélo un jour de pluie pour t'apporter des bonbons. »

2. « Et John t'achèterait une robe pour ta promo... »

— Est-ce que ça va, mes cheveux ?

Il fit oui de la tête avec un sourire.

— Tu es très chic, Auggie.

— Via m'a mis du gel, lui précisai-je en rabattant le pare-soleil pour me regarder dans le miroir. C'est pas trop ?

— Ça te va très bien, Auggie. Je ne crois pas t'avoir jamais vu avec les cheveux si courts.

— Non, on me les a coupés hier. Je crois que ça me donne l'air plus mature. Tu ne trouves pas ?

— Si !

Il souriait toujours.

— « *But I'm the luckiest guy on the Lower East Side, 'cause I got wheels, and you want to go for a ride*[1]. » Regarde-toi, Auggie ! dit-il avec un sourire jusqu'aux oreilles. Tu as l'air d'un petit adulte déjà. Je n'arrive pas à croire que tu vas passer en cinquième !

— Je sais, c'est génial, non ?

— J'ai l'impression que tu viens à peine d'entrer au collège.

— Tu te souviens, j'avais encore ma natte de *Star Wars* derrière la tête ?

— Ah oui, c'est vrai, dit-il en se frottant le front.

— Tu la détestais, cette natte, dis, papa ?

— Je ne sais pas si j'irais jusqu'à employer le verbe « détester », mais je n'étais pas fan.

— Tu la détestais, avoue ! le taquinai-je.

— Ce n'est pas vrai. Mais j'avoue que je détestais le casque d'astronaute que tu portais avant, tu te souviens ?

---

1. « Mais je suis le plus chanceux du Lower East Side, j'ai une voiture et tu veux aller faire un tour. »

— Celui que Miranda m'avait donné ? Bien sûr que je me souviens ! Je le portais tout le temps.

— Ah, comme je détestais ce truc ! dit-il en riant d'un rire qui s'adressait plus à lui-même qu'à moi.

— J'étais super triste quand on l'a perdu.

— Oh, il ne s'est pas perdu, dit-il d'un ton neutre. Je l'ai jeté.

— Quoi !

Je pensais que j'avais mal entendu.

— « *The day is beautiful, and so are you*[1] », chantonna-t-il.

— Papa ! m'exclamai-je en baissant le volume.

— Quoi ?

— Tu l'as JETÉ ?

En se retournant, il s'est rendu compte que j'étais furieux. Je n'arrivais pas à croire qu'il puisse m'annoncer une chose pareille comme s'il parlait de la pluie et du beau temps. Pour moi, c'était énorme.

— Auggie, je ne supportais plus de voir cette chose sur ta figure, m'avoua-t-il maladroitement.

— Mais papa, j'adorais ce casque ! Il comptait beaucoup pour moi ! J'étais tellement triste quand je l'ai perdu, tu te rappelles pas ?

— Bien sûr que si, Auggie, dit-il, tendre cette fois. Oh, Auggie, ne sois pas fâché. Je suis désolé. Je ne supportais vraiment plus de te voir avec ce machin sur la tête. Je pensais que ce n'était pas bon pour toi.

Il essayait de me regarder dans les yeux, mais j'esquivai son regard.

---

1. « Cette journée est magnifique, et toi aussi. »

— Auggie, s'il te plaît, essaie de comprendre, continua-t-il en me prenant le menton pour m'obliger à tourner la tête vers lui. Tu portais ce casque tout le temps. La vérité, c'est que... ton visage me manquait, Auggie. Je sais que *toi*, tu ne l'aimes pas toujours, mais comprends que *moi*, je l'aime. J'*aime* ta figure, Auggie, je l'aime passionnément, à la folie. Et ça me brisait le cœur de te voir la cacher.

Il avait l'air sincère.

— Est-ce que maman sait ?

Il ouvrit de grands yeux.

— Absolument pas. Tu rigoles ? Elle m'aurait tué !

— Elle a cherché ce casque partout, papa. Elle a passé des semaines à fouiller dans les placards, dans la buanderie, partout !

— Je sais. Elle m'aurait tué !

Et puis il a fait une grimace qui m'a fait rire.

— Attends un peu, Auggie, dit-il en agitant son doigt sous mon nez. Tu dois me promettre de ne *jamais* raconter ça à ta mère.

Je me suis mis à me frotter les mains comme si une idée me trottait derrière la tête. Je pouvais peut-être tirer avantage de la situation.

— Voyons. J'aimerais bien cette nouvelle Xbox qui sort le mois prochain. Et c'est sûr, je vais avoir besoin de ma propre voiture quand j'aurai seize ans – une Porsche rouge, ce serait le pied, et...

Il éclata de rire. Ça me plaît de faire rire papa, parce que, d'habitude, c'est lui qui fait rire tout le monde.

— Ha ha, mon garçon. C'est vrai, tu as sacrément grandi.

C'était notre passage préféré de la chanson, alors j'ai monté le volume et on s'est tous les deux mis à chanter :

— « *I'm the ugliest guy on the Lower East Side, but I've got wheels and you want to go for a ride. Want to go for a ride. Want to go for a riiiiiiiiide*[1]. »

On chante toujours cette partie à tue-tête, en essayant de tenir la dernière note aussi longtemps que le chanteur, et ça me fait toujours rire. On riait encore quand j'ai vu Jack qui marchait vers la voiture. J'ai fait mine de sortir.

— Attends, dit papa, je veux être sûr que tu me pardonnes, d'accord ?

— Je te pardonne.

Il m'a lancé un regard reconnaissant.

— Merci.

— Mais ne jette plus jamais rien qui m'appartient sans me le dire !

— C'est promis.

J'ai ouvert la portière et je suis sorti juste au moment où Jack arrivait à notre hauteur.

— Salut, Jack.

— Salut, Auggie. Bonjour, monsieur Pullman.

— Bonjour, Jack.

— À plus tard, papa ! lui lançai-je en faisant claquer la portière.

— Bonne chance, les enfants ! cria papa en se penchant pour baisser la glace du côté passager. La prochaine fois que je vous verrai, vous serez officiellement en cinquième !

On l'a salué de la main alors qu'il démarrait. Puis, tout à coup, j'ai couru après lui et il a arrêté la voiture. J'ai mis

---

1. « Je suis le gars le plus laid du Lower East Side, mais j'ai une voiture et tu veux aller faire un tour. Tu veux aller faire un tour. Tu veux aller faire un toooooooooouuuuuuuur. »

la tête par la fenêtre pour que Jack n'entende pas ce que j'avais à lui dire.

— Est-ce que vous pourriez éviter de m'embrasser après la cérémonie ? lui demandai-je en murmurant presque. C'est un peu gênant.

— Je ferai de mon mieux.

— Tu peux le dire à maman ?

— Je ne crois pas qu'elle sera capable de résister, Auggie, mais je lui passerai le message.

— Salut, mon gros papa.

Il sourit.

— Au revoir, mon fils adoré.

Prenez place

Jack et moi on est entrés dans le bâtiment juste derrière un petit groupe de cinquièmes, puis on les a suivis dans la salle de spectacle.

Mme G était à l'entrée, elle distribuait des programmes et indiquait leurs places aux élèves.

— Les sixièmes, au bout de l'allée à gauche. Les cinquièmes, à droite. Entrez, tout le monde. Entrez. Bonjour. Asseyez-vous. Les sixièmes à gauche, les cinquièmes à droite...

La salle était immense. Au plafond étaient suspendus de grands lustres étincelants. Les murs étaient tendus de velours rouge. Des dizaines de rangées de fauteuils rembourrés occupaient l'espace devant la scène. On a descendu l'allée jusqu'à la zone réservée aux sixièmes, située dans l'aile à gauche de la scène. Quatre rangées de chaises pliantes. Debout sur la scène, Mme Rubin nous fit signe d'avancer.

— Bonjour, les enfants. Asseyez-vous, nous dit-elle en désignant les chaises pliantes. N'oubliez pas, vous êtes en ordre alphabétique. Allez, tout le monde à sa place.

Il n'y avait pas encore grand monde et ceux qui étaient déjà arrivés ne semblaient pas vraiment l'écouter. Jack et moi, on jouait avec nos programmes roulés, comme si c'étaient des sabres.

— Salut, les mecs.

C'était Summer. Elle portait une robe rose pâle, et je crois qu'elle s'était maquillée.

— Waouh ! Summer, tu es superbe ! lui dis-je.

Parce que c'était vrai.

— Vraiment ? Merci. Toi aussi, Auggie !

— Ouais, t'es bien habillée, Summer, la complimenta Jack d'un ton désinvolte.

Je compris soudain que Jack avait flashé sur elle.

— C'est une journée spéciale, n'est-ce pas ?

— Ouais, opinai-je.

— Oh non, regardez-moi ce programme, dit Jack en se grattant la tête. On en a pour la journée !

Je jetai un coup d'œil à ma feuille.

Remarques du principal :
Dr Harold Jansen

Discours du directeur du collège :
M. Lawrence Bocu

Light and Day :
chanté par la chorale du collège

Discours des sixièmes :
Ximena Chin

Canon de Pachelbel :
interprété par l'orchestre de chambre du collège

Discours des cinquièmes :
Mark Antoniak

***Under Pressure* :**
chanté par la chorale du collège

Discours du proviseur :
Mme Jennifer Rubin

Remise des prix (voir au dos)

Liste des noms

— Pourquoi tu dis ça ?

— Parce que les discours de M. Jansen durent des heures, soupira Jack. Il est pire que M. Bocu !

— Ma mère m'a dit que l'année dernière elle s'était carrément endormie pendant qu'il parlait.

— C'est quoi, la remise des prix ?

— Ils distribuent des médailles aux intellos, m'informa Jack. Ça veut dire que Charlotte et Ximena vont tout rafler pour les sixièmes. Comme en CM1 et en CM2.

— Pas en CE2 ? plaisantai-je.

— Ils donnent pas de médailles en CE2.

— Peut-être que c'est *toi* qui vas avoir un prix cette année, dis-je en riant.

Il éclata de rire.

— Oui, le prix du plus mauvais bulletin.

Mme Rubin criait de plus en plus fort :

— Tout le monde à sa place !

Elle avait l'air énervée de voir que personne ne l'écoutait.

— On n'a pas de temps à perdre, alors asseyez-vous. N'oubliez pas de vous ranger par ordre alphabétique. Le premier rang, c'est de A à G. De H à N pour le deuxième rang ; de O à Q pour le troisième et de R à Z au dernier rang. Allez ! Asseyez-vous !

— On devrait aller s'asseoir, déclara Summer en se dirigeant vers le premier rang.

— Vous venez chez moi après, hein ? lui lançai-je alors qu'elle s'éloignait.

— On n'y manquera pas ! dit-elle en s'asseyant à côté de Ximena Chin.

— Quand est-ce que Summer s'est transformée en canon ? murmura Jack à mon oreille.

— Tais-toi, mec, dis-je en riant alors que je me dirigeais vers le troisième rang.

— Non mais, sérieux, comment c'est arrivé ? chuchota-t-il en s'asseyant à côté de moi.

— Monsieur Will, cria Mme Rubin. La dernière fois que j'ai révisé mon alphabet, le W était placé entre le R et le Z. N'est-ce pas ?

Jack lui jeta un regard perplexe.

— Mec, t'es dans la mauvaise rangée ! lui soufflai-je.

— Ah bon ?

La tête qu'il faisait quand il s'est levé, ça m'a fait exploser de rire : à la fois abasourdi et ravi d'avoir joué un bon tour.

Une chose simple

Environ une heure plus tard, nous étions tous assis dans la salle à attendre le « discours » de M. Bocu. La salle était encore plus grande que je me l'étais imaginé – plus grande même que celle du lycée de Via. Il y avait autour de moi un million de personnes. Bon, peut-être pas tant que ça, mais beaucoup *beaucoup*.

— Merci à M. Jansen pour ces bons mots d'introduction.

M. Bocu parlait dans un micro, debout derrière le podium sur la scène.

— Bienvenue à mes collègues professeurs et aux membres de l'Académie... Bienvenue aux parents, grands-parents, amis et invités d'honneur, ainsi qu'à mes élèves de sixième et cinquième... Bienvenue à la cérémonie de remise des diplômes du collège Beecher !

Tout le monde se mit à applaudir.

— Tous les ans, dit M. Bocu en lisant ses notes, ses lunettes perchées au bout de son nez, je suis chargé d'écrire deux discours : un pour mes sixièmes et cinquièmes, et un autre pour mes quatrièmes et troisièmes dont la remise des prix aura lieu demain. Et tous les ans, je me dis que je vais économiser du temps et n'écrire qu'un discours qui sera adapté aux deux. Cela ne paraît pas difficile, qu'en pensez-vous ? Et pourtant, chaque année, je me retrouve à écrire deux discours bien différents, quoi qu'il arrive, et cette année, j'ai enfin compris pourquoi. Ce n'est pas seulement, comme on pourrait le supposer, parce que demain je m'adresserai à un public plus âgé qui en aura bientôt terminé avec le collège, alors que vous ne faites que commencer. Non, je pense qu'il s'agit plus du fait que vous êtes à un âge bien particulier, et que vous traversez une période de la vie qui, même après vingt ans en tant que directeur, continue de m'émouvoir. C'est parce que vous devez faire face à un grand changement. Vous êtes à la frontière entre l'enfance et tout ce qui vient après. Vous êtes dans un moment de transition.

« Nous sommes tous réunis ici aujourd'hui, continua M. Bocu en retirant ses lunettes et en les utilisant pour désigner son public, vos familles, amis et professeurs, pour célébrer non seulement votre passage au niveau supérieur, chers élèves de Beecher, mais aussi les multiples possibilités qui s'offrent à vous.

« Je veux que vous contempliez l'année qui vient de s'écouler et que vous réfléchissiez à qui vous êtes maintenant, et à qui vous étiez avant. Vous avez tous grandi, vous êtes devenus plus forts, plus intelligents... du moins je l'espère.

Quelques rires fusèrent dans la salle.

— Mais la meilleure façon de voir à quel point vous avez grandi, continua-t-il, ce n'est pas en vous mesurant ou en vous faisant courir en rond dans un stade, ou même en regardant votre moyenne générale, bien que ces choses soient importantes, bien sûr. Il faut voir à quoi vous avez consacré votre temps, comment vous avez choisi de vivre votre vie, et avec qui vous avez eu des échanges. Pour moi, c'est le meilleur point de vue possible.

« Il y a une phrase merveilleuse dans un livre de J.M. Barrie – et non ce n'est pas *Peter Pan*, et non je ne vais pas vous demander de lever le doigt si vous croyez aux fées.

De nouveau, les rires fusèrent.

— Il s'agit d'un livre appelé *Le Petit Oiseau blanc*… Voici ce que l'auteur écrit…

Il feuilleta un petit volume jusqu'à tomber sur la page qu'il cherchait, puis rechaussa ses lunettes.

— « Devrions-nous inventer une nouvelle règle à la vie… celle de toujours essayer d'être meilleur qu'il n'est nécessaire ? »

M. Bocu leva la tête et regarda le public.

— « Meilleur qu'il n'est nécessaire », répéta-t-il. N'est-ce pas magnifique ? Meilleur qu'il n'est *nécessaire*. Parce qu'il ne suffit pas d'être bon. La raison pour laquelle j'aime cette citation, ou plutôt cette idée, c'est que cela me rappelle que nous portons tous en nous, en tant qu'humains, non seulement la capacité d'être bons, mais aussi la liberté de choisir la bonté. Et qu'est-ce que ça veut dire ? Comment la mesurer ? On ne peut pas utiliser un mètre, comme pour les centimètres en plus que vous avez pris cette année. On ne peut pas quantifier la bonté, n'est-ce pas ? Comment peut-on savoir si on a été bon ? Et qu'est-ce que ça veut dire d'ailleurs, *être bon* ?

Il commença à feuilleter un deuxième volume.

— Il y a un passage dans un autre livre que j'aimerais partager avec vous, dit-il. Veuillez patienter, que je le trouve... Ah, ça y est. *Sous l'œil de l'horloge*[1], de Christopher Nolan, décrit la vie d'un jeune homme devant faire face à des obstacles extraordinaires. Et il y a un passage où un camarade de classe lui vient en aide. De l'extérieur, cela semble un geste banal. Mais pour ce jeune homme, pour Joseph, c'est... Permettez-moi de vous le lire...

Il se racla la gorge et lut :

— « C'est dans des instants comme celui-ci que Joseph reconnaissait le visage de Dieu dans son humanité. Il transparaissait dans cette bonté à son égard, dans cette gentillesse, dans cet intérêt pour sa personne, comme une caresse dans le regard. »

Il s'arrêta. Retira à nouveau ses lunettes.

— « Il transparaissait dans cette bonté à son égard », répéta-t-il en souriant. C'est une chose si simple, la bonté. Si simple. Un petit mot d'encouragement quand on en a besoin. Un acte d'amitié. Un sourire.

Il ferma le livre, le posa et se pencha vers le public.

— Les enfants, je veux partager aujourd'hui cette chose si simple qu'est la bonté. Je finirai là-dessus. Je sais que je suis connu pour ma... pour mon... heu... verbiage...

Cette fois, l'éclat de rire fut général. Il devait savoir qu'on critiquait dans son dos la longueur de ses discours.

— ... mais ce que je veux que vous, mes élèves, reteniez de vos années au collège, c'est qu'il vous appartient de construire l'avenir. Si chaque personne dans cette salle pouvait suivre cette règle et agir toujours avec plus de bonté que nécessaire... alors le monde serait meilleur. Et si vous

---

1. Récit autobiographique d'un adolescent irlandais brillant, souffrant d'un lourd handicap physique, sorte de « locked-in » syndrome.

le faites, si vous agissez ainsi, quelqu'un d'autre, quelque part, un jour, pourrait bien reconnaître, en chacun de vous, « le visage de Dieu ».

Il se tut et haussa les épaules avant d'ajouter :

— Ou bien le symbole spirituel qui représente pour vous la divinité en laquelle vous croyez.

Il y eut un tonnerre d'applaudissements au fond de la salle, là où les parents étaient assis.

Les médailles

J'ai bien aimé le discours de M. Bocu, mais je l'avoue, j'ai un peu rêvassé pendant les autres.

Je me suis remis à écouter quand Mme Rubin a appelé un par un ceux qui avaient reçu les Félicitations, pour une raison bien simple : on devait se lever dès qu'on était appelé. Elle a lu par ordre alphabétique. Reid Kingsley. Maya Markowitz. August Pullman. Je me suis levé. Puis quand elle a eu fini, elle nous a demandé de faire face au public et de saluer. Tout le monde a applaudi.

J'ignorais, dans cette foule immense, où mes parents étaient assis. Tout ce que je voyais, c'étaient les flashes des appareils photo et des parents faisant signe à leurs enfants. Je m'imaginais ma mère agitant la main en l'air mais je ne la voyais pas.

M. Bocu revint sur l'estrade pour présenter les médailles de mérite. Jack avait raison : Ximena Chin remporta la médaille d'or pour « succès général dans ses études pendant l'année de sixième ». Charlotte reçut la médaille d'argent. Charlotte encore, la médaille d'or de musique. Amos, celle des activités sportives – j'étais super content pour lui, parce que depuis le week-end à la Réserve je considérais Amos comme un de mes meilleurs amis. Mais j'étais vraiment aux anges quand M. Bocu a appelé Summer pour lui remettre la médaille d'or de rédaction Quand elle a entendu son nom, Summer a mis sa main devant sa bouche, et quand elle est montée sur scène, j'ai crié : « Yahoo ! Summer ! » aussi fort que j'ai pu. Mais je pense qu'elle ne m'a pas entendu.

Une fois l'appel terminé, les élèves qui avaient reçu des médailles se tinrent tous debout sur la scène, et M. Bocu déclara :

— Mesdames et messieurs, je suis fier de vous présenter la crème des élèves de Beecher. Félicitations à tous !

J'ai applaudi pendant qu'ils saluaient la foule. J'étais super content pour Summer.

— Nous avons un dernier prix à remettre ce matin, dit M. Bocu, une fois les élèves retournés à leurs places. C'est le prix Henry Ward Beecher, qui récompense les élèves ayant été exemplaires d'une manière ou d'une autre tout au long de l'année. Normalement, ce prix revient à une personne qui a participé à de nombreuses activités bénévoles.

Comme je me disais que Charlotte allait le remporter, parce qu'elle avait organisé une collecte de manteaux pour les pauvres, je me suis remis à rêvasser. J'ai regardé ma montre. Il était 10 h 59. J'avais déjà faim et il me tardait d'aller déjeuner.

— ... Henry Ward Beecher est, comme vous le savez, un abolitionniste du XIXe siècle – un grand défenseur des droits de l'homme – qui a donné son nom à cette école, disait M. Bocu quand je me remis à lui prêter attention.

« En me replongeant dans sa biographie, j'ai trouvé un

passage qu'il a écrit et qui reflète très bien les thèmes que j'ai abordés plus tôt, et qui m'ont beaucoup fait réfléchir cette année. Non pas juste à propos de la bonté, mais à propos de la bonté d'*un seul*. Le pouvoir d'*une seule* amitié. La mise à l'épreuve d'*une* personne en particulier. La force du courage d'*un seul*.

Et puis, là, une chose super bizarre est arrivée : la voix de M. Bocu s'est mise à trembler, un peu comme s'il s'étouffait. Il se racla la gorge et prit une grande gorgée d'eau. Je me remis à écouter pour de bon, j'avais envie de savoir ce qu'il allait dire.

— La force du courage d'*un seul*, répéta-t-il doucement, en hochant la tête avec un sourire.

Il leva la main comme pour compter sur ses doigts.

— Le courage. La bonté. L'amitié. La force de caractère. Ce sont des qualités qui nous définissent en tant qu'êtres humains et nous conduisent, à l'occasion, à de grandes choses. Et c'est à cela qu'est destiné le prix Henry Ward Beecher : à reconnaître la grandeur d'âme.

« Mais comment mesurer une telle chose ? Là encore, il n'y a pas d'instrument pour la quantifier. Comment la définir ? Eh bien, Henry Ward Beecher, en fait, a trouvé la réponse.

Il remit ses lunettes, feuilleta un livre et se mit à lire.

— « La grandeur d'esprit ne repose pas sur la force, mais sur l'usage que l'on en fait… Le plus grand est celui dont la force soutient le plus d'âmes… »

Et puis, à nouveau, il s'est étouffé. Il posa deux doigts sur sa bouche avant de continuer.

— « Le plus grand est celui dont la force soutient le plus

d'âmes en les attirant auprès de la sienne. » Sans rien ajouter, je suis fier de vous présenter celui qui reçoit aujourd'hui le prix Henry Ward Beecher, l'élève dont la force silencieuse a su porter tant d'âmes cette année... Est-ce qu'August Pullman veut bien venir recevoir sa médaille ?

Sur un nuage

Les gens ont commencé à applaudir avant que mon cerveau n'ait enregistré les mots de M. Bocu. Maya, à côté de moi, a poussé un petit cri de joie et Miles, de l'autre côté, m'a tapoté dans le dos.

— Lève-toi ! Debout ! disaient tous les élèves autour de moi.

J'ai senti de nombreuses mains me soulever et me pousser au bout de la rangée, me touchant le dos, me tapant dans la main.

— Super, Auggie !

— Bravo, Auggie !

Je les ai même entendus chanter mon nom :

— Aug-gie ! Aug-gie ! Aug-gie !

Je me suis retourné et j'ai vu que c'était Jack qui menait la danse, le poing en l'air, souriant et me faisant signe d'avancer. Amos a mis ses mains en porte-voix devant sa bouche et a crié :

— Woo-hoo, petit mec !

Puis j'ai vu Summer qui souriait alors que je passais devant sa rangée, et quand elle a vu que je la regardais, elle a levé le pouce discrètement et a bougé les lèvres : « Trop fort. » J'ai ri. Je n'en croyais pas mes oreilles. Vraiment, je n'arrivais pas à y croire.

Je souriais, je crois. Peut-être un sourire énorme. Je ne sais pas. En marchant dans l'allée vers l'estrade, tout ce que je voyais, c'était une foule de visages heureux tournés vers moi, et des mains qui applaudissaient. Des gens criaient :

— Tu l'as bien mérité, Auggie !

— On est heureux pour toi, Auggie !

Tous les professeurs dans l'allée, M. Browne, Mlle Mimosa, M. Roche, Mme Atanabi, l'infirmière Molly et les autres, ils étaient tous en train de m'acclamer. Ils applaudissaient, ils sifflaient.

J'avais l'impression de flotter sur un nuage. C'était tellement étrange. C'était comme si le soleil éclairait mon visage, que le vent venait caresser mes joues. En m'approchant de la scène, j'ai vu Mme Rubin qui me faisait signe de la main au premier rang. À côté d'elle, Mme G pleurait – de joie. Et quand je suis monté sur l'estrade, il s'est passé quelque chose d'incroyable : tout le monde s'est levé. Pas seulement ceux assis à l'avant, toute la salle s'est mise debout, dans des applaudissements, des sifflets, des cris. C'était une véritable ovation. Pour moi.

Je me suis dirigé vers M. Bocu qui m'a serré les deux mains et a murmuré à mon oreille :

— Félicitations, Auggie !

Puis il m'a passé la médaille autour du cou, comme aux jeux Olympiques, et il m'a fait pivoter sur moi-même afin de me placer face au public. J'avais l'impression de me regarder moi-même dans un film, presque comme si j'étais quelqu'un d'autre. Comme dans *Star Wars. Épisode IV : Un nouvel espoir*, quand Luke Skywalker, Han Solo et Chewbacca se retrouvent sous un tonnerre d'applaudissements après avoir détruit l'Étoile Noire. J'entendais presque la musique de la fin du film. Je ne comprenais pas tout à fait pourquoi j'avais obtenu cette médaille.

Non, c'est faux. Je comprenais très bien.

Il y a des gens parfois, vous êtes incapables de vous mettre à leur place, quand vous les voyez dans un fauteuil roulant, par exemple, ou se parler en langue des signes. Pour les autres – sans doute tous ceux qui étaient présents dans la salle de spectacle – je suis cette personne à laquelle ils sont incapables de s'identifier.

Alors qu'en fait je ne suis que moi. Un garçon ordinaire.

Mais bon, s'ils veulent me donner une médaille pour être moi-même, tant mieux. Je l'accepte. Je n'ai détruit aucune Étoile Noire ni aucune chose dans le genre, mais j'ai survécu à l'année de sixième. Et ce n'était vraiment pas facile, encore moins pour moi.

Les photos

Après la cérémonie, une grande réception fut donnée pour les sixièmes et les cinquièmes sous une tente blanche derrière l'école. Les élèves retrouvaient leurs parents. Ça ne m'a finalement pas du tout dérangé que ma mère et mon père m'embrassent, ni que Via passe ses bras autour de moi et me berce de gauche à droite pendant plus de vingt minutes. Puis Granpa et Grannie m'ont embrassé, puis tante Kate et oncle Paul, puis oncle Ben. Tout le monde avait les larmes aux yeux et les joues humides. Mais Miranda remporta la palme : elle pleurait encore plus que tout le monde et elle me serra si fort que Via fut obligée de l'arracher à moi, ce qui les fit toutes les deux bien rigoler.

Tout le monde commença à me prendre en photo et à sortir sa petite caméra portable, et puis mon père nous a fait poser, Summer, Jack et moi, pour une photo de groupe. On a posé nos bras sur les épaules les uns des autres, et pour la première fois de ma vie, je ne pensais plus du tout à mon visage. Je ne faisais que sourire à tous les appareils photo pointés vers moi. Flash, flash, clic, clic : je souris aux parents de Jack et à la mère de Summer. Puis Reid et Maya nous ont rejoints. Flash, flash, clic, clic. Quand Charlotte est arrivée et nous a demandé si elle pouvait aussi prendre une photo avec nous, on lui a dit :

— Mais bien sûr !

Et puis les parents de Charlotte ont pris plein d'autres photos de nous, et les autres parents aussi.

Après quoi, les deux Max sont venus compléter le groupe, puis Henry et Miles, puis Savanna. Amos aussi, et Ximena. On se tenait les uns les autres pendant que les parents appuyaient sur le bouton, comme si on était tous des stars. Luca. Isaiah. Nino. Pablo. Tristan. Ellie. J'ai perdu le compte, j'ai oublié qui d'autre est venu. Pratiquement tout le monde. Tout ce que je savais, c'est qu'on était tous en train de rire, collés les uns contre les autres, et personne ne semblait gêné que mon visage soit près du sien. En fait, je ne voudrais pas être prétentieux, mais j'avais l'impression que tout le monde voulait se mettre près de moi.

La route du retour

Après la réception, on est rentrés à pied à la maison manger des gâteaux et de la glace. Jack, ses parents et son petit frère Jamie. Summer et sa mère. Oncle Paul et tante Kate. Oncle Ben, Grannie et Granpa. Justin et Via. Miranda. Maman et papa.

C'était une de ces belles journées du mois de juin où le ciel est dégagé et où le soleil brille sans pour autant être chaud au point que vous ayez envie d'aller à la plage. Il faisait un temps de rêve. Tout le monde débordait de joie. J'avais toujours l'impression de flotter sur mon nuage, avec dans la tête la bande-son de *Star Wars*.

Je marchais avec Summer et Jack, et on n'arrêtait pas de se marrer. On trouvait tout hilarant. On se trouvait dans cet état euphorique où, dès qu'on se regardait, on explosait de rire.

J'ai entendu la voix de papa un peu plus loin et j'ai levé la tête. Il racontait une histoire drôle. Nous descendions l'avenue Amesfort. Les adultes aussi riaient. Maman ne se lasse pas de le répéter : papa peut être comique.

J'ai remarqué que maman n'était pas avec les adultes. Je me suis retourné. Elle traînait un peu en arrière, se souriant à elle-même comme si elle pensait à quelque chose de joyeux. Elle avait l'air heureuse.

Je suis allé la rejoindre. Elle a sursauté quand je lui ai fait un câlin, puis elle a passé son bras autour de moi et m'a serré contre elle.

— Merci de m'avoir envoyé à l'école, lui ai-je dit doucement.

Elle m'a serré encore plus fort et s'est penchée pour déposer un baiser sur ma tête.

— Merci à *toi*, Auggie, répondit-elle tendrement.

— Pour quoi ?

— Pour tout ce que tu nous offres, dit-elle. Pour être entré dans nos vies. Pour être toi-même.

Elle se pencha un peu plus et murmura à mon oreille :

— Tu es vraiment une petite merveille[1], Auggie. Tu es merveilleux.

---

1. Merveille se dit « *wonder* » en anglais

Appendice

Les préceptes de M. Browne

Septembre :
« Lorsqu'on a le choix entre être juste et être bon, il faut choisir la bonté. » Dr Wayne W. Dyer

Octobre :
« Vos bonnes actions sont vos monuments. » Inscription figurant sur une tombe d'Égypte ancienne.

Novembre :
« Que l'homme ne se lie pas d'amitié avec des hommes qui ne lui ressemblent pas. »
Confucius

Décembre :
« *Audentes fortuna juvat.* » « La chance sourit aux audacieux. »
Virgile

Janvier :
« Aucun homme n'est une île, entière en elle-même. »
John Donne

Février :
« Il est préférable de connaître certaines questions plutôt
que les réponses. »
James Thurber

Mars :
« Les belles actions cachées sont les plus estimables. »
Pascal

Avril :
« Ce qui est beau est bon et ce qui est bon sera bientôt
beau. »
Sappho

Mai :
« Faites le bien,
En étant miséricordieux en toute occasion,
De toutes les manières,
En tous lieux,
En tous temps,
Envers tous les hommes,
Tant que vous le pouvez. »
John Wesley

Juin :
« Suis le jour et cherche à atteindre le soleil ! »
The Polyphonic Spree, *Light and Day*

Préceptes sur cartes postales

Le précepte de Charlotte Cody
« Il ne suffit pas d'être amical. Il faut être un ami. »

Le précepte de Reid Kingsley
« Sauvez l'océan, sauvez le monde ! » Moi !

Le précepte de Tristan Fiedleholtzen
« Si tu veux vraiment quelque chose dans cette vie, tu dois travailler pour ça. Maintenant pousse-toi ! Ils donnent les numéros du loto. » Homer Simpson

Le précepte de Savanna Wittenberg
« Les fleurs, c'est super. L'amour, c'est mieux. » Justin Bieber.

Le précepte d'Henry Joplin
« Ne sois pas ami avec des cons. » Henry Joplin

Le précepte de Maya Markowitz
« *All you need is love.* » « On n'a besoin que d'amour. » Les Beatles

Le précepte d'Amos Conti
« N'essayez pas d'avoir l'air cool. Ça se voit, et ça craint. » Amos Conti

Le précepte de Ximena Chin
« Sois loyal envers toi-même. » Shakespeare, *Hamlet*

Le précepte de Julian Albans
« Parfois, il est bon de prendre un nouveau départ. »
Julian Albans

Le précepte de Summer Dawson
« Si vous arrivez à ne blesser personne pendant vos années de collège, c'est trop top. » Summer Dawson

Le précepte de Jack Will
« Restez calmes et continuez. » Un truc que disaient les Anglais pendant la Seconde Guerre mondiale

Le précepte d'August Pullman
« Tout le monde mérite une ovation au moins une fois dans sa vie, parce que nous triomphons tous du monde. » Auggie.

Remerciements

Je suis infiniment reconnaissante à mon incroyable agent, Alyssa Eisner Henkin, pour avoir aimé mon manuscrit dès les premiers jets et pour avoir défendu ardemment la cause de Jill Aramor, R. J. Palacio, ou quel que soit le nom que je me suis choisi. Merci aussi à Joan Slattery, car c'est grâce à son enthousiasme que je suis arrivée chez Knopf. Et un immense merci à Erin Clarke pour m'avoir fait profiter de son talent d'éditeur extraordinaire et avoir pris soin d'Auggie & Compagnie : je savais qu'ils étaient tous entre de bonnes mains.

Merci à l'équipe formidable qui m'a aidée à créer *Wonder*. Iris Broudy, je suis honorée d'avoir bénéficié de votre expérience. Kate Gartner et Tad Carpenter, merci pour la magnifique couverture. Bien avant d'écrire ce livre, j'ai eu la chance de travailler avec les éditeurs, préparateurs de copie, correcteurs, chefs de fabrication, graphistes, attachés de presse, et tous les hommes et les femmes qui s'affairent en silence derrière le rideau, pour mettre les livres au monde — et je sais que ce n'est pas par appât du gain ! C'est par amour. Merci aux représentants et aux libraires qui font des métiers impossibles mais splendides.

Merci à mes fils, Caleb et Joseph, pour toute la joie qu'ils m'apportent, pour avoir compris que parfois maman a besoin d'écrire, et pour toujours choisir d'être bons. Vous êtes mes merveilles.

Et par-dessus tout, merci à mon étonnant mari, Russell. Tes remarques sont pour moi une source d'inspiration, et je te remercie pour ton soutien indéfectible, pas seulement pour ce projet mais pour tous les autres au fil des années, et pour être mon premier lecteur, mon premier amour. Tu es tout pour moi. Comme dit Maria : « Un jour, dans ma jeunesse ou dans mon enfance, j'ai dû faire quelque chose de bien. » Comment, sinon, expliquer la vie que nous avons construite ensemble ? Chaque jour, je t'adresse ma gratitude.

Enfin, j'aimerais remercier la petite fille devant le marchand de glaces et tous les autres « Auggie » dont les histoires m'ont inspiré ce livre.

R.J.

Cet ouvrage a été imprimé en France par

à Saint-Amand-Montrond (Cher)
en décembre 2012

Ouvrage composé par
PCA - 44400 Rezé

FLEUVE NOIR
12, avenue d'Italie
75627 Paris Cedex 13

— N° d'imp. : 124152/1. —
Dépôt légal : janvier 2013.
R09738/01